U0133381

经 典 照 亮 前 程

T. S. Eliot

Complete Poems

T.S.艾略特
诗全集

陈东飚 译

华东师范大学出版社

·上海·

目 录

---

* 仅收录篇名。

1909—1962 年诗集 ①

Collected Poems 1909–1962

1963 年

---

① 由艾略特本人编辑，收入诗人在此前各种单行本诗集与刊物中发表（而诗人希望保留）的全部诗作的最终版。

普鲁弗洛克及其他观察

Prufrock and Other Observations

1917 年

给让·维德纳尔 ①，1889—1915

mort aux Dardanelles②

Or puoi la quantitate

comprender dell'amor ch'a te mi scalda,

quando dismento nostra vanitate,

trattando l'ombre come cosa salda.③

---

① Jean Verdenal，第一次世界大战中阵亡的法国医务官。

② 法语："死于达达尼尔海峡"。达达尼尔海峡为连接马尔马拉海（Marmara）和爱琴海（Aegean）的海峡，属土耳其内海，亦是欧亚两洲的分界线之一。1915 年，第一次世界大战协约国军队在此被土耳其军队击败。

③ 意大利语："现在你能理解 / 那灼烧着我的，对你的爱的总量，/ 此刻我忘却我们的虚无，/ 把阴魂当作实在的事物。"意大利诗人但丁（Dante Alighieri，1265—1321）《炼狱篇》（*Purgatorio*）XXI。

J. 阿尔弗雷德·普鲁弗洛克的情歌

S'i' credesse che mia risposta fosse
a persona che mai tornasse al mondo,
questa fiamma staria senza più scosse;
ma perciò che gia mmai di questo fondo
non tornò vivo alcun, s'i' odo il vero,
senza tema d'infamia ti rispondo. [①]

那就走吧，你和我，
当傍晚被平铺在天空之上
像一个病人被醚化于一张手术台；
走吧，穿过若干半荒芜的街道，
那些喃喃低语的隐避所
属于躁动的夜晚，在一夜廉价酒店
和有牡蛎壳的锯末餐厅里：
街道随行如一场乏味的争论
出于阴险的意图
把你引向一个压倒性的问题……
哦，不要问，"那是什么？"
让我们前去完成我们的造访。

房间里女人来而复去
谈论着米开朗基罗 [②]。

---

① 意大利语："若我曾想到我的回答是 / 给可以重归世上之人的，/ 这火焰便将直立而不再悸动；/ 然而从这深渊里 / 从未有人活着回返，若我所闻为真，/ 无惧羞辱我便回答你。"但丁《地狱篇》(*Inferno*) XXVII。
② Michelangelo（1475—1564），意大利雕塑家、画家、建筑师、诗人。

在窗玻璃上摩擦背脊的黄雾，
在窗玻璃上摩擦口鼻的黄烟，
将它的舌头舔进了傍晚的各个角落，
徘徊在阴沟中停滞的水塘之上，
任由烟囱里落下的煤灰落上它的背脊，
轻轻溜过了露台，忽然纵身一跃，
看见那是一个温柔的十月之夜，
围着房子绕了一圈，然后倒头入睡。

的确会有时间
留给那沿街滑行的黄烟
它在窗玻璃上摩擦着背脊；
会有时间，会有时间
去准备一张脸去迎接你迎接的众脸；
会有时间去谋杀与创造，
有时间留给所有属于手的劳作和日子
它们提起一个问题抛在你的盘子上；
有时间给你也有时间给我，
也还有时间留给一百次犹豫不决，
留给一百个幻象与修正，
在摄取一片吐司与茶之前。

房间里女人来而复去
谈论着米开朗基罗。

的确会有时间
去疑惑，"我敢不敢？"和，"我敢不敢？"
有时间掉转身走下楼梯，

连同我头发中间的一块秃斑——
（她们会说："他的头发怎么越来越稀了！"）
我的晨间礼服，我的领子牢牢顶着下颌，
我的领带华丽而质朴，却由一枚简单的别针维系——
（她们会说："可他的胳膊腿怎么细细的！"）
我敢不敢
扰乱这宇宙？
一分钟内有时间
留给一分钟就会反转的决定与修正。

因为我早已了解它们，全都已了解——
早已了解傍晚，早晨，下午，
我早已用咖啡勺量出了我的一生；
我了解那些嗓音正随一记死灭的沉坠① 而死灭
在一个更遥远房间的音乐之下。
　　　　所以我应该如何假设？

而我早已了解那些眼睛，全都已了解——
将你凝固在一个公式化短语中的眼睛，
而当我被公式化，摊开在一支别针之上，
当我被刺穿而在墙上挣扎不停，
那么我应该如何开始
啐出我的日子与习性的所有末梢？
　　　　我又应该如何假设？

而我早已了解手臂，全都已了解——
戴手镯的又白又赤裸的手臂
（但在灯光下，覆着浅褐色的毛发！）

----

① 莎士比亚《第十二夜》（*Twelfth Night*）I, i。

是不是来自一袭华服的芳香
竟使得我如此离题？
横陈在一桌边沿，或拢住一条披肩的手臂。
　　那么我是否应该假设？
　　我又应该如何开始？

　　　* * * * * *

我该不该说，我曾在黄昏走过狭窄的街道
也曾眺望过烟云起自
挽着衬衫袖子，倾身探出窗口的寂寞男人的烟斗？……

我本该是一对粗粝的爪子
疾行横越寂静的海底。

　　　* * * * * *

而下午，傍晚，睡得那么安详！
被修长的手指抚平，
酣睡……疲惫……或者它诈病，
伸躺在地板上，在这里挨近你我。
我会不会，在茶和蛋糕和冰品之后，
拥有力量将这一刻逼向它的临界点？
然而尽管我曾哭泣与斋戒，哭泣与祈祷，
尽管我看见过我的头颅（已经微秃）被放在一个盘子里端进来，
我却并非先知——这里没什么大事；
我看见过我的伟大时刻忽闪明灭，
我也看见过那永恒的男仆举着我的外套，窃笑。
简而言之，我害怕了。

而那原来值不值得，归根结底，
在杯盏，果酱，茶之后，
在瓷器中间，在你我的某一场谈话中间，
那原来值不值得，
曾经带着一脸微笑啃下这件事，
曾经把宇宙捏成一个球
将它滚向某个压倒性的问题，
说："我是拉撒路①，从死者中来，
回来告诉你一切，我会告诉你一切。"——
假如有一个人，她将一只靠枕放在头边，
　　竟会说："那根本不是我的意思。
　　根本不是那样。"

而那原来值不值得，归根结底，
那原来值不值得，
在日落和门庭和洒水的街道之后，
在小说之后，在茶杯之后，在地板上拖行的裙裾之后——
以及这个，以及其他那么许多？——
要说出我的意思简直不可能！
但就仿佛一架幻灯将神经投射为一面银幕上的图案：
那原来值不值得
假如有一个人，放下一只靠枕或扔掉一块披肩，
并转身朝向窗口，竟会说：
　　"根本不是那样，
　　那不是我的意思，根本不是。"

_____

① Lazarus，《圣经·约翰福音》中死而复活的人。

＊　＊　＊　＊　＊　＊

不！我不是哈姆雷特王子，也没理由是；
只是一名侍从领主，一个甘愿效力之人
去操办一场巡游，开启一两个场景，
劝谏王子；毫无疑问，一件好用的工具，
恭恭敬敬，乐于助人，
干练，审慎，并且计议周详；
满口隽语高言，却有一点点愚钝；
有时候，其实，近乎荒谬可笑——
近乎，有时候，弄臣。

我变老了……我变老了……
我应该把裤脚卷起来。

我应不应该把头发往后分开？我敢不敢吃一颗桃子？
我应该穿白色法兰绒裤子，走在沙滩上。
我曾听见过美人鱼歌唱，彼此相对。

我不认为她们会对我歌唱。

我看见过她们驱浪向海而去
梳理着波浪被吹回的白发
当风把水吹成白色与黑色之时。

我们曾在海的厅堂里徘徊
靠近缠裹着红色和棕色海藻的海女们
直到人声将我们唤醒，而我们溺水身亡。

一位女士的肖像

你已犯下了——
通奸之罪；但那是在另一个国度，
此外，那荡妇也死了。

　　　　　　　　《马耳他的犹太人》[1]

I

在一个十二月下午的烟雾中
你让那场景自行安排——似乎就会是这样——
用"我已为你保留了这个下午"；
四支蜡烛在幽暗的房间里，
四道光环在头顶的天花板上，
一派朱丽叶坟墓的气氛
为所有要说，或按下不说的事而准备就绪。
我们刚刚是去，姑且说吧，听那个新近的波兰人[2]
传递前奏曲，透过他的头发和指尖。
"如此亲密，这个肖邦，我觉得他的灵魂
只应在朋友之间复生
就两三个人，他们不会去触碰
在音乐厅里被擦伤被诘问的花朵。"
　　——于是交谈便滑入

---

[1] *The Jew of Malta*，英国剧作家、诗人克里斯托弗·马洛（Christopher Marlowe，1564—1593）所作戏剧。
[2] 指波兰裔美国钢琴家鲁宾斯坦（Arthur Rubinstein，1887—1982），1906年起在美国巡演。

小小企愿与刻意提起的惋惜之间

透过小提琴被压低的音声

与遥远的短号相混

而开始。

"你不知道他们对我的意义有多深，我的朋友们，

那是多么，多么稀有与奇特，竟能找到

在一场由那么多，那么多零碎构成的生活之中，

（因为其实我并不爱它……你早知道？你可不瞎！

你是多么敏锐！）

找到一个拥有这些品质的朋友，

拥有，并且给予

友谊赖以生存的那些品质。

意义有多深我把这说给你听——

若没有这些友谊——生活，怎样的 cauchemar！ ①

在小提琴的缠绕

与嘶哑短号的

短曲之间

在我脑中一只沉闷的手鼓开始

荒唐地敲打一曲独有的前奏，

反复无常的单调

至少是一个明确的"假音符"。

——且让我们透透气，在一团烟草恍惚中，

欣赏纪念碑，

讨论近来的事件，

_____

① 法语："噩梦"。

对着公共时钟校准我们的手表。
然后坐半个小时，喝我们的黑啤。

II

现在紫丁香盛开
她放一盆紫丁香在房中
边说话边在指间捻转一支。
"啊，我的朋友，你不知道，你不知道
生命是什么，即使你将它握在手里"；
（慢慢捻转紫丁香花茎）
"你让它从你身边流走，你让它流走，
而青春是残酷的，没有更多的悔恨
和微笑在它看不见的境地"。
我微笑，当然，
接下来继续饮茶。

"然而看这些四月的日落，不知怎地勾起
我被埋没的生命，和春天的巴黎，
我感到无可度量地安心，发现世界
是奇妙而年轻的，归根结底。"

那嗓音回返如持续的走调
在一个八月的下午出自一把破提琴：
"我始终确定你理解
我的感受，始终确定你感觉得到，

确定你将你的手伸过那道鸿沟。

你无懈可击，你没有阿喀琉斯之踵。
你会继续下去，当你获胜之后
你可以说：到这个地步很多人都已失败。
但我有什么，但我有什么，我的朋友，
能交给你，你能从我这里得到什么？
只有这份友谊和同情
来自一个即将抵达她旅程终点的人。

我要坐在这里，给朋友们上茶……"

我摘下我的帽子：我怎样才能作一个怯懦的道歉
为她已经对我诉说的事情？
哪天早晨你都会在公园里看见我
在阅读漫画和体育版面。
我特别留意到
一位英国伯爵夫人走上台。
一个希腊人在一场波兰舞会上遭谋杀，
又一名银行违约者已经供认。
我保持沉着，
我始终镇定自若
除非是有一架街头钢琴，机械而又疲惫
反复奏响某一支陈腐平凡的歌
伴着风信子的气味穿过花园
唤起别人曾经渴求的事物。

这些想法是对还是错？

III

十月的夜晚降临；像往常一样回返
除了一点轻微不自在的感觉
我爬上楼梯，转动门把手
感觉仿佛我是双手双膝爬上来的。
"所以你要出国了；你什么时候回来？
可这是一个没用的问题。
你几乎说不准自己什么时候回来，
你会发现有那么多东西要学。"
我的微笑重重摔落在凌乱之中。

"也许你可以写信给我。"
我的镇定摇颤一秒钟；
这恰如我原先所想。
"我最近时常有点迷惑不解
（但我们的开始绝不知道我们的结束！）
为什么我们还没有发展成为朋友。"
我感觉像个微笑的人，转身便会映现
突然间，他的表情于一面镜中。
我的镇定摇曳；我们真的身处黑暗。

"因为人人都这么说，我们所有的朋友，
他们都确信我们的情感会联系得

如此紧密！我自己也几乎无法理解。
我们现在必须把它留给命运。
你会写的，无论如何。
或许时间还不太晚。
我会坐在这里，给朋友们上茶。"

而我必须借用每一个变化之形
为找到表达……跳舞，跳舞
像一只跳舞的熊，
像一只鹦鹉般啼叫，像一头猩猩般嘶鸣。
且让我们透透气，在一团烟草恍惚中——

好吧！假如她竟在某个下午死去呢，
灰而烟霭的下午，黄与玫瑰的傍晚；
竟死去而留下我枯坐着手握钢笔
烟从屋顶上飘落下来；
疑虑重重，好一阵
不知道该如何感受或我是否理解
或究竟是聪明还是愚蠢，太迟还是太早……
不会是她占得上风么，归根结底？
这音乐很成功有一记"死灭的沉坠"
既然我们谈起死灭——
而我究竟有没有微笑的权利？

序曲

I

冬天的傍晚落定
走廊里一股牛排味道。
六点钟。
冒烟的日子燃尽的末端。
而此刻一阵疾风骤雨席卷
肮脏的碎屑
是你脚边的枯叶
和空地上飘来的报纸；
阵雨拍打
破百叶窗和烟囱管帽，
而在街角处
唯有一匹拉出租的马在蒸腾与跺脚。

随后街灯纷纷点亮。

II

黎明醒来察觉
啤酒走味的微弱气息
来自锯末被踩踏的街道
它所有的泥足驱拥
向清早的咖啡亭。

当别的假面舞会

为时间所重续，

有人想起所有那些

正拉起肮脏遮帘的手

在一千个有家具的房间里。

III

你将一条毯子甩出床外，

你仰卧，并等待；

你浅睡，看夜晚显露

一千个污浊的意象

你的灵魂便是由它们构成；

它们在天花板上闪烁。

当全世界尽数归来

光在百叶窗板间攀爬而上

而你听见檐槽里的麻雀之时，

你心生一幅街道的幻象

几乎不为街道所理解；

坐在床沿，在那里

你盘卷着你发间拖下的纸片[1]，

或是将黄色的脚板捏

在那双脏手的掌心。

---

[1] 用来卷发的软纸。

IV

他的灵魂被紧紧拉过
一片城区背后淡灭的天空，
或被执着的腿脚踩踏
在四点和五点和六点钟；
还有粗短的手指填着烟斗，
还有晚报，还有眼睛
对某些确凿之事十分肯定，
一条暗黑街道的良心
迫不及待要接管这世界。

将我打动的种种幻想盘卷
在这些意象周围，挥之不去：
某件无限温柔
无限苦痛之物的理念。

拿你的手抹过你的嘴，笑吧；
诸世界回旋如古老的女性
在空地上拣拾燃料。

起风之夜狂想曲

十二点钟。
循其延伸而行，这街
被装在一个太阴综合体内。
低语的太阴之咒符
融化记忆的楼层
和它所有的明确关系，
它的切分与精度。
我经过的每一盏路灯
都像宿命论的鼓般敲打，
而穿越黑暗的空间
午夜摇撼记忆
如一个疯子摇撼一株死天竺葵。

一点半，
街灯噼啪作响，
街灯喃喃低语，
街灯说："瞧那个女人
她对着你踌躇不前，身上的光来自
一个轻笑般向她敞开的屋门。
你看她裙子的饰边
撕破了上面沾着沙子，
你再看她的眼角
歪扭如一根弯曲的别针。"

记忆高高抛起干枯的

一大堆歪扭之物；

海滩上一根歪扭的树枝

被啃得溜滑，被抛光

仿佛世界弃下了

它骸骨的隐秘，

僵而又白。

一家工厂院中的一段破弹簧，

铁锈贴附着力量原先遗留的形状

硬而卷曲，随时可能折断。

两点半，

街灯说：

"且看那只趴到阴沟里的猫，

伸出它的舌头

吞下一口腐臭的黄油。"

于是那孩子的手，机械般，

探出而将一只沿着码头奔跑的玩意儿装进口袋，

我见那孩子的眼睛后面空无一物。

我见过街上的眼睛

想透过点亮的百叶窗窥视，

而一只螃蟹有天下午在一个水塘里，

一只背上有藤壶的老螃蟹，

钳住我递给他的一根棍子的末端。

三点半，

灯噼啪作响，

灯在黑暗里喃喃低语。

灯嗡鸣：

"瞧那月亮，

La lune ne garde aucune rancune[①]，

她眨着一只虚弱的眼，

她朝角落里微笑。

她抚平青草的头发。

月亮失去了她的记忆。

一抹消褪的天花划开她的脸，

她的手拧转一朵纸玫瑰，

一股灰尘和古龙水的味道，

她孤身无伴

所有古老的夜间味道

交错又交错穿过她的大脑。"

那缅怀来自

不见太阳的干天竺葵

和缝隙里的灰尘，

一股街上的栗子味道，

和百叶窗房间的女性味道，

和走廊里的香烟

和酒吧里的鸡尾酒味道。

灯说：

"四点钟，

这是门上的号码。

----

① 法语："月亮从不留怨恨"。

记忆！

你有钥匙，

小灯在楼梯上铺开一个圈。

上去。

床空着；牙刷挂在墙上，

把鞋子放在门口，睡吧，为生活作准备。"

刀的最后拧转。

窗前的早晨

她们正在地下室厨房里叩响早餐盘子，
而沿着被踩踏的街边
我觉察到女佣们潮湿的灵魂
在地库门道里沮丧地发芽。

雾的棕褐浪涛向我抛起
来自街底的扭曲面容，
又从一个穿泥污裙子的过路人脸上扯下
一副漫无目的的微笑，它盘旋在空中
又沿屋顶的高度一路消失。

《波士顿晚间誊报》[1]

《波士顿晚间誊报》的读者
在风中摇摆如一片成熟的玉米地。

当傍晚在街头微微激荡，
唤醒某些人心中对生活的渴求
而给其他人带来《波士顿晚间誊报》，
我登上阶梯按响门铃，转过身
疲惫不堪，像一个人会转过身朝拉罗什富科[2]点头再会，
假如那条街是时间而他在街的尽头，
而我说："哈里叶特表妹，这是《波士顿晚间誊报》。"

---

① Boston Evening Transcript，1830—1941 年发行的报纸。
② La Rochefoucauld（1613—1680），法国作家。

海伦姑妈

海伦·斯林斯比小姐是我的处女姑妈，
住在一个时髦广场附近的一栋小房子里
由数目多达四名的仆人照顾。
现在她去世了，天堂中一片寂静①
寂静也在这条街上她住的那头。
百叶窗被拉起，殡仪员擦自己的脚——
他明白这种事情以前就发生过。
几条狗获得的喂饲颇为可观，
但不久之后鹦鹉也死了。
德累斯顿钟②在壁炉架上继续滴答作响，
而男仆坐到了餐桌上面
将第二女佣抱在膝头——
她女主人活着的时候她一直是那么小心。

---

① 《圣经·启示录》8：1。
② Dresden clock，德国德累斯顿市附近迈森（Meissen）陶瓷工厂生产的洛可可式座钟。

南希表妹

南希·埃利科特小姐
曾迈步跨越山岭并驯服它们，
曾骑马驰过山岭并驯服它们——
贫瘠的新英格兰山岭——
骑着马猎狐
在奶牛牧场之上。

南希·埃利科特小姐曾吸烟
还跳所有的现代舞；
她的阿姨们不太确定自己对此感受如何，
但她们知道那是现代的。

在玻璃架上始终凝望着
马修[1]和华尔多[2]，信仰的守护者，
那支无可更改的律法的大军[3]。

---

[1] 马修·阿诺德 (Matthew Arnold, 1822—1888)，英国诗人、作家、哲学家。
[2] 拉尔夫·华尔多·爱默生 (Ralph Waldo Emerson, 1803—1882)，美国诗人、作家。
[3] 英国作家乔治·梅瑞狄思 (George Meredith, 1828—1909) "星光下的路西法" (Lucifer in Starlight)，《尘世之乐的诗与歌词》(*Poems and Lyrics of the Joy of Earth*)。

阿波利纳克斯先生

Ω τῆς καινότητος. Ἡράκλεις, τῆς παραδοξολογίας. εὐμήχανος ἄνθρωπος. [①]

卢西安 [②]

阿波利纳克斯先生访问美国时
他的笑声在茶杯间叮当作响。
我想到了弗拉吉里安，那个白桦林中的腼腆身影，
还有灌木丛中的普里阿普斯 [③]
目瞪口呆望向荡秋千的女士。
在弗拉喀斯夫人宫中，在迷人猎豹教授家里
他笑得像个不负责任的胚胎。
他的笑声潜行于水下而又深沉
如那个海之老人
隐藏在珊瑚岛屿下面
那里溺死之人忧愁的尸体在绿色的寂静中漂流而下，
从浪涛的指尖掉落。

我寻找阿波利纳克斯先生的脑袋在一把椅子下面滚动
或是对着一面银幕咧嘴而笑
发间杂有海藻。

---

① 希腊语："哦多么新奇，赫剌克勒斯，真是个不可思议的故事。"英国作家惠布利（Charles Whibley，1859—1930）《坦率之研究》（*Studies in Frankness*）中的引文。
② Lucian，2 世纪希腊讽刺作家。
③ Priapus，希腊罗马神话中的生殖、园艺与葡萄种植业的保护神，阴茎的象征。

我听见了人马怪①蹄音的节拍越过坚硬的草皮

正当他枯燥而热忱的谈话将下午吞噬。

"他是个迷人的人"——"可他究竟是什么意思？"——

"他的尖耳朵……他肯定有些错乱。"——

"他说的某些东西我也许提出过异议。"

对于孀妇弗拉喀斯夫人，及猎豹教授夫妇

我记得一片柠檬，和一个咬过的马卡龙②。

---

① Centaur，希腊神话中半人半马的怪物。

② Macaroon，一种杏仁或椰子圆饼干。

歇斯底里

　　她一笑我便意识到自己正被牵扯进她的笑而成为它的一部分，直到她的牙齿成为仅属偶然的星辰具有一种小组训练的天赋。我被短促的喘息拖了进去，在每一次瞬间恢复中被吸入，最终迷失在她咽喉的黑暗洞穴里，被看不见的肌肉的波动擦伤。一名手颤的老年侍者正将一块粉白相间的格子布匆忙铺在生锈的绿铁桌上，说："假如女士和先生希望在花园里用茶，假如女士和先生希望在花园里用茶……"我断定假如她双乳的抖动能被阻止的话，下午的某些碎片或许还收拾得起来，于是我便以谨慎的精微细致将我的关切凝注于这一端。

Conversation Galante [1]

我开言："我们多愁善感的朋友月亮！
或者有可能（荒诞不经，我承认）
它也许是祭司约翰 [2] 的气球
抑或是一盏高高悬挂的破旧灯笼
为可怜的旅人照亮他们的苦痛。"
　　　　然后她说："你太离题了！"

然后我说："有人在琴键上构造
那支美妙的夜曲，我们用它来诠释
夜晚和月照；我们紧抓住音乐
来体现我们自身的空虚。"
然后她说："这是指我吗？"
　　　"非也，是我愚笨无聊。

"您，夫人，是永恒的幽默家，
绝对的永恒敌手，
为我们游移的心绪带来最细微的扭转！
用您冷漠与傲然的气质
一下子驳倒我们疯狂的诗情——"
　　　　然后——"我们就那么严肃吗？"

---

① 法语："文雅的交谈"。
② Prester John，传说中信仰基督教的中世纪国王兼祭司。

La Figlia Che Piange [①]

O quam te memorem virgo … [②]

伫立在楼梯最高的一级——

倚在一只花园的瓮上——

编织，编织你头发里的阳光——

痛苦的一惊之下将鲜花拢向自己——

将它们抛掷于地并转身

眼中刹那间掠过一丝幽怨：

但要编织，编织你头发里的阳光。

我愿他在那时如此离开。

我愿她在那时如此伫立与悲伤。

他愿在那时如此离开

像灵魂离开被撕裂而伤痕累累的身体，

像意念遗弃它用过的身体。

我应该找到

某种无比轻盈而灵巧的方式，

某种我们都应该理解的方式，

---

① 意大利语："哭泣的女孩"。"有人曾建议他到一个意大利博物馆里去看一座起源于埃及的石碑。那是一个女人的形体，意大利人称之为 La Figlia Che Piange。他始终没见到石碑，那标题却一直印在了他的脑海里，所以最终这首诗呈现了他对于那件雕塑应该是怎样的印象。"参见美国纽约瓦萨学院 (Vassar College)《杂闻报》(*The Miscellany News*) 1933 年 5 月 10 日。

② 拉丁语："哦我该如何称呼（或记忆）你，少女……"维吉尔《埃涅阿斯纪》(*Aeneis*)，埃涅阿斯见母亲维纳斯而不识，因后者扮成迦太基女猎手，故问此语。

简单而无信如一个微笑加握手。

她转过身去，却随着秋日天气
驱策了我的想象许多天，
许多天和许多个钟头：
她的头发披过双臂，她的双臂抱满鲜花。
而我疑惑他们那时在一起又会是怎样！
我本该失去一个动作和一个姿态。
有时候这些思虑依然会惊诧
困扰的子夜和中午的休憩。

诗 篇 [①]

Poems

1920 年

小老头

你既无青春亦无老年
却似餐后一场睡眠
梦见两者。①

这就是我，一个老人在一个干旱月份里，
让一个男孩给我读书，等着下雨。
我既不曾置身于炽热的关隘
也不曾战斗在温暖的雨中
也不曾没膝在盐沼里，举着一柄弯刀，
在苍蝇叮咬下，战斗。
我的房子是一栋腐坏的房子，
那个犹太人蹲在窗台上，房东，
落生于某个安特卫普小酒吧，
起疱于布鲁塞尔，敷药并削皮于伦敦。
山羊夜间在头顶那片地里咳嗽；
岩石，苔藓，景天，铁器，粪堆。
女人守着厨房，泡茶，
对傍晚嚏鼻，捅着坏脾气的阴沟。
　　　　　　　　　　　我就一个老人，
一颗笨脑袋在起风的空地之间。

征兆被当成奇迹。"我们会看到一个征兆！"
一言中的此言，无法道出一言，

---

① 莎士比亚《一报还一报》（*Measure for Measure*）Ⅲ i（并非完全精确引用）。

紧裹着黑暗。在年的返老还童之中
来了基督这头老虎

在堕落的五月，山茱萸和栗子，开花的犹大①，
要被人食用，分割，吸饮
在低语之间；他们是西尔弗洛先生②
以爱抚的双手，在利摩日③
他整夜在隔壁房间里踱步；
是蒉川④，在提香⑤画作间鞠着躬；
是 Madame de Tornquist⑥，在黑暗房间里
换着蜡烛；Fraulein von Kulp⑦
她在大厅转身，一只手放在门上。空梭子
将风编织。我并无幽灵，
一个老人在一栋漏风的房子里
在一座起风的圆丘之下。

在如此认知以后，什么宽恕？现在想想
历史有许多狡猾的通道，精心设计的走廊
和出口，用低语的野心欺骗，
经由虚荣引导我们。现在想想

---

① Judas，即紫荆，传说犹大自缢于此树上。
② Mr. Silvero，指英国古典学者、波士顿美术馆副馆长普利查德（Matthew Prichard，1865—1936）。
③ Limoges，法国中西部城市。
④ Hakagawa，或指日本学者、艺术批评家、波士顿美术馆日本与中国艺术部主管冈仓天心（1862—1913）。
⑤ Titian（约 1488—1576），意大利画家。
⑥ 法语："托恩奎斯特夫人"。
⑦ 德语："库尔普小姐"。

她在我们的注意被引开之时传递

而她所传递的，伴着如此逢迎的迷惑传递

以至那传递令渴求饥渴。太晚传递

那不被信仰的，或倘若仍被信仰，

也只在记忆之中，被再度审视的激情。太早传递

放入软弱的手，所想皆可捥弃

直到那拒绝催生出一份恐惧。想想

恐惧还是勇气都拯救不了我们。违反天性的恶习

是由我们的英雄主义所养成。美德

是我们厚颜无耻的罪恶强加给我们的。

这些眼泪是从载满愤怒的树上抖落。

老虎跳跃在新的一年。我们被他吞噬。最后想想

我们并未得出结论，当我

在一栋出租房子里僵硬时。最后想想

我作这场表演并非毫无目的

其缘由也并非任何挑动

来自逆行的群魔。

我会就此与你坦诚相对。

与你的心靠近的我从那里被移走

丧失美于恐怖之中，恐怖于拷问之中。

我已丧失了我的激情：我为什么需要保留它

既然被保留的东西必定是掺假的？

我已丧失了我的视觉、嗅觉、听觉、味觉和触觉：

我该如何使用它们来与你联系得更紧密？

这一切以一千次细小的深思熟虑

拖延它们冰冷谵妄的利益，

令薄膜激荡，当感觉已经冷却，

配上辛辣的酱汁，让多样性倍增

在一片镜子的荒野里。蜘蛛会做什么，

暂停其操作，象鼻虫会不会

推迟？德·拜尔哈切，弗莱斯卡，卡梅尔夫人，旋转

超越那头战栗大熊的环线

在破裂的原子中。鸥鸟迎风，在贝尔岛 [①]

起风的海峡，或奔行于合恩角 [②] 上。

雪中的白色羽毛，被海湾索要，

而一个老人被贸易风驱赶

到一个昏睡的角落。

　　　　　　　　　房子的租户们，

一个干枯头脑在一个干枯季节的种种念头。

[①] Belle Isle，加拿大拉布拉多（Labrador）东南部与纽芬兰（Newfoundland）西北部之间的岛屿。

[②] Horn，火地群岛（Tierra del Fuego）一海岬，为南美洲最南端。

携一本贝德克^①的伯班克^②：抽一支雪茄的布莱斯坦^③

特啦—啦—啦—啦—啦—啦—啦嘀^④——*nil nisi divinum stabile est*，
caetera fumus^⑤——贡多拉停下了，古老的官殿就在那里，多迷人
啊它的灰色和粉色^⑥——山羊和猴子^⑦，毛发亦如这般！^⑧——于是
伯爵夫人继续走下去直到她穿过了小公园，在那里尼俄柏赠予她
一个匣子便离开了^⑨。

伯班克穿过一座小桥

    在一家小旅馆下船；

沃卢潘公主到了，

    他俩相聚，他便沦陷。

---

① Baedeker，德国出版家卡尔·贝德克（Karl Baedeker，1801—1859）出版的
旅行指南，或泛指普通的导游手册。

② Luther Burbank（1849—1926），美国植物学家、园艺家。

③ Bleistein，或指伦敦皮草商西格菲尔德·布莱斯坦（Siegfried Bleistein，1858—
1929），据说常抽皇冠雪茄（Corona）。

④ Tra-la-la-la-la-la-laire（贡朵拉船夫的号子）。法国作家忒奥菲尔·高蒂埃
（Théophile Gautier，1811—1872）"威尼斯狂欢节变奏曲之二：潟湖之上"
（Variations sur le Carnaval de Venise II: Sur les Lagunes），《珐琅与浮雕》（*Emaux et Camée*）。

⑤ 拉丁语："除神以外无物长存；余者皆云烟"。意大利画家安德莱亚·曼泰尼
亚（Andrea Mantegna，约 1431—1506）《圣塞巴斯蒂安》（*San Sebastiano*）画
中蜡烛上的箴言。

⑥ 略有删改的引文，出自美国小说家亨利·詹姆斯（Henry James，1843—1916）
《阿斯彭文稿》（*The Aspern Papers*）。

⑦ 莎士比亚《奥赛罗》（*Othello*）。

⑧ 英国诗人罗伯特·布朗宁（Robert Browning，1812—1889）"一支加卢皮的
托卡塔曲"（A Toccata of Galuppi's），《男与女》（*Men and Women*）。

⑨ 英国诗人、剧作家约翰·马斯顿（John Marston，1576—1634）《德比伯爵遗
孀爱丽斯的娱乐》（*Entertainement of Alice, Countesse Dowager of Darby*）。

海底下湮灭的音乐 [①]

　　随报丧的钟声 [②] 向海而去

缓慢：赫剌克勒斯神 [③]

　　已经离开了他，原本爱他很深。

马匹，在轴梁之下

　　敲打伊斯特拉 [④] 的黎明

以均匀的脚步。她的百叶窗驳船

　　整日在水上燃烧 [⑤]。

但这般或如此正是布莱斯坦的样子：

　　一种松弛的弯曲在膝盖

和手肘上，手掌朝外，

　　芝加哥闪米特维也纳人。

一只无光泽而爆突的眼睛

　　从原生动物的黏液中凝望

以一种卡纳莱托 [⑥] 的透视。

　　时间冒烟的蜡烛头

---

① 莎士比亚 "凤凰与斑鸠"（The Phoenix and the Turtle）。

② 英国作家约翰·拉什金（John Ruskin，1819—1900）《威尼斯的石头》（*The Stones of Venice*）。

③ God Hercules，莎士比亚《安东尼与克娄派特拉》（*Antony and Cleopatra*）。

④ Istria，亚德里亚海（Adriatic）东北岸的一个三角形半岛，西临威尼斯湾（Gulf of Venice）。

⑤ 莎士比亚《安东尼与克娄派特拉》。

⑥ Canaletto（1697—1768），意大利画家，以威尼斯节日与风景画闻名。

衰微。有一回在里亚尔托岛上 [①]。

老鼠在桩子下面。

犹太人在地块下面。

穿裘皮的金钱。船夫微笑，

沃卢潘公主伸开

一只乏力，蓝指甲，痨病的手

去攀水梯。肺脏，肺脏，

她招待费迪南

克莱因爵士。谁修剪了狮子的翅膀 [②]

又为他的臀部除蚤，磨削他的爪子？

伯班克想道，沉思着

时间的废墟，和七条法则 [③]。

---

① 出自莎士比亚《威尼斯商人》(*The Merchant of Venice*)。里亚尔托 (Rialto)
为威尼斯一岛屿，上有中世纪市场。

② 长翅膀的狮子为威尼斯的象征。

③ 拉什金《建筑七灯》(*Seven Lamps of Architecture*) 与《威尼斯的石头》中阐
述的建筑法则。

直立的斯威尼

而我身边的树木，
就让它们干枯和无叶吧；就让岩石
呻吟伴随持续的浪涌；并在我身后
化万物为一片荒凉。看吧，看吧，少女们！①

给我画一个多穴的荒滩
　　　坐落在不安宁的基克拉德斯②，
给我画险峻错杂的岩石
　　　面对混乱与咆哮的大海。

给我在上面呈现埃奥罗斯③
　　　检阅叛逆的狂风
它们纠缠阿里阿德涅④的头发
　　　并匆匆鼓起伪证之帆⑤。

早晨拨动足与手

---

① 出自 17 世纪英国作家布蒙与弗莱切（Beaumont and Fletcher）《少女的悲剧》
（*The Maid's Tragedy*）。
② Cyclades，希腊东南部群岛。
③ Aeolus，希腊神话中的风神。
④ Ariadne，希腊神话中克里特国王弥诺斯（Minos）与帕西淮（Pasiphaë）之
女，爱上英雄忒修斯（Theseus）并赠他线团，助他在杀死怪物米诺淘（Mino-
taur）后走出迷宫，后遭忒修斯抛弃而自杀。
⑤ 忒修斯返回雅典时误挂黑帆，其父埃勾斯（Aegeus）以为他已丧命，便跳崖
而死。

（瑙西卡 ① 与波吕斐摩斯 ②）。

大猩猩的姿态

　　从蒸腾的床单间升起。

这发结丛生的枯萎之根

　　下有裂口并划开眼瞳，

这牙齿突现的椭圆之 0：

　　从大腿开始的镰刀运动

由膝盖向上呈大折刀状

　　然后从脚跟到臀部拉直

猛推着床的框架

　　同时紧抓着枕套。

斯威尼起身站直去剃须

　　宽臀，由颈至底粉红，

知晓女性的脾气

　　将脸上的皂沫擦去。

（一个人被拉长的影子

---

① Nausicaa，荷马史诗《奥德赛》（*Odyssey*）中法埃亚科安岛（Phaeaceans）国王阿尔喀诺俄斯（Alcinous）的女儿，在俄底修斯（Odysseus）沉船后救助并寄情于他。

② Polypheme，《奥德赛》中的独眼巨人，将俄底修斯囚禁在洞穴中，后者弄瞎其独眼而逃出；在古罗马诗人奥维德（Ovidius，前 43— 约 17）《变形记》（*Metamorphoses*）中，他因渴求海洋女神伽拉忒亚（Galatea）而用石头压死其情敌牧人埃西斯（Acis）。

就是历史[①]，爱默生说

他不曾看见斯威尼

在阳光下被跨骑的剪影。）

在自己腿上试剃刀

直等到那声尖叫平息。

床上的癫痫患者

曲身向后，扣住她的侧身。

走廊的女士们

发现自己被牵连，受了羞辱，

为她们的原则呼叫见证

并谴责品味的缺欠

声言道歇斯底里

可能易遭误解；

特纳夫人[②]暗示

这对店家并无好处。

但是多丽丝，裹着毛巾出浴，

宽脚轻轻步入，

带来挥发盐[③]

和一杯纯白兰地。

[①] 参见："一个体制是一个人被拉长的影子……一切历史都很容易将自身转变为若干壮健而热诚之人的传记。"爱默生《自立》（*Self-Reliance*）。
[②] Mrs. Turner，或取自美国 - 英国小说家、诗人玛丽·巴登（Mary Borden，1886—1968），婚后名玛丽·特纳。
[③] Sal volatile，用于治疗晕厥。

一只烹煮蛋 ①

En l'an trentiesme de mon aage
Que toutes mes hontes j'ay beues... ②

琵琶特端坐在她的椅中
　　离我坐的地方有些距离；
《牛津诸学院风景》
　　摊在桌上，跟编织物一起。

达盖尔银版照片 ③ 和剪影，
　　她的祖父和叔祖母，
支在壁炉架上
　　一份《舞会请柬》。

* * * * * *

我不会希求天上的荣耀
　　因我会见到菲利普·西德尼爵士 ④
并与科里奥拉努斯 ⑤ 交谈
　　还有那般血性的其他英雄。

---

① Cooking Egg，过了新鲜期而必须烹煮方能食用的蛋。
② 法语："在我的第三十个年头，／我饮下了我所有的耻辱……"法国诗人维永 (François Villon，1431— 约 1463)《大遗言集》(*Le Grand Testament*)。
③ Daguerreotypes，以镀银金属板显像的早期摄影法。
④ Sir Philip Sidney (1554—1586)，英国诗人、学者、战士，在荷兰聚特芬 (Zutphen) 与西班牙军队交战中重伤而死。
⑤ Coriolanus，公元前 5 世纪罗马将军，因遭放逐而回兵攻打罗马；莎士比亚悲剧《科里奥拉努斯》的主角。

我不会希求天上的资本

　　因我会见到阿尔弗雷德·蒙德爵士①。

我们俩会并躺在一起，被堆叠

　　在一笔百分之五中。国库债券。

我不会希求天上的社交，

　　卢克莱霞·博尔贾② 会是我的新娘；

她的轶事会更加娱人

　　超乎琵琵特的经验所能贡献。

我不会希求天上的琵琵特：

　　布拉瓦茨基夫人③ 会教导我

在那七重神圣入定之中；

　　琵卡尔达·德·多纳蒂④ 会指引我。

　　　　＊　＊　＊　＊　＊　＊

但那便士世界⑤ 何在，我曾买来

　　跟琵琵特一起在屏风后进餐？

---

① Sir Alfred Mond（1868—1930），英国实业家、政治家。

② Lucretia Borgia（1480—1519），西班牙 - 意大利贵族，罗马教宗亚历山大六世（Pope Alexander VI）的私生女。

③ Madame Blavatsky（1831—1891），俄国作家，神智学会（Theosophical Society）的创立者之一。

④ Piccarda de Donati，13 世纪意大利修女，但丁《天堂篇》（*Paradiso*）中的人物。

⑤ Penny world，出自英格兰小说家、诗人史蒂文森（Robert Louis Stevenson，1850—1894）《记忆与肖像》（*Memories and Portraits*）。

红眼的食腐者们正在潜行

　　自肯特之城^①与戈尔德绿地^②而来；

鹰与号角何在？

　　埋没在某座雪深的阿尔卑斯山下。
对着涂了黄油的烤饼和小圆饼
　　哭泣，哭泣的众人
颓坐在一百家 A.B.C.^③店中。

---

① Kentish Town，肯特（Kent）为英格兰东南部一地区。
② Golder's Green，伦敦巴尼特市镇（London Borough of Barnet）一地区。
③ 遍布伦敦的茶屋，为"Aerated Bread Company"（活力面包公司）的缩写。

Le Directeur [①]

不幸归于不幸的泰晤士河

它流淌得离《旁观者》[②] 那么近。

那个保守派的

《旁观者》

总编

让清风发臭。

反动的

《旁观者》

股东们

手臂叠着手臂

转圈儿

踮着脚尖。

在一条阴沟里

一个小女孩

衣衫褴褛

塌着鼻子

凝望

《旁观者》的

保守派

总编

而爱得要死。

---

① 法语："总编"（本诗全文为法语）。

② Spectateur，即 *The Spectator*，1828 年创办的英国的政治文化时事杂志。

Mélange Adultère de Tout [①]

在美国，教授；

在英格兰，记者；

迈开大步，汗水淋淋

你几乎都追不上我的踪影。

在约克郡，讲师；

在伦敦，算个银行家，

你会将我嘲弄个够。

在巴黎我戴着

不关我事的黑色头盔。

在德国，哲学家

过度兴奋于 Emporheben [②]

在 Bergsteigleben [③] 的开阔空气中；

我总是漫游四方

撞见各式各样的特啦啦

从大马士革到奥马哈 [④]。

我要庆祝我的节日

在一个亚非利加绿洲

身披一块长颈鹿皮。

人们将呈现我的纪念碑

在莫桑比克燃烧的海岸。

---

① 法语："一切的私通混合体"（本诗全文为法语）。

② 德语："举起，推升"。

③ 德语："登山生活"。

④ Omaha，美国内布拉斯加州东部城市。

Lune de Miel [①]

他们见过了低地 [②]，他们正返回高地 [③]；
然而一个夏夜，他们在拉文纳 [④] 这里，
歇在两张被单之间，跟两百只臭虫一起；
当季的热汗，还有一股浓浓的骚味。
他们仰面朝天，伸开双膝
四条松弛的肉腿全都已被咬肿。
他们掀起被单来好好挠一挠。
离这儿不到一里格 [⑤] 是圣亚坡理纳 [⑥]
在克拉塞 [⑦]，为同好所熟知的大教堂
其莨苕叶形柱头是被风扭转而成。

他们要乘上八点钟的火车
将他们的苦难从帕多瓦 [⑧] 延长到米兰
那里有最后的晚餐，还有一家便宜的餐厅。
他一边想小费，一边算账单。
他们想已见过了瑞士并穿越了法国。
而圣亚坡理纳，僵硬而禁欲，
上帝废弃的旧作坊，依然在它
崩裂的石中保留着拜占庭的精确之形。

---

① 法语："蜜月"（本诗全文为法语）。
② Pays-Bas，即荷兰。
③ Terre Haute（特雷霍特），美国印第安纳州西部城市。
④ Ravenne，意大利东北部城市。
⑤ Lieue，古代距离单位，1 里格约合 4 公里。
⑥ Saint Apollinaire，拉文纳教堂，拜占庭时期建筑。
⑦ Classe，拉文纳东南港口。
⑧ Padoue，意大利东北部城市。

河马

Similiter et omnes revereantur Diaconos, ut mandatum Jesu Christi, et Episcopum, ut Jesum Christum, existentem filium Patris, Presbyteros autem, utconcilium Dei et conjunctionem Apostolorum. Sine his Ecclesia non vocatur, de quibus suadeo vos sic habeo.

S IGNATII AD TRALLIANOS.[①]

你们念了这书信，便交给老底嘉的教会，叫他们也念[②]

背脊宽阔的河马
趴在泥中歇息；
虽在我们眼中如此坚强
他也不过是血肉之躯。

血肉无力而脆弱，
易患神经休克；
而真的教堂从不可能失败
因它是奠基于一块岩石之上。

河马乏力的脚步会出错

---

① 拉丁语："同理愿人人尊执事，如耶稣基督所诫命，与主教，如耶稣基督，实有的天父之子，及众长老，如上帝的参议会与使徒的联合体。无此种种便无教堂之名，我确信诸君亦执同一信念。《圣依纳提致他拉勒教众》。"参见爱尔兰主教厄谢尔（James Ussher，1581—1656）所译早期基督教殉道圣人安提约基的圣依纳提（Saint Ignatius of Antioch，67—110）致土耳其他拉勒（Tralles）教区的希腊语信札（末句为艾略特所加）。
② 《圣经·歌罗西书》4：16。

围绕物质的标的，
而真的教堂从来不需微动
来收取它的红利。

那河马永远够不到
芒果树上的芒果；
但石榴的果实和桃子
却漂洋过海为教堂增元气。

交配时河马的声音
呈现嘶哑而古怪的曲折，
但每星期我们都听见欢欣的
教堂，与上帝合而为一。

河马的白昼
在睡眠中过去；晚上他打猎；
上帝以一种神秘方式行事——
教堂可同时睡觉与进食。

我看见过河马长翅膀
从潮湿的大草原上腾起，
天使围着他齐声歌唱
赞美上帝，以响亮的和撒那 ①。

羔羊的血会将他洗净

_____
① Hosanna，赞美上帝的用语。

而他会被拥入天堂的怀抱。
在圣徒中间他会被看见
在黄金的竖琴上演奏。

他会被洗得洁白如雪，
在所有殉道处女的石棺一边，
而真的教堂依然在底下
被裹在古老的瘴气雾霭里。

Dans le Restaurant ①

那颓唐的侍应生无所事事

除了一边搓手指一边倚在我肩头：

　　"在我家乡快到雨季了，

　　　有风，有大太阳，还有雨；

　　　所谓乞丐的洗衣日。"

（喋喋不休，口沫四溅，屁股浑圆，

我向你祈祷，至少，别滴进汤里）。

　　"被打湿的柳树，刺藤上的新芽——

　　　就在那儿，在一场人人躲避的骤雨中。

我那时七岁，她更小。

　　她浑身湿透，我送给她报春花。"

他背心的污渍多达三十八处。

　　"我挠她的痒，逗她笑。

　　我体验到一瞬间的力与迷乱。"

　　然而，老色鬼，在那个年龄……

"先生，事实是很难。

　　他跑来，与我们厮磨，一条大狗；

　　我受了惊，半路上离开了她。

　　真可惜。"

　　　　　　　　然而，你有你的秃鹰！

走开吧去清理你脸上的皱纹；

拿去，我的叉子，把你的头皮刮干净。

―――――――――――

① 法语："在餐厅"（本诗全文为法语）。

你哪来的权利为我这样的经历付出代价？

拿去，这是十个苏 ①，付给澡堂。

腓尼基人 ② 腓力巴 ③，淹死十五天，

忘记了鸥鸟之鸣与康沃尔 ④ 的浪涛，

和所得与所失，和锡的货物：

一道海底的水将他载送到很远，

回返他前生的各个阶段。

只需试想，这是一场痛苦的宿命；

然而，他曾是一个英俊的人，身形高大。

---

① Sou，法国旧时一种低面值硬币。

② Phénicien，腓尼基（Phénicie）为地中海东岸古国，位于今叙利亚和黎巴嫩
境内。

③ Phlebas，或源自拉丁语 flebilis，意为"可悲可泣的"。

④ Cornouaille，即 Cornwall，英格兰半岛南端一郡。

不朽之低语

韦伯斯特[①]沉迷于死亡
看见了头皮遮盖的颅骨；
而地底下的无胸生物
后仰着咧开一副没唇的笑。

是水仙鳞茎而非眼球
从两眼的眶中凝望！
他知道思想缠绕死的肢体
正束紧它的欲望与奢侈。

多恩[②]，我想，是又一个同道
他发现了感觉无可替代，
去攫取与握紧与刺透；
超乎经验的专家，

他知道骨髓的剧痛
骷髅的疟疾；
一切可能的肉体接触从未
缓解过骸骨的热病。

* * * * * *

格里什金很好：她的俄罗斯眼睛

---

① John Webster（约 1580— 约 1632），英国戏剧家。
② John Donne（1572—1631），英国诗人、神学家。

下有描线以着重呈现；
并未束胸，她友好的胸部
释放充气幸福的承诺。

平卧的巴西美洲虎
驱赶蹦跳的狨猴
用猫科的微妙流泻；
格里什金有一套小宅；

光滑的巴西美洲虎
并不在的它树之幽暗中
散发如此刺鼻的一股猫骚
像客厅里的格里什金。

甚至连那些抽象实体
都环绕她的魅力；
但我辈都在干肋骨间爬行
以保我们的玄学温暖。

艾略特先生的周日早间礼拜

瞧啊，瞧啊，主人，来了两条宗教毛虫。

《马耳他的犹太人》

子女超多
主的睿智随军商贩
飘过窗玻璃。
起初已有圣言①。

起初已有圣言。
τὸ ἕν②的重孕③，
而在时间的月月交替中
产生了衰弱的奥利金④。

一个翁布里亚派⑤画家
在一层石膏底上设计了
受洗之神的光环。
荒野开裂化为棕褐

但透过苍白而稀薄的水

---

① 《圣经·约翰福音》1：1。
② 希腊语："元，一，融合"（宗教与哲学理念）。
③ Superfetation，在已怀孕的子宫中形成第二个胎儿。
④ Origen（约185—约254），希腊天主教哲学家，曾施行自我阉割。
⑤ Umbrian school，意大利文艺复兴时期画派，成员包括拉菲尔（Raphael，1483—1520）和佩鲁吉诺（Perugino，约1450—1523）等。

依然闪耀着无害之足
而在画家上方那边就位的
是圣父与圣灵。

* * * * * *

缁服的长老接近
忏悔之道；
年轻人红肿生疮
紧抓着赎罪的便士。

所有忏悔的大门
都由谛视的六翼天使支撑
其下是虔诚者的灵魂
无形而昏暗地燃烧。

沿着花园围墙蜜蜂
拖着毛茸的肚腹穿行于
雄蕊和雌蕊之间，
双性者有福的圣事。

斯威尼从左臀挪到右臀
将他浴缸里的水激起。
玄妙派别的大师们
充满争议，博学多识。

夜莺中间的斯威尼

μοι, πέπληγμαι καιρίαν πληγὴν ἔσω. [①]

猿颈的斯威尼分开双膝
让两臂垂下来大笑,
沿下巴排开的斑马纹
胀成斑斑点点的长颈鹿。

暴风雨之月亮的圆环
西行滑向普拉塔河 [②],
死亡和乌鸦飘荡于其上
而斯威尼守卫着角门。

阴郁的猎户座与大犬 [③]
被遮没;萎缩的海也遭噤声;
身披西班牙斗篷的人
想要坐到斯威尼的膝上

滑落下来又扯到桌布
将一只咖啡杯打翻,
在地板上重整好装束
她哈欠着拉起一只长袜;

摩卡棕衣的沉默男人

---

① 希腊语:"啊,我挨了致命的深深一刺。"希腊悲剧家埃斯库罗斯 (Aeschylus,
约前 525— 约前 456)《阿伽门农》(*Agamemnon*)。
② River Plate,乌拉圭与阿根廷之间的河口。
③ The Dog,即大犬座 (Canis Major)。

摊在窗台上瞪大眼睛；
侍者端过来橘子
香蕉无花果和温室葡萄；

棕衣的沉默脊椎动物
蜷身并凝注，后退；
瑞切尔原姓拉比诺维奇
用凶恶的爪子撕扯葡萄；

她和披斗篷的女士
被怀疑，有同谋之嫌；
因此那眼神凝重的男人
拒吃弃子，显出疲态，

离开房间又再次现身
于窗外，斜探进来，
紫藤的枝条
勾勒出金色的咧嘴一笑；

主人与模糊不清的某人
分立在门两旁交谈，
夜莺们正歌唱于靠近
圣心修道院的所在，

也曾歌唱于血腥树林中
在阿伽门农高声惨呼之时
并洒落它们渗流的液体
玷污那块被羞辱的僵硬尸布。

荒 原

The Waste Land

1922 年

'Nam Sibyllam quidem Cumis ego ipse oculis meis vidi in ampulla pendere, et cum illi pueri dicerent. Σίβνλλα τί Θέλεις; respondebat illa άπο Θανεῖν Θέλω.' [①]

给埃兹拉·庞德 [②]
il miglior fabbro. [③]

[①] 拉丁语与希腊语："确是我在库迈亲眼所见，西比尔悬在一个笼中，这时男孩们对她说：'西比尔，你想要什么？'她回答：'我想死。'"出自古罗马廷臣、作家彼得罗尼乌斯（Gaius Petronius，27—66）《萨忒里孔》（*Satyricon*）。库迈（Cumae）为古希腊殖民地，位于意大利那不勒斯附近；西比尔（Sibyllam）为古代地中海沿岸的女先知，此处指库迈阿波罗神庙中的女祭司。

[②] Ezra Pound（1885—1972），美国诗人、批评家。

[③] 意大利语："最好的工匠。"参见"fu miglior fabbro del parlar materno"（他本是母语的更好工匠），但丁《炼狱篇》XXVI 117，所指者为 12 世纪法国行吟诗人阿诺·达尼埃尔（Arnaut Daniel）。

I. 死者的葬礼

四月是最残忍的月份，化生

丁香出于死地，混合

记忆与欲望，激扰

呆然的根芽以春雨。

冬季保我们温暖，覆盖

土地于善忘的雪中，给食

一点生命以干枯的块茎。

夏天出我们所料，降临 Starnbergersee[①]

随一阵骤雨；我们在柱廊少停，

出了太阳继续前行，进到 Hofgarten[②]，

喝咖啡，又聊了一个小时。

Bin gar keine Russin, stamm' ausLitauen, echt deutsch[③].

当我们孩提时，住在大公的府邸，

我表兄家里，他带我乘一架雪橇出门，

我吓坏了。他说，玛丽[④]，

玛丽，抓紧了。我们就一路冲下去。

---

① 德语："斯坦贝格湖"。德国南部湖泊，1886 年 6 月 13 日，巴伐利亚国王路德维希二世 (Ludwig II, 1845—1886) 在此湖中溺毙。

② 德语："宫廷花园"。位于慕尼黑市中心，建于 17 世纪，与维特尔斯巴赫 (Wittelsbach) 家族的王宫 (Residenz) 相对。

③ 德语："我根本不是俄国人，我从立陶宛来，真正的德国人。"

④ 奥地利女伯爵玛丽·拉里希 (Marie Larisch, 1858—1940)，巴伐利亚公爵威廉 (Ludwig Wilhelm, 1831—1920) 的私生女，路德维希二世的表亲。参见其自传《我的往昔》(*My Past*)。

在山中，你在那里感觉自由①。

我夜里多半是读书，冬天则去南方。

那些紧扣的根是什么，是什么枝条蔓生

出于这片石头的垃圾场？人子啊，

你说不出，也猜不着，因为你只知道

一堆破碎的图像，其中太阳悸动，

死树毫不遮挡，蟋蟀并无宽解，

枯石并无水声。唯独

这块红岩下面有阴影

（到这红岩下的阴影里来吧），

我要给你看样东西，既不同于

早晨在你背后迈步的影子

也不像晚上起身迎接你的影子。

我要让你看见恐惧在一抔尘土之中。

Frisch weht der Wind

Der Heimat zu,

Mein Irisch Kind,

Wo weilest du? ②

"一年前你第一次给我风信子；

"他们叫我风信子姑娘。"

——可当我们天晚时，从风信子花园回来，

你的怀中抱满，你的头发湿漉，我的口

不能言，我的眼不能视，我既非

生亦非死，我一无所知，

---

① 译自 "Auf den Bergen wohnt die Freiheit"，德语悼亡歌曲《路德维希国王之歌》（*Das König-Ludwig-Lied*）。

② 德语："风儿清新吹拂 / 吹向家园，/ 我的爱尔兰少女，/ 你在何处盘桓？"

凝望着光亮的中心，寂静。

Oed'and leer das Meer. [①]

索斯特里斯夫人，著名的灵视者

患了场重感冒，不过

仍被公认为欧洲最聪明的女人，

有一副邪牌。这个，她说，

是你的牌，淹死的腓尼基水手，

（那两颗珍珠曾是他的眼睛 [②]。瞧！）

这是贝拉多娜 [③]，岩石之女 [④]，

种种境遇之女。

这是三权杖之男 [⑤]，这是转轮 [⑥]，

这是独眼商人，而这张牌，

一片空白，是他扛在背上的东西，

不准我看见。我找不到

悬吊之男 [⑦]。惧怕命亡于水。

我看到成群结队的人，围成一圈在走。

谢谢你。若您看到亲爱的埃奎托尼太太，

告诉她我会将星象图亲自送上：

---

① 德语："大海荒凉而空虚。"

② 莎士比亚《暴风雨》（*Tempest*）II，i。

③ Belladonna，源自意大利语 bella donna（美丽的女士），一种有毒植物名（汉译颠茄）。

④ Lady of the Rocks，参见 "Our Lady of the Rocks"，意大利画家、科学家、工程师列奥纳多·达·芬奇（Leonardo da Vinci，1452—1519）画作《岩间圣母》（*Vergine delle rocce*）的英语译名之一。

⑤ Man with three staves，塔罗牌（Tarot）中的一张。

⑥ The Wheel，塔罗牌中的一张。

⑦ The Hanged Man，塔罗牌中的一张。

现如今非得这么当心。

不真实的城市，
在一个冬日黎明的褐色雾霭之下，
一群人涌过伦敦桥，如此之多，
我不曾想到死亡已除灭了如此之多。
叹息，短促而稀少，被吐出，
而每个人都将目光落定在脚前。
涌上山又涌下威廉国王街①，
到圣玛丽·伍尔诺斯②报时的所在
一记亡音敲出九点的最后一响。
那儿我见到一个认识的人，拦住他，叫道"史太臣！
"你跟我一块在麦利③的船上待过！
"你去年种在你花园里的那具尸体，
"它开始发芽了吗？今年会开花吗？
"还是忽然被霜打坏了花床？
"哦别让那狗靠近这里，它是人类之友，
"不然他会用爪子把它再刨出来的！
"你呀！ hypocrite lecteur!—mon semblable,—mon frère!④"

---

① King William Street，从伦敦桥通入伦敦城（City of London，伦敦历史与金融中心）的大道。
② St. Mary Woolnoth，威廉国王街角的圣公会教堂。
③ Mylae，意大利西西里岛北部海岸城市，今名米拉佐（Milazzo），公元前260年（第一次布匿战争期间）罗马战击败迦太基的地点。
④ 法语："虚伪的读者！——我的同类，——我的兄弟！"

II. 一局棋 ①

她坐的椅子，像光灿灿的宝座，

在大理石上闪亮，那面镜子

由镂刻着葡萄藤蔓的镜台托起

内有一个黄金的 Cupidon ② 向外窥探

（另一个把眼睛藏在翅膀后面）

倍增七支烛台的火焰

将亮光映射到桌上，同时

她珠宝的华彩升起与其相接，

自锦盒中丰沛地流涌；

象牙与彩色玻璃的小瓶

启了瓶塞，暗藏着她奇异的合成香氛，

膏，粉或是液体——扰乱，迷惑

并淹没感官于气味之间。当激荡的空气

由窗口新鲜而至，它们上升

令那被拉长的烛焰更旺，

将它们的轻烟抛入 laquearia ③，

搅动凹纹天花板上的图案。

巨大的海洋之木饱食了青铜

被烧灼为绿与橙，由彩石围绕，

它凄楚的光芒里游着一只雕刻的海豚。

---

① 参见英国剧作家、诗人米德尔顿（Thomas Middleton，1580—1627）政治讽刺喜剧《象棋一局》（*A Game at Chesse*），剧中角色以白王、黑王、白马、黑卒等棋子为名。

② 法语："丘比特"。

③ 拉丁语："镶嵌或网格的天花板"。

古旧的壁炉架上方展现着

仿佛是一扇朝向森林风景的窗

菲洛梅尔①之变，被那凶蛮的王

如此无礼地强暴；然而夜莺

将不容侵犯的声音填满了整个沙漠

而她依旧啼鸣，而世界依旧追逐，

"喳喳"向着肮脏的众耳。

而另一些时间的枯萎残株

被呈现在四壁之上；凝望的形体

倾身探出，倾身，令封闭的房间默声。

楼梯上脚步零乱。

火光之下，轻拂之下，她的头发

飞散成灼亮的星点

耀射为词语，随后将狂野地沉寂。

"今晚我的神经很差。是的，很差。留下来陪我。

"跟我说话。为什么你从来不说话。说呀。

"你在想什么？什么想法？什么？

"我从来不知道你在想什么。想想。"

我想我们是在老鼠的通道里

死人在这儿都尸骨无存。

---

① Philomel，即菲洛梅拉（Philomela），希腊神话中的雅典公主，被姐夫忒瑞俄斯（Tereus）强奸后又遭姐姐普洛克涅（Procne）报复，后在逃离忒瑞俄斯时被变成一只燕子或夜莺。

"那是什么声音？"

    房门下的风。

"那是什么声音？风在干什么？"

    什么也没有还是什么也没有。

   "难道

"你什么也不知道？难道你什么也看不见？难道你什么也

"不记得？"

  我记得

那些珍珠曾是他的眼睛。

"你是活，还是死？你脑袋里什么都没有？"

    但是

哦哦哦哦那莎士比赫里亚式的拉格曲——

它如此优雅

如此聪明 [①]

"现在我该做什么？我该做什么？"

"我应该就这样冲出去，走在街上

"披散着头发，这样。明天我们该做什么？

"我们究竟该做什么？"

    热水在十点。

 而若是下雨，一辆拉上顶篷的轿车 [②] 在四点。

---

① "那莎士比赫里亚式……如此聪明"，1912 年的爵士散拍乐曲（Ragtime）《那支莎士比亚式拉格曲》（*That Shakespearian Rag*）的合唱歌词。"莎士比赫里亚式"（Shakespeherian）呈现歌中"莎士比亚式"（Shakespearian）的发音。

② 1920 年代初汽车顶篷并非固定，可以拉上与收起。

我们还要下一局棋，①

按住无睑的双眼并等待一声敲门。

莉儿的丈夫复员的时候，我说——

我直言不讳，亲口对她说，

请快一点时间已到②

现在阿尔伯特就要回来了，把自己弄漂亮一点。

他一定会问你拿那笔钱干什么了他给你

是要你为自己整几颗牙的。他给了，我就在场。

你把它们都拔了，莉儿，弄一副好的。

他说过，我发誓，都不忍直视你这样子。

我也受不了了，我说，想想可怜的阿尔伯特吧，

他在军队里待了四年，他要的是快活时光，

如果你给不了他，总有别人会给的，我说。

哦有吗，她说。差不多吧，我说。

那我就知道该感谢谁了，她说，瞪了我一眼。

请快一点时间已到

你不喜欢的话你可以受着，我说，

别人可以挑挑拣拣你不能。

但要是阿尔伯特跑了，肯定不是因为事先没讲。

你应该害臊，我说，看上去这么老。

（她才三十一岁。）

我又没办法，她说，拉长了一张脸，

---

① 此行后原有一行"象牙人让我们彼此相伴"，曾应诗人第一任妻子薇薇安·艾略特（Vivien Eliot，1888—1947）要求而被删去，1960 年诗人凭记忆将其恢复。

② 英国酒吧或酒馆将近打烊时酒保催客离开的话。

是我吃的那些药片，要把它打下来，她说。

（她已经生了五个，因为小乔治还差点死掉。）

配药师讲会好的，但我从来没回复过原来的样子。

你是个十足的傻瓜，我说。

唉，只要阿尔伯特不让你待着，说有就有的，我说，

如果你不想要孩子又结婚干什么呢？

请快一点时间已到

就说，那个星期天阿尔伯特在家，他们做了个热的熏火腿，

他们请我去吃饭，乘热尝尝它的美味——

请快一点时间已到

请快一点时间已到

晚安比尔。晚安露。晚安梅。晚安。

嗒嗒①。晚安。晚安。②

晚安，女士们，晚安，可爱的女士们，晚安，晚安③。

III. 火诫④

河的帐帷残破：树叶最后的手指

---

① Ta ta，对婴儿说"再见"的表达方式，现亦用于口语。

② 据艾略特第二任妻子瓦莱莉·艾略特（Valerie Eliot，1926—2012）所编《荒原：原稿之复本与抄本并附艾兹拉·庞德注释》（*The Waste Land: A Facsimile and Transcript of the Original Drafts including the Annotations of Ezra Pound*）中的注解，艾略特说此段为他与薇薇安夫妇所雇的女佣艾伦·凯隆德（Ellen Kellond）的陈述。

③ 莎士比亚《哈姆莱特》（*Hamlet*）IV，v，奥菲莉亚（Ophelia）的台词。

④ The Fire Sermon，美国梵语学者华伦（Henry Clarke Warren，1854—1899）翻译的佛经。

紧扣并没入湿岸。风

横掠褐色的土地，无人听见。仙女去矣。

甜美的泰晤士河，轻轻流淌，直到我结束我的歌。

河水所载并无空瓶，三明治纸，

丝手绢 [①]，纸板箱，烟头

或夏夜的其他佐证。仙女去矣。

而她们的朋友，是城中首脑游荡的继承人；

去矣，不曾留下地址。

在勒芒 [②] 水边我坐下来哭泣……

甜美的泰晤士河，轻轻流淌直到我结束我的歌。

甜美的泰晤士河，轻轻流淌，因为我说得不响也不长。

但在我的背后一阵冷风中我听见

骸骨的格格响，窃笑在耳与耳间播散。

一只老鼠轻轻地蹑行穿过草丛

在岸上拖着它黏糊糊的肚皮

而我正在死水沟渠上垂钓

在一个冬日傍晚靠近煤气厂后面

沉思着我的兄长国王的船难

和我的父王在他之前的死。

低湿地面上赤裸的白色尸体

和扔在一座低矮干燥小阁楼里的骸骨

仅为老鼠的脚格格碰响，年复一年。

但在我的背后我时不时听见

喇叭与马达的声音，会在

---

① Silk handkerchiefs，指称避孕套的俚语。

② Leman，瑞士与法国间日内瓦湖（Lake Geneva）的法语名。

春天把斯威尼^①带往波特夫人^②。

哦明月照亮了波特夫人

还有她的女儿，^③

她们在苏打水里洗脚

Et O ces voix d'enfants, chantant dans la coupole!^④

啾啾啾啾

喳喳喳喳喳喳

被如此无礼地强暴。

忒瑞俄^⑤

不真实的城市

在一个冬日正午的褐雾之下

欧吉尼德斯先生，士麦那^⑥商人

脸都没刮，有满满一袋醋栗

C.i.f.^⑦伦敦：面交单据，

用俚俗的法语请我

在加农街酒店^⑧午餐，

---

① 参见《诗篇》"直立的斯威尼"和"夜莺中间的斯威尼"。

② Mrs. Porter，第一次世界大战时的开罗妓女。

③ 《波特夫人母女》（*Mrs. Porter and Her Daughter*），第一次世界大战时澳大利亚军人所唱的歌曲。

④ 法语："还有哦这些孩子在穹顶下唱歌的声音！"

⑤ 参见"哦那是被强暴的夜莺。/ 喳喳喳喳，忒瑞俄，她哭鸣"，英国作家、戏剧家、廷臣李黎（John Lyly，1553/1554—1606）《坎帕斯佩》（*Campaspe*）。"忒瑞俄"（Tereu）音近于忒瑞俄斯（Tereus），参见第 II 节中"菲洛梅拉"脚注。

⑥ Smyrna，今名伊兹米尔（Izmir），土耳其西部城市。

⑦ "Cost, insurance, freight"（成本、保险、运费，即到岸价格）的缩写。

⑧ Cannon Street Hote，原名城市终端酒店（City Terminus Hotel），附属于伦敦加农街车站（Cannon Street Station），1931 年停业。

随后在麦特罗波尔^①度周末。

在紫色的时辰，当眼与背
从桌上抬起，当人的引擎等待
像一辆出租车颤抖着等待着，
我提瑞西亚斯^②，目虽已盲，在两种生命间悸动
长着皱巴巴的女性双乳的老头，可以看见
在紫色的时辰，傍晚时分拼命
往家赶，并将水手从海上带回家，
喝茶时间到家的打字员，清理她的早餐，点起
她的火炉，摆开罐头里的食物。
窗外危险地摊开
她晾晒的连裤内衣被太阳最后的光芒触碰，
沙发上堆着（夜里是她的床）
长袜，拖鞋，吊带背心和紧身褡。
我提瑞西亚斯，乳房皱巴巴的老头
感悟那场景，便预见了其余——
我也等待预期的客人。
他，年轻男子痤疮君，到来，
一名小房中介的职员，大着胆子目不转睛，
卑微者中的一个，自负摆在脸上
如一顶丝帽在一个布拉福德^③百万富翁头上。
时机现已成熟，如他所猜想，
餐毕，她无聊又疲倦，

---

① Metropole，英格兰东南沿海度假胜地，伦敦以南城镇布莱顿（Brighton）一
酒店。
② Tiresias，希腊神话中的忒拜（Thebes）的盲人先知，曾见蛇交媾而以杖击之，
遂化为女人，七年后经同样过程回复男身。
③ Bradford，英国中北部一自治镇，毛纺织业中心。

72

想方设法与她厮磨一番，

它仍未遭责备，虽然并非所求。

满脸通红而决心已定，他当即进攻。

探索的双手遇不到任何抵抗；

他的虚荣无需回应，

而引出一场漠然的欢迎。

（而我提瑞西亚斯已预先经受过一切

在这同一张沙发或床上实行；

我曾在忒拜城边坐于墙下

亦曾行走在最低微的死者之间。）

赠予最后一个施惠之吻，

然后摸索他的去路，发现楼梯未亮灯⋯⋯

她转身朝镜子凝望片刻，

对她离去的情人几无察觉。

她的大脑任一道半成形的思绪掠过：

"现在完事大吉：我很开心这事过去了。"

当可爱的女人屈身于荒唐事

又在屋子里踱起了步，独自一人，

她用机械般的手抚平头发，

将一张唱片放到留声机上。

"这音乐在水上悄悄掠过了我"

而沿着河滨 [1]，上到维多利亚女王街 [2]。

哦城 [3] 啊城，我有时听得见

---

[1] The Strand，伦敦中部街名。

[2] Queen Victoria Street，伦敦城街名。

[3] City，指伦敦城。

在下泰晤士街 ① 一家公共酒吧边上

一支曼陀林悦耳的哀吟

和出于其内的一片鼓噪和一阵聒噪

在渔人午间休憩的地方：此处

殉道者马格努斯 ② 的墙垣支起

无可索解的爱奥尼亚白与金的堂皇。

河水冒出

油和沥青

彩舟漂行

跟随回转的潮，

红帆

满开

向背风，在重桅上摇摆。

彩舟浸洗

漂流的原木

直下格林威治 ③ 河段

经过狗岛 ④。

喂啊啦啦嘞啊

哇啦啦嘞啊啦啦

伊丽莎白 ⑤ 和莱切斯特 ⑥

---

① Lower Thames Street，伦敦城街名。

② Magnus Martyr，即伦敦殉道者圣马格努斯教堂（St Magnus the Martyr）。

③ Greenwich，伦敦东部市镇。

④ Isle of Dogs，伦敦东部因泰晤士河环流而形成的半岛。

⑤ Elizabeth I（1533—1603），英格兰与爱尔兰女王（1558—1603）。

⑥ Robert Dudley, 1st Earl of Leicester（1532—1588），英国政治家，伊丽莎白女王的宠臣和求婚者。

打着桨

船尾形如

一枚镀金的贝壳

红与金

翻涌的浪涛

荡漾着两岸

西南风

顺流载送

钟的鸣响

白的塔楼

　　　　　喂啊啦啦嘞啊

　　　　　哇啦啦嘞啊啦啦

"电车与尘灰的树。
海布里^①生下我。里士满^②和克佑^③
毁灭我。靠近里士满我抬起了两膝
仰面躺在一条独木窄舟的地板上。"

"我的脚在摩尔门^④，而我的心
在我脚下。事情过后
他哭了。他承诺'从新开始。'
我无话可讲。我该怨恨哪样？"

---

① Highbury，伦敦北部伊斯林顿市镇（Islington）一地区。

② Richmond，伦敦西南部市镇。

③ Kew，里士满市镇一地区。

④ Moorgate，由古罗马人所建的伦敦城墙（London Wall）上的一扇大门。

"在马尔门沙滩[1] 上。

我能连接

无物跟无物。

脏手的破指甲。

我的人们谦卑的人们期待

无物。"

啦啦

然后我来到迦太基

燃烧燃烧燃烧燃烧

哦主啊你拖救我出来

哦主啊你拖救

燃烧

IV. 命亡于水

腓尼基人腓力巴[2]，死去两周，

遗忘了鸥鸟之鸣，与深海的浪涛

与所得与所失。

一道海底的水流

在低语中拾起他的骸骨。他一升一落

---

① Margate Sands，位于伦敦以西肯特郡（Kent）的海滨胜地，《荒原》"III. 火诫"写于此处。

② Phlebas，参见《诗篇》"*Dans le Restaurant*"脚注。

便越过了他老年与青年的各个时段
进入漩涡。

                        异教徒或犹太人
哦你这转动轮盘向风而望的人，
想一想腓力巴，也曾英俊高大如你。

V. 雷霆何言

在火炬的光映红汗湿的脸孔之后
在霜冷的寂静注满花园之后
在石头地界的苦痛之后
喊叫与哭泣
监狱和宫殿和
春雷越过远山的回响
曾经活着的人如今已死去
曾经活着的我们如今正死去
稍加一点耐心

此处无水唯有岩石
岩石无水而有沙路
路在高处山间盘旋
都是无水的岩石之山
若是有水我们应当驻足而饮
在岩石之间人无法驻足或思考
汗是干的，脚在沙中
若是岩石中有水该多好

死山龋齿之口吐无可吐
此处既不可站亦不可卧或坐
山中甚至连寂静也无
唯有干燥不育的雷霆而不见雨
山中甚至连孤独也无
唯有阴郁的红脸冷嘲与怒喝
自泥裂之房的门前

若是有水

而无岩石
若是有岩石
亦有水
还有水
一泉
一池在岩石之间
若只有水声
不是蝉
和枯草在歌唱
而是一块岩石上的水声
那里隐士夜鸫在松树林里歌唱
滴答滴答答答答
但却无水

一直走在你身边的第三个人是谁？
我数的时候，只有你和我在一起
可当我抬头往前看白色的道路
却一直有另一个人走在你身边
潜行着裹在一件褐色斗篷里，戴着兜帽，

我不知道是一个男人还是一个女人
——可在你另一边的那人是谁？

那是什么声音在高空
母亲悲叹的低诉
那戴着兜帽的是些什么人蜂拥成群
遍及无尽的原野，在龟裂的土地中蹒跚而行
只为低平的天地界线所环绕
山岭那边的城市是什么
在紫色空气里崩溃与重整与爆发
将倾的塔楼
耶路撒冷雅典亚历山大
维也纳伦敦
不真实

一个女人将她长长的黑发拉开绷紧
在那些丝弦上弹奏低语的乐曲
而婴儿脸的蝙蝠在紫光里
吹哨，拍打翅膀
头朝下爬落一堵污黑的墙
而颠倒在空中的是塔楼
敲出缅怀的钟鸣，报时
还有从空水塘和枯井里歌唱的嗓音

在这山间腐烂的洞中
在微弱月光下，草在歌唱
被扒乱的坟墓，在礼拜堂周围

此处即空礼拜堂，不过是风的家。

无窗，门摇摇摆摆，

枯骨无一人可以伤害。

只有一只公鸡站在屋梁上

咯咯哩咯咯咯咯哩咯

在一道闪电里。继而湿风一阵

携雨而至

恒河已沉落，萎靡的叶

等待下雨，而乌云

遥远地汇聚，在喜马凡特[①]之上。

丛林蜷伏，沉默中隆起。

是时雷霆言道

达[②]

达咜：我们已给予何物？

我的朋友，血震荡着我的心

一刻舍弃的惊人胆魄

从不能为一个审慎世代所收回

凭此，仅凭此，我们曾经存在

它不会在我们的讣告中找到

或在被善意的蜘蛛遮盖的记忆里

或在被瘦律师拆毁的封印之下

---

① Himavant，梵语音译，意为"积雪的"，指喜马拉雅雪山。

② DA，公元前 8— 前 7 世纪印度哲学宗教经典《广林奥义书》"雷霆之义的寓言"中，造物主钵罗阇钵底以梵语的"达"（da）音雷鸣三次，教导众神的"达"为"达姆雅咤"（damyata），即"自制"之义；教导众人的"达"为"达咜"（datta），即"给予"之义；教导众魔的"达"为"达雅德梵"（dayadhvam），即"慈悲"之义。

在我们的空室之中

达

达雅德梵：我曾闻钥匙

在门中旋转一次且仅旋转一次

我们都想钥匙，各在其狱中

想着钥匙，各自认准一座监狱

仅在夜降之时，缥缈的传言

令一个崩溃的科里奥拉努斯[①] 复生一刻

达

达姆雅吃：船儿回应得

欢快，对那只熟谙帆与桨的手

海平静，你的心也当回应得

欢快，在被邀请之时，顺从地搏动

和操弄的双手

我坐在岸上

垂钓，不毛的平原在我身后

我当至少将我的土地收拾整齐吗？

伦敦桥塌下来了塌下来了塌下来了[②]

Poi s'ascose nel foco che gli affina

Quando fiam uticeuchelidon[③]——哦燕子燕子

Le Prince d'Aquitaine à la tour abolie[④]

这些碎片我曾拿来支撑我的废墟

---

① Coriolanus，公元前 5 世纪罗马将军。参见《诗篇》"一只烹煮蛋"脚注。

② 英国童谣。

③ 拉丁语："我何时会像燕子一般"。

④ 法语："阿基坦王子在废黜之塔中"。阿基坦（Aquitaine）为法国西南部一历史地区。

既如此我将遂你之意。伊埃罗尼莫又疯了。

达咤。达雅德梵。达姆雅咤。

尚谛　尚谛　尚谛

《荒原》注释

不仅是标题，连本诗的构思与附带的大量象征符号都是由杰西·L.韦斯顿小姐[①]有关圣杯传说的著作——《由仪式至传奇》[②]（剑桥）启发而得。的确，我受惠如此之深，韦斯顿小姐的书可以比我的注释更好地阐释本诗的难点；我将它（除了此书本身的丰富趣味以外）推荐给任何认为值得花工夫对本诗进行这种阐释的人们。对于另一部人类学著作我也亏欠良多，一本对我们这一代影响深远的书；我指的是《金枝》[③]；我特别使用了《阿多尼斯，阿提斯，奥西里斯》两卷[④]。凡是熟悉这些作品的人都会在本诗中立刻认出对植物仪典的某些指涉。

I. 死者的葬礼

行 20. 参见《以西结书》II，i[⑤]。

23. 参见《传道书》XII，v[⑥]。

[①] Jessie Laidlay Weston（1850—1928），英国史学家、民俗学者。

[②] *From Ritual to Romance*，1920 年出版。

[③] *The Golden Bough*，苏格兰社会人类学家、民俗学者弗雷泽（James George Frazer，1854—1941）的 12 卷本神话与宗教比较研究巨著。

[④] *Adonis, Attis, Osiris*，《金枝》的第 5 卷、第 6 卷。

[⑤] "他对我说，人子啊，你站起来，我要和你说话"。

[⑥] "人怕高处，路上有惊慌，杏树开花，蚱蜢成为重担，人所愿的也都废掉，因为人归他永远的家，吊丧的在街上往来"。

31. 见 *Tristan und Isolde*①，I，诗行 5—8。

42. 同上，III，诗行 24。

46. 我并不熟悉塔罗牌的确切构成，我显然是为了因应我自己的便利而偏离了它。悬吊之男，是传统牌组中的一张，他在两个方面契合我的目的：因为他在我头脑中与弗雷泽的被悬吊之神② 有关，也因为我把他与第五节中门徒们去以马忤斯③ 的路上那个戴帽兜的人联系到一起了。腓尼基水手和商人在后面出现；还有"成群结队的人"，而命亡于水则在第四节中处理。三权杖之男（塔罗牌组中实有一张）被我十分武断地关联到了渔王④ 本人。

60. 参见波德莱尔⑤：

'Fourmillante cité, cité pleine de rêves,

'Où le spectre en plein jour raccroche le passant.'⑥

63. 参见 *Inferno*⑦，III，55—57：

　　　　'si lunga tratta

　　di gente, ch'io non avrei mai creduto

　　che morte tanta n'avesse disfatta.' ⑧

64. 参见 *Inferno*，IV, 25—27：

---

① 德语：《特里斯丹与伊索尔德》，德国音乐家瓦格纳（Richard Wagner，1813—1883）根据中世纪骑士浪漫故事创作的歌剧。
② 《金枝·阿多尼斯，阿提斯，奥西里斯》，第二部，第5章，古代希腊与北欧有将倒悬的人刺死的祭礼。
③ Emmaus，《圣经·路加福音》中提及的城镇，位于通向耶路撒冷的路上。
④ The Fisher King，亚瑟王传说中圣杯的最后守卫者。
⑤ Charles Baudelaire（1821—1867），法国诗人。
⑥ 法语："涌动的城市，装满梦的城市，/ 鬼在大白天抓住行人。"《七个老头》（*Les sept viellards*）。
⑦ 意大利语：《地狱篇》。
⑧ 意大利语："……那么长的一列 / 人流，我原本绝想不到 / 死亡已除灭了如此之多。"

'Quivi, secondo che per ascoltare,

'non avea pianto, ma' che di sospiri,

'che l'aura eterna facevan tremare.' [1]

68. 我以前经常留意到的一个现象。

74. 参见韦伯斯特 [2] 的《白魔鬼》（*The White Devil*）中的哀歌 [3]。

76. 见波德莱尔，*Fleurs du Mal* [4] 序章 [5]。

II. 一局棋

77. 参见《安东尼与克娄派特拉》，II, ii, 1. 190 [6]。

92. Laquearia. 见《埃涅阿斯纪》 [7]，I, 726:

dependent lychni laquearibus aureis incensi, et noctem flammis funalia vincunt. [8]

98. 森林风景。见弥尔顿 [9]《失乐园》（*Paradise Lost*），IV，140。

99. 见奥维德《变形记》，VI，菲洛梅拉。

100. 参见第三节，行 204。

115. 参见第三节，行 195。

118. 参见韦伯斯特："那门里的风住了吗？" [10]

126. 参见第一节，行 37，48。

---

① 意大利语："此处，倾听之下，/ 哭泣不过是叹息，/ 让空气永恒地震颤。"

② John Webster，参见《诗篇》"不朽之低语"脚注。

③ "但是别让狼靠近那儿，它是人类之敌，/ 因为他会用爪子把它们再刨出来的！"

④ 法语：《恶之花》。

⑤ "致读者" (Au Lecteur)。

⑥ "她坐的彩船，像光灿灿的宝座，/ 在水上燃烧"。

⑦ *Aeneid*，古罗马诗人维吉尔（Virgil，前70— 前19）的史诗。

⑧ 拉丁语："从金珀镶嵌的顶篷垂落，熊熊火炬将夜晚挫败。"

⑨ John Milton（1608—1674），英国诗人。

⑩ 《魔鬼的讼案》（*The Devil's Law Case*）。

138. 参见米德尔顿《女人提防女人》（*Women beware Women*）中的棋局。

III. 火诫

176. 见斯潘塞 ①，《祝婚喜歌》（*Prothalamion*）。

192. 参见《暴风雨》，I, ii②。

196. 参见马维尔 ③，《致羞怯的情人》（*To His Coy Mistress*）④。

197. 参见戴 ⑤，《蜜蜂议会》（*Parliament of Bees*）：

"当忽然间，倾听着，你会听见，

"一阵喇叭与狩猎之声，会将

"阿克忒翁 ⑥ 带往春天的狄安娜 ⑦，

"那里众人将看见她赤裸的肌肤……"

199. 我不知道这几行截取的那首谣曲的来源：它是从澳大利亚悉尼传到我这里的。

202. 见魏尔兰 ⑧，《帕西法尔》（*Parsifal*）。

210. 醋栗是以一个"免运输与保险费至伦敦"（carriage and insurance free to London）的价格提报的；而提货单据等须面交买家，见单付款。

218. 提瑞西亚斯，尽管仅仅是一个旁观者，实际上并非一个

---

① Edmund Spenser（约 1552—1599），英国诗人。

②"……坐在一道岸边，/ 重又涕泣我父王的船难"。

③ Andrew Marvell（1621—1678），英国诗人、讽刺作家、政治家。

④"但在我的背后我总听见 / 时间插翅的战车疾速逼近"。

⑤ John Day（1574—约 1638），英国戏剧家。

⑥ Actaeon，希腊神话中的年轻猎人，因见月亮与狩猎女神阿耳忒弥斯（Artemis）沐浴而被她变为牡鹿，并被自己的狗群咬死。

⑦ Diana，罗马神话中的女神，对应希腊神话中的阿耳忒弥斯。

⑧ Paul Verlaine（1844—1896），法国诗人。

"角色"，却是诗中最重要的人物，将余者联系到一起。恰如那独眼的商人，醋栗贩售者，融入那腓尼基水手一般，而后者也并非全然不同于那不勒斯的费迪南王子①，所有的女人都是同一个女人，而两性在提瑞西亚斯身上相遇。提瑞西亚斯所见，乃是本诗的主旨。出自奥维德的这一整段具有人类学的极大趣味：

> '... Cum Iunone iocos et maior vestra profecto est
>
> Quam, quae contingit maribus' ,dixisse, 'voluptas.'
>
> Illa negat; placuit quae sit sententia docti
>
> Quaerere Tiresiae: venus huic erat utraque nota.
>
> Nam duo magnorum viridi coeuntia silva
>
> Corpora serpentum baculi violaverat ictu
>
> Deque viro factus, mirabile, femina septem
>
> Egerat autumnos, octavo rursus eosdem
>
> Vidit et 'est vestrae si tanta potentia plagae',
>
> Dixit 'ut auctoris sortem in contraria mutet,
>
> Nunc quoque vos feriam!' percussis anguibus isdem
>
> Forma prior rediit genetivaque venit imago.
>
> Arbiter hic igitur sumptus de lite iocosa
>
> Dicta Iovis firmat; gravius Saturnia iusto
>
> Nec pro materia fertur doluisse suique
>
> Iudicis aeterna damnavit lumina nocte,
>
> At pater onmipotens (neque enim licet inrita cuiquam
>
> Facta dei fecisse deo) pro lumine adempto

---

① Ferdinand Prince of Naples，莎士比亚《暴风雨》中的人物。

Scire futura dedit poenamque levavit honore.①

221. 这貌似并非萨福②的原句③，但我脑中总记着"沿岸"或"平底船"的渔夫，是入夜时归来的。

253. 见戈德史密斯④，《威克菲尔德牧师》（*The Vicar of Wakefield*）中的那支歌。

257. 见《暴风雨》，如上。

264. 殉道者圣马格努斯的内部在我头脑中是雷恩⑤的内部中最精美者之一。见《十九城教堂的摧毁建议》（*The Proposed Demolition of Nineteen City Churches*，P. S. 金父子有限公司⑥）。

266. （三个）泰晤士河女儿之歌在此开始。行292—306包含在内，她们轮流说话。见 *Götterdämmerung*⑦，III, i: 莱茵河女儿。

279. 见弗罗德⑧，《伊丽莎白》（*Elizabeth*），卷 I，章 iv，德·

① 拉丁语："……与朱诺玩笑，说起'你们的享受无疑更大 / 胜于我等男性的乐趣'之时 / 她否认；他们决定求证于明智的 / 提瑞西亚斯：知晓性爱的两端。/ 他曾见绿树林中缠身交媾着 / 两条大蛇，便挥杖将其打散 / 而不可思议地由男化为女 / 度过七个秋天；第八年又见此景 / 便说'若杖击之力如此之强 / 竟可将行使者的阴阳反转，/ 待我重施此技。'当两蛇受杖 / 他亦复归至天生的男人之形。/ 身为这场欢愉讼案的鉴证 / 他以朱庇特所言为是。萨图恩之女 / 理屈而勃然大怒，她判给 / 仲裁者的双眼无尽的黑夜，/ 但全能的父（因没有神可废除 / 另一神的所为）给那失明者 / 知晓未来的光荣以将刑罚减轻。"萨图恩（Saturn）为罗马神话中的农神，罗马征服希腊后与希腊的克罗诺斯（Cronus）合并成为时间之神，朱庇特和朱诺等诸神的父亲。

② Sappho，古希腊诗人。

③《断片》之149："黄昏之星，你带回黎明 / 布散的一切，/ 带回绵羊，/ 带回山羊，将孩子带回家中 / 母亲的身边。"

④ Oliver Goldsmith（1728—1774），爱尔兰小说家、诗人、作家。

⑤ Christopher Wren（1632—1723），英国建筑师。

⑥ P. S. King & Son, Ltd.，成立于1819年的伦敦出版商。

⑦ 德语：《诸神的黄昏》，瓦格纳的歌剧。

⑧ James Anthony Froude（1818—1894），英国史学家、小说家、作家。

夸德拉①致西班牙腓力二世②信：

"下午我们乘着一艘彩舟，看河上的比赛。（女王）跟罗伯特勋爵③和我单独在艉楼上，当时他们开始胡言乱语，如此不着边际以至于罗伯特勋爵最后说，因为我就在场，他们没有理由不结婚，如果女王愿的话。"

293. 参见 *Purgatorio*④，V，133：

'Ricorditi di me, che son la Pia;

'Siena mi fe', disfecemi Maremma.'⑤

307. 见圣奥古斯丁⑥的《忏悔录》⑦。"然后我来到迦太基，那里汹涌一片的亵渎之爱在我的耳边歌唱。"

308. 佛陀之火诫（其重要性对应于山上宝训⑧）的完整文本，这些词语便是从中截取的，可在已故的亨利·克拉克·华伦的《翻译中的佛教》（*Buddhism in Translation*）（哈佛东方丛书⑨）中找到。华伦先生是西方佛教研究的伟大先驱之一。

309. 仍是出自圣奥古斯丁的《忏悔录》。这两位东西方禁欲主义的代表人物的并置，作为本诗这一节的高潮，并非出于偶然。

---

① Álvaro de la Quadra（？—1564），西班牙教士，驻英格兰大使。

② Philip II of Spain（1527—1598），西班牙国王。

③ Lord Robert，即莱切斯特（Robert Dudley, 1st Earl of Leicester）。

④ 意大利语：《炼狱篇》。

⑤ 意大利语："记住我，我是拉·皮亚；/ 锡耶纳生下我；马雷玛毁灭我。"

⑥ St. Augustine（354—430），出生于阿尔及利亚的古罗马哲学家、神学家。

⑦ *Confessions*，英国教士普塞（Edward Bouverie Pusey，1800—1882）译《圣奥古斯丁忏悔录》（*The Confessions of St. Augustine*）。

⑧ Sermon on the Mount，《圣经·马太福音》中耶稣在山上所说的话。

⑨ Harvard Oriental Series，始于1891年。

V. 雷霆何言

在第五节的第一部分中展开了三个主题：以马忤斯之旅，去往危险礼拜堂 ① （见韦斯顿小姐的著作）和当前东欧的衰败。

357. 这是 *Turdus aonalaschkae pallasii*，我在魁北克郡听见的隐鸫。查普曼 ② 说（《北美东部鸟类手册》③）："它在僻静的林地和灌木丛生的隐蔽处最为自在……它的音符并不以变化和音量著称，但在音色的纯粹与甜美以及调性之优雅上它们是无与伦比的。"其"滴水之歌"的名声并非虚传。

360. 后面的诗行是由一次南极探险的叙述启发而得（我忘了是哪一次，但我想是沙克尔顿 ④ 的某次远征）：据传那一队探险者，在他们筋疲力竭之时，生出持续不断的错觉，就是比实际能够点数的多出一个成员。⑤

367—377. 参见赫尔曼·黑塞 ⑥，*Blick ins Chaos* ⑦："Schon ist halb Europa, schon ist zumindest der halbe Osten Europas auf dem Wege zum Chaos, fährt betrunken im heiligem Wahn am Abgrund entlang und singt dazu, singt betrunken und hymnisch wie Dmitri Karamasoff sang. Ueber diese Lieder lacht der Bürger beleidigt, der

---

① Chapel Perilous，英国作家马洛里（Thomas Malory，约 1415—1471）《亚瑟之死》（*Le Morte d'Arthur*）中的地点。

② Frank Michler Chapman（1864—1945），美国鸟类学家。

③ *Handbook of Birds of Eastern North America*，事实上相关的引文出自（查普曼摘引的）比克内尔《我国鸟类鸣唱之研究》（*A Study of the Singing of Our Birds*）。

④ Ernest Henry Shackleton（1874—1922）爱尔兰南极探险家。

⑤ 《南：沙克尔顿的最后探险故事，1914—1917》（*South : the Story of Shackleton's Last Expedition, 1914—1917*）："头儿，我在行进时有过一种奇怪的感觉就是还有一个人跟我们在一起。"

⑥ Hermann Hesse（1877—1962），德国 - 瑞士诗人、小说家、画家。

⑦ 德语：《窥望混沌》。

Heilige und Seher hört sie mit Tränen." [1]

402."达陀，达雅德梵，达姆雅陀"（给予，同情，克制）。
雷霆之义的寓言见于《广林奥义书》，5，1。一种译文见于
杜森 [2] 的 *Sechzig Upanishads des Veda* [3]，页 489。

408.参见韦伯斯特，《白魔鬼》，V，vi：

　　"……她们又将再嫁

"在虫豸洞穿你们的裹尸布之前，在蜘蛛

"为你们的墓志铭织 / 起一道薄纱之前。"

412.参见 Inferno，XXXIII，46：

　　"ed io sentii chiavar l'uscio di sotto

　　"all'orribile torre." [4]

又见 F. H. 布拉德利 [5]，《表象与现实》（*Appearance and Reality*），页 346。

"我的外在感觉的私密性对于我自己来说并不逊于我的思想
或情感。无论哪种情形下我的经验都落入我自己的圈子之
内，一个对外部封闭的圈子；并且，尽管它的所有元素全都
一样，每一个区域对于其周围的其他区域却都是黯昧不明
的……简而言之，被视为一个灵魂中显现的一个存在，每一
个人的全世界，对于那个灵魂都是特殊与私密的。"

---

① 德语："已经有半个欧洲，至少是半个东欧，正走在通向混乱的道路上；在
神圣的疯狂中醉醺醺地驰向深渊，醉醺醺地歌唱，仿佛在唱赞美诗，像德米特
里·卡拉马佐夫那样高唱。受冒犯的资产阶级分子嘲笑这些歌，圣徒和先知则
泪流满面地倾听着它们。"

②Paul Jakob Deussen（1845—1919），德国印度学家、哲学家。

③ 德语：《吠陀经之六十奥义书》。

④ 意大利语："我察觉下面的门已锁上 / 那座恐怖的塔楼"。

⑤ Francis Herbert Bradley（1846—1924），英国哲学家。

425. 见韦斯顿：《由仪式至传奇》；论渔王的一章。

428. 见 *Purgatorio*，XXVI，148。

> ' " Ara vos prec per aquella valor
>
> "que vos condus al som de l'escalina,
>
> "sovegna vos a temps de ma dolor."
>
> Poi s'ascose nel foco che gli affina.'①

429. 见 *Pervigilium Veneris* ②。参见第二和第三节中的菲洛梅拉。

430. 见吉拉尔·德·奈瓦尔 ③，十四行诗 *El Desdichado*④。

432. 见基德 ⑤ 的《西班牙悲剧》⑥。

434. 尚谛。在此复诵，奥义书的一个正式结尾。"不可思议的平和"是此词含义的一个无力的翻译。

---

① 普罗旺斯语（Provençal）与意大利语："' 此刻我祈求你，凭借那 /' 引领你来到阶梯之巅的勇气，/' 你要时时想起我的苦痛。'/ 随后他便隐入了炼化他的火中。"

② 拉丁语：《维纳斯不眠夜》，公元 2—5 世纪佚名诗人之作。

③ Gérard de Nerval（1808—1855），法国诗人、作家。

④ 西班牙语："不幸者"。

⑤ Thomas Kyd（约 1557—1595），英国剧作家。

⑥ *Spanish Tragedy*，完整剧名《西班牙悲剧，或伊埃罗尼莫又疯了》（*The Spanish Tragedy, or Hieronimo is Mad Again*e）。

空心人

The Hollow Men

1925 年

库尔兹先生——他死了。①

---

① 英国作家康拉德（Joseph Conrad, 1857—1924)《黑暗之心》(*Heart of Darkness*)。库尔兹先生 (Mistah Kurtz) 为主人公，被称为"内核中空"(hollow at the core)。

空心人

一个便士给老家伙 [①]

I

我们是空心人
我们是填充人
倚在一起
脑壳塞满稻草。唉!
我们干枯的嗓音, 在
我们一起耳语之时
安静而无意义
像干草里面的风
或老鼠的脚踩过碎玻璃
在我们的干地窖里

无形之相, 无色之影,
瘫痪之力, 不动之势;

那些已经过去的人
直着眼, 到死亡的另一个王国
记得我们——若是竟能——不是作为迷失的
暴虐之魂, 而仅仅
作为空心人

---

① "家伙" (Guy) 典出企图纵火烧毁英国议会的盖伊·福克斯 (Guy Fawkes, 1570—1606), 每年 11 月 5 日的盖伊·福克斯之夜 (Guy Fawkes Night), 孩童会讨要"一个便士给这家伙" (A penny for the guy) 以点燃盖伊的稻草人像。

填充人。

II

我不敢在梦中对视的眼睛
在死亡的梦之王国里
这些并不显现：
彼处，眼睛是
阳光照着一根断柱
彼处，是一棵树在摇摆
而噪音
在风的歌唱里
更遥远也更庄重
胜过一颗渐黯的星星。

让我勿再靠近
在死亡的梦之王国里
让我也披上
这般蓄意的伪装
老鼠的外衣，乌鸦皮，交叉的棍杖
在一片田野里
行如风之所行
勿再靠近——

不是那最后的聚会
在幽暝王国

III

这是死地
这是仙人掌之地
此处石像
被升起，此处它们接收
一个死人之手的祈求
在一颗渐黯的星星的闪烁之下。

是这样吗
在死亡的另一个王国
独自醒来
在那时辰，当我们
颤抖着温存
宁愿亲吻的嘴唇
编排给断石的祈祷。

IV

眼睛不在此处
此处没有眼睛
在这垂死之星的谷中
在这空谷之中
这副我们失去的王国的断颚

在这最后一块聚会之地
我们一起摸索

而回避言辞
聚拢于这片泛滥之河的滩头

没有视觉，除非
眼睛重新显现
如恒星
多瓣的玫瑰
死亡的幽暝王国
那希望只属于
虚空之人。

V

此处我们绕刺梨而走 ①
刺梨刺梨
此处我们绕刺梨而走
在凌晨五点钟。

在理念
与现实之间
在动机
与行动之间
阴影落下
　　　　　因那王国是你的 ②

在受孕

---

① 参见英国儿歌《这里我们绕着桑树丛打转》(*Here We Go Round the Mulberry Bush*)。
②《圣经·历代志上》29：11。

96

与创生之间

在情感

与回应之间

阴影落下

生命十分漫长 ①

在欲望

与痉挛之间

在潜能

与存在之间

在本质

与衰颓之间

阴影落下

因那王国是你的

因你的是

生命是

因你的是那

世界就是这样完结 ②

世界就是这样完结

世界就是这样完结

并无一声巨响只有一声呜咽。

---

① 康拉德《岛上的流放者》(*An Outcast of the Islands*)。

② 参见"我们就是这样洗脸……我们就是这样梳头……我们就是这样刷牙……
我们就是这样穿衣",《这里我们绕着桑树丛打转》。

圣灰星期三 [①]

Ash-Wednesday

1930 年

---

① 基督教大斋节（Lent）首日，因以灰抹额以示忏悔的仪式而得名。

I

因为我不希望再回转 [①]
因为我不希望
因为我不希望回转
渴望这人的天赋与那人的眼界 [②]
我不再努力去努力求得这般事物
（为什么年迈的鹰要张开翅膀？）
为什么我要哀悼
那寻常王朝消失的权力？

因为我不希望再知道
那纯正时刻的虚弱荣耀
因为我不想
因为我知道我不会知道
那一种名副其实的短暂力量
因为我不能畅饮
于此，树木开花，泉水流动之处，因为再无一物

因为我知道时间永远是时间
而地点永远且仅仅是地点
而实有之物实有仅为一个时间
仅为一个地点
我欣喜事物如其所是并且
我弃绝那张被祝福的脸

[①] 参见 "Perch'io non spero di tornar già mai"（因为我不希望再回转），意大利诗人卡瓦尔坎蒂（Guido Cavalcanti，1255—1300）《谣曲》（*Ballata*）。
[②] 参见 "渴望这人的艺术与那人的眼界"，莎士比亚十四行诗之 29（Sonnet 29）。

并否弃那个声音
因为我不能希望再回转
于是我欣喜，必须要筑造某物
以欣喜于其上
并祈祷上帝施慈悲予我们
我还祈祷我可以忘记
这些我与自己讨论太多
解释太多的问题
因为我不希望再回转
让这些词语回答吧
因为已行之事，不会再行
愿判决不要对我们太重

因为这些翅膀不再是飞翔的翅膀
而仅仅是拍打空气之翼
如今全然稀薄而干燥的空气
比意志更稀薄也更干燥
教我们关心和不关心
教我们静坐。

为我等罪人祈祷，在此刻与我们死去之时 [1]
为我等祈祷，在此刻与我们死去之时。

II

女士，三只白豹坐在杜松树下

---

[1] 基督教传统祈祷文"圣女经"（Hail Mary）。

在白昼的凉爽中，已进食到餍足
在我的双腿之上我的心我的肝和那曾经被容纳
在我头盖的空心圆之内的东西。而上帝言说
这些骸骨应该活着吗？这些
骸骨应该活着吗？而那曾经被容纳
在骸骨（早已干枯）内的东西叽喳而言：
因为这位女士的善良
又因为她的可爱，还因为
她在冥想中尊崇圣母，
我们闪耀着光辉。而在此处被遮掩的我
将我的行为提交给遗忘，将我的爱
交给沙漠的后代与葫芦的果实。
正是此举在恢复
我的脏腑我的眼腱和难以消化的
被豹子丢弃的部分。女士默然
身着一袭白袍，沉思，身着一袭白袍。
且让骸骨之白来契合健忘。
在它们之内没有生命。恰如我被遗忘
也甘愿被遗忘，我也甘愿遗忘
曾经如此虔诚，专心致志。而上帝言说
给风的预言，只给风因为只有
风会倾听。骸骨唧喳而歌
背着蚱蜢的重负，言说

沉默的女士
平静而苦恼

撕裂又完整之极

记忆的玫瑰

健忘的玫瑰

精疲力竭又赋予生命

忧虑安详

唯一的玫瑰

现在就是花园

在此所有的爱结束

终止折磨

即未满足之爱

更大的折磨

即爱的满足

达不到尽头的

无尽旅程的尽头

得不出结论的

一切的结论

无言之语和

无语之言

神恩归于母亲

为了花园

所有的爱结束之地。

在一棵杜松树下骸骨曾歌唱，散落而闪耀

我们乐于被散落，我们彼此间甚少为善，

在白昼的凉爽中一棵树下，连同沙子的至福，

忘却它们自身与彼此，统一

在沙漠的寂静里。这便是那块

你们要以抽签划分的土地^①。而分裂与统一

都无关紧要。这便是那块土地。我们有我们的遗产。

III

在第二段阶梯的第一个转弯

我转身看到下方

同一形状扭曲在栏杆之上

恶臭空气中的烟雾之下

正与楼梯的恶魔缠斗，后者戴着

希望与绝望的骗人面孔。

在第二段阶梯的第二个转弯

我任它们扭曲，转向下方；

并无更多的面孔而阶梯亦是黯黑，

潮湿，参差不齐，像一个老人流涎的嘴，无法修复，

或一头年迈鲨鱼长着牙齿的食道。

在第三段阶梯的第一个转弯

是一扇开槽的窗子鼓胀如无花果

而越过山楂花和一片牧场风景

身披蓝绿的宽阔背影

用一支古老的长笛迷住了五月时光。

① 《圣经·以西结书》48：29。

吹起的毛发甜美，嘴上的棕色毛发被吹起，

淡紫与棕色的毛发；

魂不守舍，长笛的音乐，心在第三段阶梯上的停顿与迈步，

淡去，淡去；超越希望与绝望之力

攀上第三段阶梯。

主啊，我当不起

主啊，我当不起

　　　　　　　　但只说出此言。①

IV

谁曾行走在紫色与紫色之间

谁曾行走在

各种绿色的各个层级之间

身着白与蓝，玛利亚的颜色而行，

谈论着琐碎之事

在永恒哀愁的无知与知识里

谁曾在行走时移动于他人之间，

谁又曾使源头丰沛并使泉水清新

曾使干燥的岩石冷却并使沙子坚硬

身着飞燕草的蓝，玛利亚的蓝，

---

① "百夫长回答说，主啊，你要来到舍下我当不起：但只说出此言，我的仆人便会痊愈。"《圣经·马太福音》8：8。

Sovegna vos[1]

这里是行走于其间的岁月，载运

送走提琴与长笛，恢复

一个在睡与醒之间的时光里移动的人，身披

折叠的白光，包裹在她周围，折叠着。

新的岁月行走，正在恢复

经由一道泪的明亮云层，那岁月，正用

一行新诗恢复那古韵。要救赎

那时间。要救赎

更高的梦中未获解读的幻象

当身佩珠宝的独角兽在镀金的灵车边徐行。

戴着白蓝面纱的沉默的修女

在紫杉之间，在花园之神背后，

她的长笛屏息，低头打手势却一言不发

但喷泉曾涌起，鸟儿曾鸣唱而下

要救赎那时间，救赎那个梦

那未闻，未言之词的标志

直到风从紫杉中摇动一千声低语

---

① 意大利语："你要想到"。但丁《炼狱篇》XXVI，见《荒原》注释428。

及吾等此放逐期后 ①

V

倘若那被遗失之言被遗失，倘若那被耗尽之言被耗尽
倘若那不被听见，不被言说
之言不被言说，不被听见；
仍是那不被言说之言，不被听见之圣言，
无一言之圣言，那圣言内在于
世界并为世界而在；
而光曾照耀在黑暗之中而
与圣言相对那不平静的世界依然旋转
围绕那沉默圣言的中心。

　　　　　哦我的人民，我对你们做了什么 ②。

在何处此言会被寻到，在何处此言将
回响？不在此处，没有足够的沉默
不在海上或在岛屿上，不
在大陆上，在沙漠或雨地里，
对于那些在黑暗中行走的人们
既在白昼之时又在黑夜之时
合宜之时与合宜之地都不在此
并无神恩之地给那些避开那张脸的人

---

① And after this our exile，英译天主教祈祷经文《又圣母经》（*Salve Regina*）。
②《圣经·弥迦书》6：3。

并无欢欣之时给那些在喧嚣中行走而拒绝那声音的人

蒙着面纱的修女会不会祈祷，为了
那些在黑暗中行走的人，他们选择了你而又反对你，
那些人被撕裂在季与季，时与时之间的角上，在
刻与刻，言与言，力与力之间，那些守候
于黑暗里的人？蒙着面纱的修女会不会祈祷
为了大门口的孩童
他们不会走开又无法祈祷：
为那些选择了而又反对的人祈祷

　　　　哦我的人民，我对你们做了什么。

蒙着面纱的修女会不会在瘦削的
紫杉树之间祈祷，为了那些冒犯她
并受惊骇而无法投降
在世界之前肯定又在岩石之间否定的人
在最后的蓝色岩石间的最后沙漠中
那花园中的沙漠那干旱沙漠中的花园
从口中啐出枯萎的苹果核。

　　　　哦我的人民。

VI

尽管我不希望再回转

尽管我不希望
尽管我不希望回转

在得失之间摇摆不定
在这诸梦穿越的短暂过渡中
诞生与死亡间被梦穿越的暮光
（保佑我神父 ①） 尽管我不希望去希望这些事物
从朝向花岗岩海岸的宽阔窗口
白帆依旧飞向大海，向大海飞行
未折的翅膀

而失落的心僵硬而欣喜
在失落的丁香与失落的海声之中
而虚弱的灵魂复苏以反抗
为那弯曲的一枝黄花与失落的大海气息
复苏以恢复
鹌鹑的啼鸣与盘旋的鸻鸟
而那只盲眼创造
空虚之形于象牙的大门之间
而嗅觉更新沙地的咸味

这是诞生与死亡间的紧张时刻
三梦交汇的孤独之所
在蓝色岩石间
然而当紫杉树上抖落的声音飘行而去

---

① "保佑我神父，因我已犯罪" 为忏悔者对神父说的第一句话。

108

让那另一棵紫杉被摇撼并回答。

有福的姐妹，圣洁的母亲，喷泉之灵，花园之灵，

勿令我们苦于用虚妄嘲笑我们自己

教导我们关心与不关心

教导我们静坐

即便在这些岩石中间，

我们的安宁合于祂的旨意[①]

即便在这些岩石中间

姐姐，母亲[②]

与河流之灵，海洋之灵，

勿令我受分离之苦[③]

并容我的呼求达到你面前[④]。

[①] 参见但丁《天堂篇》III 85，"E'n la sua volontade è nostra pace"（我们的安宁合于祂的旨意）。

[②] 诗人的姐姐（Charlotte Eliot，1874—1926）与母亲（Charlotte Champe Stearns，1843—1929）于此诗发表前不久去世。

[③] 英译天主教主祷词《基督之灵》（*Anima Christi*）。

[④]《圣经·诗篇》102：1

爱丽儿诗篇 [1]

Ariel Poems

三贤士①之旅

"一条冰寒来路我们走过,

恰是这一年最糟的时候

踏上一段旅程,这样一段漫漫长旅:

路途深邃,气候凛冽,

正值死寂的隆冬。"②

而骆驼惊恼,足痛,难驭,

卧躺在融化的雪中。

有时候我们叹惜

斜坡上的夏日宫殿,露台,

丝柔的女孩带来果子露。

然后是赶骆驼的人不停咒骂和抱怨

纷纷逃走,渴求他们的酒和女人,

而夜火熄灭,更无掩蔽,

大城充满敌意,小镇亦不友善

村庄污秽又索价高昂:

一段艰苦时光我们走过。

到最后我们宁愿彻夜赶路,

偶尔打盹片刻,

各种声音在我们耳中鸣唱,说道

---

① Magi,由东方来到伯利恒 (Bethlehem) 向圣婴基督耶稣致敬的三位贤人或巫师,参见《圣经·马太福音》2:1—12。

② "一条冰寒来路他们走过,在一年这个时候;恰是一年里最糟糕的时候踏上一段旅程,尤其是一段漫漫长旅。路途深邃,天气凛冽,白昼短暂,太阳遥远,在 *solsitio brumali*,'正值死寂的隆冬'"(*solsitio brumali* 为拉丁语"冬至"),英国主教、学者安德鲁斯(Lancelot Andrewes,1555—1626)《圣诞布道,宣讲于圣诞日》(*Sermons of the Nativity, Preached upon Christmas Day*),1622 年。

这一切皆是愚妄。

然后在黎明我们下到一处温暖溪谷，
潮湿，低过雪线，散发着草木气息，
有一条涧流与一架水车在拍打着黑暗，
还有三棵树立在低低的天空之前。
还有一匹苍老白马在草地上被惊走。
然后我们来到一间葡萄藤叶攀上过梁的客栈，
六只手在一扇敞开的门内掷骰子赌银圆，
脚踢着地上的空酒囊。
但没有任何消息，于是我们继续
而抵达于傍晚，并未提早一刻
找到那所在；此事（你可以说）颇为圆满。

这一切都是很久以前，我记得，
而我愿再做一次，但是记下
这个记下
这个①：我们被指引那一路是为
诞生还是死亡？曾有过一个诞生，当然，
我们曾有证据而无疑问。我曾见过诞生与死亡，
但原以为两者不同；这诞生曾是
严酷而剧烈的苦痛之于我们，像死亡，我们的死亡。
我们又回到了我们的地界，这些王国，
但此处再无安心，在这旧世道之中，
身边一个陌生的民族紧抓着他们的众神。
我当为又一场死亡而欣喜。

---

① "其次，记下这句；就是要找到祂在何处，我们必须学习这些去问祂在何处"，安德鲁斯主教《圣诞布道，宣讲于圣诞日》。

一首给西缅 [1] 的歌

主啊，罗马风信子正在碗中盛开而

冬日的太阳潜行于雪山之侧；

这顽固的一季已站稳脚跟。

我的生命是轻的，等待着死亡的风，

像一根羽毛在我手背上。

阳光下的灰尘与角落中的记忆

等待向死地淬冷的风。

将你的安宁赐予我们 [2]。

我曾在这城市里行走多年，

保持信心与斋戒，供养穷人，

曾给予和领受荣耀与安适。

从未有任何人被弃绝于我的门前。

谁会记得我的房子，我孩子的孩子会住在哪里

当那悲伤的时间来临？

他们要去往山羊的路，与狐狸的家，

逃离异国的脸和异国的刀剑。

在绳索与灾祸与哀恸的时代之前

将你的安宁赐予我们。

---

[1] Simeon，《圣经·路加福音》中遇见出生第 40 日的耶稣，将他抱在怀中并念颂 "容你的仆人安然离去吧，因我的眼已看见了你的救恩" 祷词（Nunc Dimittis）的人。

[2] 《英国国教祈祷书》（*Book of Common Prayer*）。

在荒凉山的路站^①之前，

在母性悲伤的确凿时辰之前，

此刻在这死灭的诞生季节，

让那幼子，那依然不言说也不被言说之言，

将以色列的安慰赐予

一个有八十岁而无明天的人。

依你之言^②。

他们要赞美你而受难每一世代

相伴荣耀与嘲弄，

光在光之上，攀登圣徒的阶梯。

不是为了我，那场殉难，思想与祈祷的狂喜，

不是为了我，那终极的幻象。

将你的安宁赐予我。

　（而一柄剑会刺穿你的心^③，

你的也一样）。

我厌倦了我自己的生与我之后的众人的生，

我正死于我自己的死与我之后的众人的死。

容你的仆人离去吧，

既已看见了你的救恩。

---

① Stations of the mountain of desolation，呈现耶稣在各各他（Golgotha）山上
受难的图像。
②《圣经·路加福音》2：29。参见标题脚注。
③ "一柄剑也会刺穿你的心"，《圣经·路加福音》2：35。

Animula[①]

　　"生发自上帝之手，单纯的灵魂"[②]

　　至于一个变化之光与噪音的平板世界，

　　至于明亮，黑暗，干或湿，冷或暖；

　　移行在桌椅的腿脚之间，

　　起身或倒卧，抓住亲吻和玩具，

　　大胆向前，骤然受惊，

　　退向手臂和膝盖的角落，

　　渴求安心，撷取欢乐

　　于圣诞树芬芳的华彩之中，

　　撷取欢乐于风，阳光与大海之中；

　　钻研地板上阳光照射的图案

　　和绕着一只银盘奔跑的雄鹿群；

　　混淆真实与幻想之物，

　　满足于扑克牌与国王与王后，

　　仙女所为与臣仆所言。

　　成长中的灵魂的沉重负担

　　迷惑与侵犯愈甚，日复一日；

　　周复一周，侵犯与迷惑愈甚

　　以种种祈使如"是与似乎"

　　及可以或不可以，欲求与控制。

_____

① 拉丁语："小小的灵魂"。参见罗马皇帝哈德良（Hadrian，76—138）
"Animula vagula blandula"（渺小的灵魂，无常，迷人），《罗马帝王纪》
（*Historia Augusta*）。

②"生发自祂之手 …… 那单纯的灵魂"（Esce di mano a lui…l'anima
semplicetta），但丁《炼狱篇》XVI。

生的苦痛与梦的药剂
盘起那渺小的灵魂于靠窗座位中
就在《大英百科全书》背后。
生发自时间之手那单纯的灵魂
犹豫不决而自私，畸形，瘸腿，
无法行走向前或退后，
惧怕温暖的现实，获赠的善，
否认血的急切纠缠，
它自身的阴影的阴影，它自身的冥暗中的幽灵，
将凌乱的纸张留在一个尘灰的房间；
临终圣餐后首次活在静寂之中。

为热衷速度与强力的吉特里埃兹祈祷，
为被炸成碎片的博丹，
为这个发了一笔大财的人，
与那个走自己路的人。
为被野猪犬残杀于紫杉树间的弗洛莱特祈祷，
为我们祈祷，现在与我们诞生的一刻。

玛莉娜 [1]

Quis hic locus, quae
regio, quae mundi plaga? [2]

什么海什么岸什么灰岩什么岛屿
什么水轻拍着船头
还有松树的香气还有林鸫鸣唱透过雾霭
什么意象回返
哦我的女儿。

那些将狗牙磨利的人，意在
死亡
那些闪耀着蜂鸟光辉的人，意在
死亡
那些坐在满足的猪栏里的人，意在
死亡
那些经受动物之迷狂的人，意在
死亡

已化作虚幻，为一阵风，
一缕松树气息所减损，而林歌雾霭

---

① Marina，莎士比亚《提尔亲王佩利克里斯》（*Pericles, Prince of Tyre*）中佩利
克里斯的女儿。
② 拉丁语："此处是什么所在，什么／地界，或世上哪座岸滨？"古罗马哲学家、
剧作家、政治家塞内加（Lucius Annaeus Seneca，约 1—65）《疯狂的赫剌克勒
斯》（*Hercules Furens*）。

则为这份恩典消解于原地

这张脸是什么，不那么清晰又更清晰
手臂中的脉搏，不那么强又更强——
被给予还是被出借？比星星更远又比眼睛更近

低语和轻笑在树叶之间而匆匆的脚步
在睡眠之下，所有的流水交汇之处。

船首斜桅被冰冻裂而油漆被热烤裂。
我曾将此完成，我已然遗忘
又再回想。
缆索无力而篷帆朽烂
在一个六月与另一个九月之间。
曾将此完成而不知，半觉悟，不为人知，属于我自己。
龙骨翼板渗漏，接缝需填补。
这形体，这脸相，这生命
活着只为活在一个比我久远的时间的世界里；让我
弃我的生命给这生命，我的言说给那不被言说的，
那被唤醒的，被分开的双唇，希望，新船。

什么海什么岸什么花岗岩岛屿朝向我的船骨
与林鸫呼唤透过雾霭
我的女儿。

栽培圣诞树

对圣诞节有几种态度，
其中一些我们可不加理会：
社交的，麻木的，明显商业的，
吵闹的（酒吧开到午夜），
和孩子气的——并不属于孩子
蜡烛于他就是一颗星星，而那个镀金天使
在树的顶点张开它的翅膀
不仅是一件装饰品，而就是一个天使。
孩子惊诧于圣诞树：
让他继续怀着那份心境惊诧
于那个节庆是一个不被当作一个借口来接受的事件；
于是那熠熠生辉的狂喜，那份讶异
最先被记起的圣诞树，
于是那惊奇，新获至宝的愉悦
　（每一件都有它独特而令人兴奋的气味），
鹅或火鸡的期望
以及期望中对它外观的惊叹，
于是那份崇敬与欢乐
才不会被遗忘在后来的经历之中，
在无聊的习惯，疲劳，厌倦，
死亡的了悟，失败的觉察，
或在皈依者的虔诚之中
后者或许被一份自负所玷污
令上帝不悦又对孩童不敬

（而在此我也怀着感激回想起
圣露西①，她的颂歌和她的火冠）：
于是在结束之前，第八十个圣诞节
（"第八十个"指最后的无论哪一个）
累积的周年情感记忆
可以被浓缩为一份大喜悦
亦会是一份大恐惧，如在那一刻
当恐惧降临每个灵魂②：
因为开端会提醒我们结束
而第一次来临则会提醒第二次来临③。

---

① St. Lucy（283—304），基督教殉道者，遭施火刑而不燃（火焰在她头上形成一顶火冠），被利刃插入喉中后唱圣歌数小时而死。
②《圣经·使徒行传》2：43。
③ 据基督教信仰，耶稣基督将在世界末日再次降临尘世并审判众生。

未完成诗篇

Unfinished Poems

力士斯威尼 ①

一部阿里斯托芬式 ② 音乐剧的片断

俄瑞斯忒斯 ③：你看不到他们，你看不到——但我看得到他们：
他们正在穷追我不舍，我必须走下去。

《奠酒人》 ④。

因此灵魂不可能具有神圣的和谐，直到它已免除了自身对被创
造的众生的爱。

圣十字约翰 ⑤。

---

① *Sweeney Agonistes*，以单行本出版于 1932 年。参见英国诗人弥尔顿（John Milton，1608—1674）《力士参孙》（*Samson Agonistes*）。

② Aristophanic，阿里斯托芬（Aristophanes，约前448— 前380）为古希腊喜剧家。

③ Orestes，希腊神话中迈锡尼（Mycenae）王阿伽门农（Agamemnon）之子，为父报仇，杀死母亲克吕泰墨斯特拉（Clytemnestra）与她的情人埃癸斯托斯（Aegisthus）。

④ *Choephoroi*，希腊悲剧家埃斯库罗斯（Aeschylus，约前525—前456）的悲剧。

⑤ St John of the Cross（Juan de la Cruz，1542—1591），西班牙神秘主义者，罗马天主教圣人，反宗教改革的主要人物。引文出自《登加尔默耳山》（*Subida del Monte Carmelo*）。

一场序幕的片断

达斯蒂、多丽丝。

达斯蒂: 佩雷拉如何?

多丽丝:　　　　　　　　佩雷拉怎么啦?
　　　　我不在乎。

达斯蒂:　　　　　　　　你不在乎!
　　　　谁付的房租?

多丽丝:　　　　　　　　　对他付的房租

达斯蒂: 嗯有的男人不付有的男人付
　　　　有的男人不付你知道是谁

多丽丝: 你可以要佩雷拉

达斯蒂:　　　　　　　　佩雷拉怎么啦?

多丽丝: 他可不是绅士,佩雷拉:
　　　　你不可以相信他!

达斯蒂:　　　　　　　　嗯那倒是真的。
　　　　如果你不可以相信他,他就不是绅士,
　　　　而如果你不可以相信他——
　　　　那你就永远不知道他打算做什么。

多丽丝: 错了对佩雷拉太好是不行的。

达斯蒂: 话说山姆倒是一位彻头彻尾的绅士。

多丽丝: 我喜欢山姆

达斯蒂:　　　　　　　　我喜欢山姆
　　　　是的山姆也是个好小伙。
　　　　他是个有趣的朋友

多丽丝：		他是个有趣的朋友

多丽丝：　　　　　　　　　　　　他是个有趣的朋友
　　　他就像我以前认识的一个朋友。
　　　他能逗你笑。

达斯蒂：　　　　　　　　　　　山姆能逗你笑：
　　　山姆挺好

多丽丝：　　　　　　　　　　　但是佩雷拉不行。
　　　我们不能要佩雷拉

达斯蒂：　　　　　　　　　　　那你打算怎么办？

电话：　叮铃铃
　　　叮铃铃

达斯蒂：　　　　　　　　　　　是佩雷拉

多丽丝：对是佩雷拉

达斯蒂：　　　　　　　　　　　那你打算怎么办？

　　　电话：　叮铃铃
　　　叮铃铃

达斯蒂：　　　　　　　　　　　是佩雷拉

多丽丝：唉你就不能停掉那可怕的噪音吗？
　　　把听筒拿起来

达斯蒂：　　　　　　　　　　　我说什么呢？

多丽丝：随你怎么说：就说我生病了，
　　　说我在楼梯上摔断了腿
　　　说我们着了场火

达斯蒂：　　　　　　　　　　　哈罗哈罗你在吗？
　　　是的这是多丽丝小姐的套房——
　　　哦佩雷拉先生是你吗？你好吗！
　　　哦我太抱歉了。我真太抱歉了

可是多丽丝回家后得了场很重的感冒

没有，就是一场感冒

哦我认为就是一场感冒而已

是的确实我也希望如此——

嗯我希望我们不用去找医生

多丽丝很讨厌看医生

她说你星期一会打电话吗

她希望星期一就全好了

我说我现在挂了你介意吗

她的脚放在芥末水里

我说我正在给她芥末和水

好的，星期一你会打电话过来。

是的我会告诉她的。再见。再——见。

我确定，你真是太好了。

啊

多丽丝：现在我要给今晚签牌。

哦猜猜第一张是什么

达斯蒂：　　　　　　　　　　　　第一张是。是什么？

多丽丝：梅花老 K

达斯蒂：　　　　　　　　　　　　那是佩雷拉

多丽丝：可能是斯威尼

达斯蒂：　　　　　　　　　　　　是佩雷拉

多丽丝：也完全可能是斯威尼

达斯蒂：嗯反正很奇怪。

多丽丝：这张是方块四，什么意思？

达斯蒂：（读）"一小笔钱，或者一份礼物

是穿戴服饰，或一场派对"。

这也很奇怪。

多丽丝：这张是三。什么意思？

达斯蒂："一位不在场朋友的消息"。——佩雷拉！

多丽丝：红桃皇后！——波特夫人！

达斯蒂：或者也可能是你

多丽丝：　　　　　　　　　　　　或者也可能是你

我们都是红桃。你没法确定。

这完全取决于下面那张是什么。

你读牌的时候必须要思考，

这不是谁都能做到的一件事。

达斯蒂：是我知道你打牌有点心得

接下来是什么？

多丽丝：　　　　　　　　接下来是什么。是六。

达斯蒂："一场争吵。一场疏远。朋友分离"。

多丽丝：这是黑桃二。

达斯蒂：　　　　　　　黑桃二！

那是棺材！

多丽丝：　　　　　　　那是棺材？

哦天哪我怎么办啊？

就在之前还有一场派对！

达斯蒂：嗯不一定是你的，可能指一个朋友。

多丽丝：不那是我的。我肯定那是我的。

昨天整晚我都梦见婚礼。

对那是我的。我知道那是我的。

哦天哪我怎么办啊。

　　　　唉我再也不抽了，

　　　　你签下看看运气。你签下看看运气。

　　　　也许会打破咒语。你签下看看运气。

达斯蒂：黑桃杰克。

多丽丝：　　　　　　　　　　　　　那应该是斯诺

达斯蒂：或者也许是施瓦茨

多丽丝：　　　　　　　　　　　　　或者也许是斯诺

达斯蒂：真好笑我老是抽花牌——

多丽丝：你挑选它们的方式很有讲究

达斯蒂：你感觉的方式太有讲究

多丽丝：有时候它们什么都不告诉你

达斯蒂：你必须知道你想问它们什么

多丽丝：你必须知道你想知道什么

达斯蒂：问它们太多没用

多丽丝：问不止一次没用

达斯蒂：有时候它们根本没用。

多丽丝：我想了解下那个棺材。

达斯蒂：哦我从来不想！我跟你说什么了？

　　　　我不是说我总抽到花牌吗？

　　　　红桃杰克！

　　　　（窗外口哨。）

　　　　　　哦我从来不想

　　　　真是个巧合！牌好怪！

　　　　（再次口哨。）

多丽丝：是山姆吗？

达斯蒂：当然是山姆！

多丽丝：当然，红桃杰克就是山姆！

达斯蒂：（探出窗口）：哈罗山姆！

沃肖佩：　　　　　　　　　　　　哈罗亲爱的

上面有几个？

达斯蒂：　　　　　　　　　　　　上面这儿没人

下面有几个？

沃肖佩：　　　　　　　　　　　　我们四个在这儿。

等我把车转过拐角

我们马上就上来

达斯蒂：好的，上来吧。

达斯蒂：（对多丽丝）：牌好怪。

多丽丝：我想了解下那个棺材。

敲门 敲门 敲门

敲门 敲门 敲门

敲门

敲门

敲门

多丽丝、达斯蒂、沃肖佩、霍斯福尔、克利普斯坦、克鲁姆帕克。

沃肖佩：哈罗多丽丝！哈罗达斯蒂！你们好吗！

怎么样？怎么样？你们是否允许我——

我想你们两个姑娘都认识霍斯福尔上尉——

我们想让你们会会我们的两个朋友，

出差到此的美国先生。

会会克利普斯坦先生。会会克鲁姆帕克先生。

克利普斯坦：你们好吗

克鲁姆帕克：　　　　　　　　　　　　　　　　　你们好吗？

克利普斯坦：我很高兴认识你们

克鲁姆帕克：非常荣幸能够结识

克利普斯坦：山姆——我应该说山姆·沃肖佩中尉

克鲁姆帕克：隶属加拿大远征军——

克利普斯坦：中尉告诉了我们很多你们的事。

克鲁姆帕克：我们一起打过仗

　　　　　　克利普和我和上尉和山姆。

克利普斯坦：是的我们尽了自己的一份力，像你们大伙说的那样，

　　　　　　我会告诉世界我们赶跑了德国佬

克鲁姆帕克：那场扑克怎么回事？嗯怎么样山姆？

　　　　　　波尔多那场扑克怎么回事？

　　　　　　是的多兰斯小姐你让山姆

　　　　　　讲讲波尔多那一场扑克。

达斯蒂：你很了解伦敦吗，克鲁姆帕克先生？

克利普斯坦：不我们以前从没来过这里

克鲁姆帕克：我们昨晚第一次来到这城市

克利普斯坦：我当然希望这不是最后一次。

多丽丝：你喜欢伦敦吧，克利普斯坦先生？

克鲁姆帕克：我们喜欢伦敦吗？我们喜欢伦敦吗！

　　　　　　我们喜欢伦敦吗！！呃怎么样克利普？

克利普斯坦：就说，小姐——呃——唔——伦敦很时髦。

　　　　　　我们很喜欢伦敦。

克鲁姆帕克：　　　　　　　　　　　　美妙之极。

达斯蒂：那你们为什么不来这里住呢？

克利普斯坦：那个，不是，小姐——呃——你还没完全理解

（恐怕我没听清楚你的名字——

但我还是很高兴见到你们）——

伦敦对我们来说有点太鲜亮了

是的我会说有点太鲜亮了。

克鲁姆帕克：是的伦敦对我们来说有点太鲜亮了

不要认为我有任何粗俗的意思——

但恐怕我们受不了这个节奏。

怎么样克利普？

克利普斯坦：　　　　　　　　　　　你说对了，克鲁姆。

伦敦是个美妙的地方，伦敦是一个时髦的地方，

伦敦是个游览的好地方——

克鲁姆帕克：特别是当你有一个真的活的英国人

一个像山姆这样的伙计带你到处看看。

山姆在伦敦当然跟在家一样，

他答应要带我们到处看看。

一场辩论的片断

斯威尼、沃肖佩、霍斯福尔、克利普斯坦。

克鲁姆帕克、施瓦茨、斯诺、多丽丝、达斯蒂。

斯威尼：　　　　　　　　　　　　我要把你虏走

到一座食人岛上。

多丽丝：你要做食人族！

斯威尼：你要做传教士！

你要做我的小七石[①]传教士！

我要吞了你。我要做食人族。

多丽丝：你要把我虏走？到一座食人岛上？

斯威尼：我要做食人族。

多丽丝：　　　　　　　　　　　　我要做传教士。

我要转变你！

斯威尼：　　　　　　　　　　　我会转变你！

变成一锅炖菜。

一锅又美又小，又白又小的，传教士炖菜。

多丽丝：你不会吃我的！

斯威尼：　　　　　　　　　　　会的我会吃掉你的！

在一锅又美又小，又白又小，又柔又小，又嫩又小，

又多汁又小，又正又小的，传教士炖菜里。

你看到这个蛋

你看到这个蛋

嗯这就是一座鳄鱼岛上的生活。

---

① Stone，英国重量单位，1 英石等于 14 磅（约 6.4 千克）。

没有电话

没有留声机

没有汽车

没有两人座，没有六人座，

没有雪铁龙，没有劳斯莱斯。

什么吃的都没有除了生长的水果。

什么看的都没有除了棕榈树在一边

而大海在另一边，

什么听的都没有除了涛声。

什么事都没有除了三件事

多丽丝：　　　　　　　　　　　什么事？

斯威尼：诞生，和交配和死亡。

如此而已，如此而已，如此而已

诞生，和交配，和死亡。

多丽丝：我会厌倦的。

斯威尼：　　　　　　　　　你会厌倦的。

诞生，和交配，和死亡。

多丽丝：我会厌倦的。

斯威尼：　　　　　　　　　你会厌倦的。

诞生，和交配，和死亡。

讲到基本情况时这就是全部事实：

诞生，和交配，和死亡。

我已经诞生过了，一次就够。

你不记得，但我记得，

一次就够。

沃肖佩与霍斯福尔的歌声
施瓦茨为铃鼓。斯诺为胃板

在竹子下面
竹子竹子
在竹子下面 ①
两个活得像一个
一个活得像两个
两个活得像三个
在竹下面
在子下面
在竹子下面。

那里面包果掉落
而企鹅呼鸣
而那声音就是海的声音
在竹下面
在子下面
在竹子下面

那里高更 ② 少女们
在榕树阴影中
身着棕榈叶裙
在竹下面
在子下面

---

① *Under the Bamboo Tree*，美国作曲家科尔（Bob Cole，1868—1911）与美国歌手、作曲家约翰逊（Rosamond Johnson，1873—1954）合写的歌曲名。
② Paul Gauguin（1848—1903），法国画家。

在竹子下面。

告诉我在树林哪部分
你愿与我调情？
在面包果，榕树，棕榈叶下面
还是竹子下面？
任何老树我都可以
任何老树林也一样好
任何老岛屿正是我的风格
任何新鲜的蛋
任何新鲜的蛋
和珊瑚海的声音。

多丽丝：我不喜欢蛋；我从不喜欢蛋；
　　　　我也不喜欢你的鳄鱼岛上的生活。

克利普斯坦与克鲁姆帕克的歌声
斯诺与施瓦茨如前
　　　我的小小岛屿姑娘
　　　我的小小岛屿姑娘
　　　我打算跟你待在一起
　　　我们不会操心要做什么
　　　我们用不着去赶任何火车
　　　我们也不会在下雨时回家
　　　我们会采集芙蓉花
　　　因为时间不会是分钟而是小时
　　　因为时间不会是小时而是年岁

$$\text{渐弱}\begin{cases}\text{和早晨}\\\text{和傍晚}\\\text{和正午}\\\text{和夜间}\\\text{早晨}\\\text{傍晚}\\\text{正午}\\\text{夜间}\end{cases}$$

多丽丝：那不是生活，那绝不是生活
　　　　天呐我宁愿马上死去。

斯威尼：生活就是这样。就是

多丽丝：　　　　　　　　　　　是什么？
　　　　那种生活是什么？

斯威尼：　　　　　　　　　　生活就是死亡。
　　　　我知道有个男人曾经干掉了一个姑娘——

多丽丝：哦斯威尼先生，请别说话，
　　　　你来之前我签过牌
　　　　我抽到了棺材

施瓦茨：　　　　　　　　你抽到了棺材？

多丽丝：我最后一张牌抽到了棺材。
　　　　我不在乎这样的谈话
　　　　一个女人要冒可怕的风险。

斯诺：让斯威尼先生继续讲他的故事吧。
　　　我向你保证，先生，我们很感兴趣。

斯威尼：我知道有个男人曾经干掉了一个女孩。
　　　　任何男人都可能干掉一个女孩

任何人都必须，需要，想要

一生中总有一次，干掉一个女孩

总之他把她留在了一个浴缸里

放一加仑来苏尔 ① 在一个浴缸里

施瓦茨：这些家伙到最后总是被逮到。

斯诺：不好意思，他们最后并不是全都被逮到。

埃普索姆 ② 荒地上的骨头呢？

我在报纸上看到过这事

你在报纸上看到过

他们最后并不是全都被逮到。

多丽丝：一个女人要冒可怕的风险。

斯诺：让斯威尼先生继续讲他的故事吧。

斯威尼：这一个最后并没有被逮到

但那也是另一个故事了。

本案持续了几个月

没人前来

没人离去

但他一直取牛奶并付房租。

施瓦茨：他干了什么？

那段时间，他干了什么？

斯威尼：他干了什么！他干了什么？

这话不适合。

跟活人聊他们干什么。

他有时过来看我

我会请他喝一杯给他鼓鼓气。

---

① Lysol，一种防腐消毒液。

② Epsom，英国东南部城市。轻泻剂埃普索姆盐（Epsom salt）最初被用作浴盐。

多丽丝：给他鼓鼓气？

达斯蒂：　　　　　　　　　　　　　给他鼓鼓气？

斯威尼：好吧这里又不适合了

可是我跟你说话必须要用词啊。

反正这就是我要说的。

他不知道是不是他活着

　　　　　　　　　　那姑娘死了

他不知道是不是那姑娘活着

　　　　　　　　　他死了

他不知道他们俩是都活着

　　　　　　　　　　还是都死了

假如他活着那么送奶工就没有

　　　　　　　　收租人也没有

而假如他们活着那么他就死了。

没有任何场所

没有任何场所

因为你孤单的时候

你孤单得像他一样孤单的时候

你是随便哪个或者哪个都不是

我再跟你说一遍它不适合

死或者生或是生或者死

死就是生而生就是死

我跟你说话必须要用词

但你理解还是不理解

这与我无关也与你无关

我们都必须要做我们必须要做的事

我们必须要坐在这里喝这杯酒

137

我们必须要坐在这里听一支曲子

我们必须要留我们又必须要走

而有人必须要付房租

多丽丝：　　　　　　　　　　　　我知道是谁

斯威尼：但这与我无关也与你无关。

全体合唱：沃肖佩，霍斯福尔，

　　　　　克利普斯坦，克鲁姆帕克

当你独自一人在夜半时分你醒来一身大汗而万分惊恐

当你独自一人在床榻中央你醒来就像有人击打你的头

你刚刚经历了一场噩梦的精华你让那些呼哈都来找你了。

呼呼呼

你梦见了你在七点钟醒来当时起雾又潮湿正是黎明一片黑暗

而你等的是敲门与一只锁的转动因为你知道绞刑吏正在等你。

也许你活着

也许你死了

呼哈哈

呼哈哈

呼

呼

呼

敲门敲门敲门

敲门敲门敲门

敲门

敲门

敲门

科里奥兰[①]

I. 胜利进军[②]

石，铜，石，钢，石，橡叶，马蹄踏过路面。

还有旗帜。还有号角。还有这么多雄鹰。

多少？点数它们。和那么一大群人。

那天我们几乎不认识自己，也不认识这座城市。

这是通往神庙的路，我们这么多人正拥塞于路上。

这么多人在等待，多少人在等待？有什么要紧，在这样的一日？

他们要来了吗？不，还没有。你可以看到几只鹰。并听到号角。

他们来了。他要来了吗？

我们的自我那天然觉醒的生命是一种感知[③]。

我们可以与我们的矮凳与我们的香肠[④]一起等待。

什么率先到来？你看得到吗？告诉我们。那是

> 5,800,000 支步枪和卡宾枪，
>
> 102,000 挺机枪，
>
> 28,000 门迫击炮，

---

① Coriolan，源自"科里奥拉努斯"（Coriolanus，参见《诗篇》"一只烹煮蛋"脚注）；1936年原先独立的2首诗被集合在此诗题下。

② 参见《爱丽儿诗篇》书名脚注。

③ 参见"我们的自我那天然觉醒的生命是一种持续的知觉，实际或可能的"，《观念：纯粹现象学导论》（*Ideas: General Introduction to Pure Phenomenology*），英国 - 奥地利哲学家吉布森（W. R. Boyce Gibson，1869—1935）译德国哲学家、数学家胡塞尔（Edmund Husserl，1859—1938）《纯粹现象学观念与现象学哲学》（*Ideen zu einer reinen Phänomenologie und phänomenologischen Philosophie*）。

④ Sausages，亦指迫击炮弹。

53,000 门野战炮与重炮，[1]

我搞不清有多少射弹，地雷和引信，

13,000 架飞机，

24,000 台飞机发动机，

50,000 辆弹药车，[2]

现在是　　　55,000 辆军车，

11,000 个战地厨房，

1,150 个战地面包房。[3]

花去了好一段时间。现在会是他吗？不，

那些是高尔夫俱乐部队长，这些是童子军，

而现在是 *société gymnastique de Poissy*[4]

现在到来了市长和同业公会成员。看

他现在就在那里，看：

并无质疑在他眼中

或手中，它们静静搁在马脖子上面，

而双眼警惕，等待，感知，漠然。

哦隐藏在鸽子的翼下，隐藏在乌龟的胸中，

在中午的棕榈树下，在流水下

在转动的世界的静止点。哦隐藏。

现在他们登上神殿。然后是献祭。

---

① 《即将到来的战争》（*The Coming War*），特纳（Christopher Turner）译德国政治家、军事理论家鲁登道夫（Erich Ludendorff, 1865—1937）《德国土地上的世界大战威胁》（*Weltkrieg droht auf deutschem Boden*）。

② 同上注。

③ 同上注。

④ 法语："普瓦西体操协会"。普瓦西为法国城市。

现在到来了携骨灰瓮的处女们，瓮中装有

尘土

尘土

尘土之尘土，而现在

石，铜，石，钢，石，橡叶，马蹄

踏过路面。

这就是我们能看到的全部。但有多少雄鹰！又有多少号角！

  （而复活节，我们没有去乡下，

所以我们带小西里尔去了教堂。他们敲了一回钟

他立刻大声说，烤圆饼。）

                        不要扔掉那根香肠，

会用得上的。他很机灵。请问，你会不会

给我们一道光？

光

光

Et les soldats faisaient la haie? ILS LA FAISAIENT. [①]

---

① 法语："还有士兵都排列成行了吗？他们排好了。"法国政治家、诗人、批评家莫拉斯（Charles Maurras，1868—1952）《智慧之未来》（*L'Avenir de l'Intelligence*）。

II. 一名政治家的难处

喊叫吧我喊叫什么呢？

一切肉皆是草 [①]：包括

巴斯勋爵 [②]，不列颠帝国爵士，骑士，

哦骑士！属于荣誉军团 [③]，

黑鹰勋章 [④]（一级和二级），

还有旭日章 [⑤]。

喊叫吧我喊叫什么呢？

首先要做的是组建委员会：

咨询委员会，常务委员会，特别委员会和下级委员会。

一名秘书将负责多个委员会。

我喊叫什么呢？

亚瑟·爱德华·西里尔·帕克任电话接线员

领一份每周一英镑十的薪水以五先令增幅逐年提升

至每周二英镑十；圣诞节有一笔三十先令的奖金

一年有一周假期。

一个委员会已获任命以提名一批工程师

来照看给水系统。

一个委员会获任命

---

① "有人声说，喊叫吧。他就说，我喊叫什么呢？一切肉皆是草"，《圣经·以赛亚书》40：6。

② Companions of the Bath，英国最尊贵巴斯勋位（The Most Honourable Order of the Bath，设立于 1725 年）中的最低等级。巴斯（Bath，即沐浴）为中世纪册封骑士的仪式，象征净化。

③ Legion of Honour，法国荣誉勋位，设立于 1802 年。

④ Order of the Black Eagle，普鲁士帝国骑士勋位的最高等级，设立于 1701 年。

⑤ Order of the Rising Sun，日本骑士勋章制度，设立于 1875 年。

负责公共工程，主要是重建防御工事问题。

一个委员会获任命

与一个沃尔西人 ① 团体协商

永久和平：造箭者，造标枪者与铁匠

已任命一个联合委员会来抗议订单的缩减。

与此同时卫兵在边界上摇骰子

青蛙（哦曼图亚的 ②）在沼泽里呱鸣 ③。

萤火虫辉映着晦暗天际的闪电

我喊叫什么呢？

母亲母亲

这是一排家庭肖像，邈逖的半身，全都明显是罗马人相貌，

明显地彼此相似，依次将其照亮的焰光来自

一个汗流浃背的火炬手，打着哈欠。

哦隐藏在下面……隐藏在下面……那里鸽子脚歇息并紧扣片刻，

静止的片刻，中午的休憩，在中午最宽那棵树的高枝之下

在午后的小风吹动的胸羽之下

那里仙客来张开它的翼翅，那里铁线莲低垂在门楣上

哦母亲（不见于这些半身像，都有正确的题铭）

我是一颗疲惫的脑袋在这些脑袋中间

脖子都强劲以承载它们

鼻子都强劲以破风

母亲

---

① Volscian，古代意大利民族，公元前 4 世纪被击败而并入罗马。

② "O Mantoano"（哦曼图亚人），但丁《炼狱篇》VI。曼图亚（Mantua）为意大利北部城市。

③ "Et veterem in limo ranae cecinere querelam"（而青蛙在沼泽里呱鸣古老的挽歌），维吉尔《农事诗》（*Georgica*）I。

愿我们某时，差不多是此刻，不在一起，

倘若屠宰，献祭，供奉，祈求，

都在此刻被遵从

愿我们不在

哦隐藏

隐藏在中午的静止中，在寂然呱鸣的夜里。

随幼小蝙蝠翅膀的挥掠，随萤火虫或闪电虫^①的细小闪光而来，

"起起落落，顶冠尘土^②"，小小的造物，

小小的造物在尘土中纤声啁啾，将夜晚穿透。

哦母亲

我喊叫什么呢？

我们要求一个委员会，一个代表委员会，一个调查委员会

辞职　　辞职　　辞职

---

① Lightning bug，即萤火虫。

② "孩子顶冠尘土，蹦起倒下又哭泣"，英国小说家、诗人吉卜林（Rudyard Kipling，1865—1936）"穆罕默德·丁的故事"（The Story of Muhammad Din）题记，《来自山岭的平凡故事》（*Plain Tales From the Hills*）。

次要诗篇

Minor Poems

我最后看到的泪眼 [①]

我最后看到的泪眼
透过分隔
这里在死亡的梦之王国
那金色的幻象再现
我看到眼睛而非泪水
这是我的苦恼。

这是我的苦恼
我再也看不到的眼睛
决定的眼睛
我看不到的眼睛除非
是在死亡的另一个王国的门口
在那里，像在这个王国，
眼睛会延续更久一点
比泪水延续更久一点
并将我们嘲弄不已。

[①] 本篇首次发表于《小册子》（*Chapbook*），1924 年 11 月。

风骤起于四点钟 [1]

风骤起于四点钟

风骤起并击破

生死间摇摆的钟铃

此处，在死亡的梦之王国

迷乱纷争那苏醒的回响

它是一个梦还是别的什么

当黯黑之河的表面

是一张流泪的脸？

我望过那条黯黑之河

营火随异国的长矛摇晃。

此处，越过那另一条死亡之河

鞑靼骑兵摇晃他们的长矛。

---

① 本篇首次发表于《小册子》，1924 年 11 月。

五指练习 [1]

I. 写给一只波斯猫的诗行

空气的歌者纷纷前往
罗素广场 [2] 的绿色田野。
那些树下并无安逸
对毛熊 [3] 的愚钝头脑，锋利欲望
与敏锐的眼睛而言。
并无解脱除非在悲伤之中。
哦吱吱作响的心何时才会停止？
破椅子何时才会带来安逸？
夏天会因何延迟？
时间会在何时流逝？

II. 写给一只约克郡梗犬的诗行

一片棕褐田野立着一棵树
那棵树弯曲又枯干。
一片黑色天空，从一团碧云中
自然之力高声尖叫，

---

① 本篇首次发表于《标准》（*Criterion*），1933 年 1 月。
② Russell Square，位于伦敦布卢姆斯伯里区（Bloomsbury），费伯与费伯书局
所在地。
③ Woolly Bear，英国诗人哈罗德·门罗（Harold Monro，1879—1932）的妻
子，作家与编者阿丽达（Alida Monro，1892—1969）送给艾略特的波斯猫的
名字。

啸鸣，轰响，低诉无休无止。

小狗安全与温暖

在印花厚棉羽绒被之下，

然而田野龟裂，棕褐

那棵树伛偻又枯干。

坡利可儿狗和猫都必定

喏喱可儿猫和狗都必定

像殡仪员一样，归于尘土。

这里身为一只小狗的我暂停

举起我前面的两爪，

暂停，然后睡到无休无止。

III. 写给公园里一只鸭子的诗行

悠长的光摇荡越过这片湖水 ①，

早晨的力一同震颤，

黎明倾斜着越过草坪，

此处并无水蜥或凡间的毒蛇

而仅有懒散的雌鸭与雄鸭。

我已看见过早晨闪耀，

我已食饮过了面包和酒，

就让被羽的凡间生灵获取

它们凡间应有的酬报，

也一样掐着面包和手指。

---

①"悠长的光摇荡越过片片湖水"，英国诗人丁尼生（Alfred Tennyson，1809—1892）"光辉降落"（The splendour falls），《公主》（*The Princess*）。

比蠕动的虫豸更易得；

因为我知道，你也该明白

很快那探询的虫豸就将考验

我们保存完好的自满。

IV. 写给拉尔夫·霍奇森 ① 先生的诗行

见到霍奇森先生何其愉快！

　　　　　（每个人都想认识他）——

连同他仙乐般的嗓音

和他的巴斯克维尔猎犬 ②

他，只需主人一声令下

会追逐着你越来越快

并将你的肢体片片扯下。

见到霍奇森先生何其有幸！

他受所有侍女崇拜

　（她们认为他非同一般）

当他在精致的颚上压榨

醋栗馅饼的汁液。

见到霍奇森先生何其愉快！

　　　　　（每个人都想会会他）。

他有 999 只金丝雀

绕着他的脑袋雀鸟和精灵

在欢腾的狂喜中飞掠。

---

① Ralph Hodgson（1871—1962），英国诗人，艾略特的好友。

② Baskerville Hound，英国作家柯南·道尔（Conan Doyle，1859—1930）《巴斯克维尔猎犬》（*The Hound of the Baskervilles*）。

见到霍奇森先生何其愉快！

             （每个人都想认识他）。

V. 写给卡斯卡斯卡拉威[①]和米尔扎·穆拉德·阿里·贝格[②]的诗行

见到艾略特先生何其不快！
连同他教士裁切的五官，
和他如此冷峻的眉
和他如此古板的嘴
和他的谈话，如此细致地
局限于究竟为何
和假如和也许和但是。
见到艾略特先生何其不快！
连同一只短尾巴恶犬
穿着件毛皮外套
和一只刺猬猫
和一顶傻不溜丢的帽子：
见到艾略特先生何其不快！
（无论他的嘴巴是开是闭）。

[①] Cuscuscaraway，cuscus（岩兰草）+caraway（葛缕子）。
[②] Mirza Murad Ali Beg（1844—1884），原名 Godolphin Mitford，印度－英国作家，著有《长生不老药》（*Elixir of Life*）。

风景

I. 新罕布什尔 [①]

果园里孩子的声音
在开花期与结果期之间：
金色的头，深红的头，
在绿色的尖梢与根茎之间。
黑的翅膀，棕褐的翅膀，盘旋而过；
二十年与春天已过；
今日悲伤，明日悲伤，
覆盖我吧，树叶里的光；
金的头，黑的翅膀，
缠绕，摇摆，
春天，歌唱吧，
摇摆而上进入苹果树。

II. 弗吉尼亚 [②]

红的河 [③]，红的河，
慢慢流淌热就是静默
没有意志沉寂如一条河
沉寂。热会不会动
仅仅通过听见过一回的

---

① 本篇首次发表于《弗吉尼亚季刊评论》（*Virginia Quarterly Review*），1934 年 4 月。
② 本篇首次发表于《弗吉尼亚季刊评论》，1934 年 4 月。
③ Red river，或指被黏土染红的里维纳河（Rivenna River）。

嘲鸫？沉寂的山峦

等待。大门等待。紫的树，

白的树，等待，等待，

延迟，腐烂。活着，活着，

从来不动。始终在动

钢铁的念头曾随我前来

也随我离去：

红的河，河，河。

III. 厄斯克 ①

不要突然折断树枝，或

希望发现

白雄鹿 ② 在白水井后面。

扫视身旁，不为长矛，不要招来

古老的魅术。让它们沉睡。

"轻柔地浸入，但别太深" ③，

抬起你的眼睛

在道路沉落处与道路上升处

只在那里寻找

在灰光与青气相遇之处

隐士的礼拜，朝圣者的祈祷。

---

① Usk，英国威尔士蒙默思郡（Monmouthshire）的河流与河谷的名字。本篇首次发表于《芝加哥圆桌》，1950 年，题为"威尔士的厄斯克"（Usk in Wales）。
② 乌斯克河谷内的利恩比村（Llangybi）有白雄鹿客栈（White Hart Inn）。
③ 参见英国诗人、戏剧家皮莱（George Peele，1556—1596）《老妇人的故事》（*The Old Wives' Tale*）。

IV. 兰诺赫①，靠近格伦科②

这里乌鸦挨饿，这里耐心的雄鹿
为来福枪繁衍。在温柔的沼泽
与温柔的天空之间，几乎没有余地
可跳跃或翱翔。物质崩摧，稀薄大气中
月寒或月热。道路卷入
古代战争的无精打采，
断裂之钢铁的倦怠，
迷乱恶行的喧嚣，契合
于沉默。记忆之强大
超越骸骨。骄傲戛然而止，
骄傲的影子很长，长长的隘口中
并无骸骨的汇集。

V. 安岬③

哦快快快，快听那歌带鸫，
沼泽带鸫，狐色雀鸫，栗肩雀鸫
在黎明与黄昏。跟随那
金翅雀的日中之舞。且留给机遇

① Rannoch，苏格兰湖泊。
② Glencoe，苏格兰山谷，1692 年，40 名苏格兰麦克唐纳氏族（MacDonald clan）成员在此被苏格兰政府军杀死。本篇首次发表于《新》（New），1935 年 10 月 17 日。
③ Cape Ann，美国马萨诸塞州东南部岩岬，1896 年，艾略特的父亲在此建有一屋供全家消夏。本篇首次发表于《新民主》（New Democracy），1935 年 12 月 15 日。

黑斑森莺，害羞的那只。用
尖声啸鸣招呼鹌鹑的乐音，山齿雀
闪躲在海湾灌木丛边。跟随那
走禽，水鸲的脚步。跟随那
起舞的箭，紫燕的飞行。问候
夜鹰于沉默中。尽皆愉悦。甜甜甜
但终要放弃这片土地，把它弃
给它真正的主人，那坚忍者，海鸥。

闲扯到此完结。

写给一个老人的诗行 ①

老虎陷阱里的老虎
并不更躁怒于我。
抽打的尾巴并不更静
于彼时，当我嗅到敌人
在本质的血中扭动
或垂挂于友好的树上。
当我露出那颗智慧之齿
拱起的舌上的嘶嘶声
比仇恨更多情，
比青春之爱更苦涩，
非年轻人所可及。
映现在我的黄金眼中
蠢人知道自己疯了。

告诉我究竟我高不高兴！ ②

---

① 本篇首次发表于《新》，1935 年 11 月 28 日。
② "Dis si je ne suis pas joyeux"，法国诗人马拉美（Stéphane Mallarmé，
1842—1898）"将我引入你的故事"（M'introduire dans ton histoire），《诗篇》
（*Poésies*）。

辑自"岩石"① 的合唱

Choruses from 'The Rock'

I

鹰翱翔在天宇之顶点，
猎人携他的群狗继续他的环游。
哦设定的星辰永恒的回转，
哦确定的季节永恒的再现，
哦春与秋，诞生与死亡的世界！
理念和行动无尽的循环，
无尽的发明，无尽的实验，
带来运动的知识，而非静止的知识；
辞语的知识，而非沉默的知识；
对众言的知识，与对圣言的无知；
我们所有的知识都让我们更接近我们的无知，
我们所有的无知都让我们更接近死亡，
但近于死亡却并非更近于上帝。
我们在生活中已然失去的生命何在？
我们在知识中已然失去的智慧何在？
我们在信息中已然失去的知识何在？
二十个世纪中天宇的循环
带我们更远离上帝而更近于尘土。

我旅行去伦敦，去那座被时间支配的城，
河水流淌的所在，有异国的漂浮物。
那里我被告知：我们有太多的教堂，
和太少的排骨餐馆。那里我被告知：
让牧师退休吧。人们不需要教堂

在他们工作的地方，他们过礼拜天的地方才要。

在这座城里，我们不需要钟声：

让它们唤醒郊区吧。

我旅行去郊区，那里我被告知：

我们辛苦六天，第七天我们必须驾车

去兴德黑德[①]或梅登黑德[②]。

假如天气恶劣我们就待在家里读报。

在工业区，那里我被告知了

种种经济法则。

在宜人的乡村，那里就仿佛

乡间如今只适合野餐。

而教堂似乎并不被需要

在乡村或在郊区；而在城里

只为重要的婚礼而设。

      合唱团长：

安静！并且保持尊重的距离。

因为我觉察到正在走近的

岩石。或许会解答我们疑惑的人。

岩石。观者。陌生人。

已经看见何事已经发生的人

和看见何事将要发生的人。

目击者。批评者。陌生人。

被上帝震撼者，真理是其天生所有。

---

① Hindhead，英格兰东南部萨里（Surrey）地区一村镇。

② Maidenhead，英格兰南部城市，又指处女童贞，处女膜。

岩石入场，由一男童引领。

岩石：

人的命运是无休止的劳作，

或无休止的闲散，这更为艰难，

或不规律的劳作，这并不愉快。

我曾独自踩踏酒酢[①]，我知道

很难真正做到有用，放弃

人们为幸福而计数的东西，寻求

导向晦暗的善行，以同样的

脸相接纳那些带来耻辱者，

所有人的喝彩或无人的爱。

所有人都准备投下他们的钱

但大多期待分红。

我对你说：完美实现你的意愿。

我说：不要去思虑收获，

而只去想适当的播种。

世界转动，世界改变，

但一事不会改变。

在我所有的岁月里，一事不会改变。

无论你将它如何伪装，此事不会改变：

善与恶的永恒斗争。

健忘啊，你无视你的神社与教堂；

你所是的人们在这些时代嘲笑

---

① 《圣经·以赛亚书》63：3。

已行之善，你找到种种解释

以满足理性与开明的心灵。

第二，你无视并贬低沙漠。

沙漠并非远在南方的热带，

沙漠不只在拐角处，

沙漠被挤入你近旁的隧道列车，

沙漠在你兄弟的心中。

善人是建造者，若他建造善的事物。

我会向你呈现此刻正在做的事情，

与很久以前做过的若干事情，

好让你振作起来。完美实现你的意愿。

让我向你呈现谦卑者的劳作。听。

     灯光渐灭；在半黑暗中听到**工人**的嗓音在吟诵。

在空的地方

我们将用新砖建造

有手和机器

和黏土来做新砖

和石灰来做新砂浆

在砖块倒落之处

我们将用新的石头建造

在梁柱朽烂之处

我们将用新的木材建造

在词语不被言说之处

我们将用新的言说建造

有共同的工作

一座教堂给所有人
和一份活计给每个人
人人去做自己的工作。

　　现在一群**工人**的剪影映现在昏暗天空之前。从更辽远处，
　　回应他们的是**失业者**的嗓音。
没有人雇佣过我们
手插在口袋里
脸孔低垂
我们站在各个空闲场所
也在未亮灯的房间里打颤。
只有风移动
越过空的田野，并未开垦
那里耕犁歇息，成一个角度
靠着犁沟。在这片土地上
该是一支烟给两个男人，
给两个女人半品脱苦涩的
麦芽酒。在这片土地上
没有人雇佣过我们。
我们的生命不受欢迎，我们的死亡
在《泰晤士报》中不被提及。

　　工人再次吟诵。
河水流淌，季节轮转
麻雀和椋鸟没有时间可浪费。
人类若不建造

他们将如何生活？

当田野被耕种

而小麦成为面包

他们不会死在一张被截短的床上

与一幅窄床单里。这条街

没有开始，没有运动，没有安宁也没有结束

唯有无语的噪音，无味的食物。

毫不拖延，毫不仓促

我们将建造这条街的开始与结束。

我们建造意义：

一座教堂给所有人

一份活计给每个人

每个人去做自己的工作。

II

就这样你们的父辈被造就为

圣徒的同国之民，归属**上帝**一家 [①]，它被建于

使徒与先知的根基之上，基督耶稣自身为主奠基石。

但你们，你们可曾好好建造，以致现在无助地坐在一栋颓败的房中？

那里许多人生而懒惰，陷入琐碎的生命与肮脏的死亡，

　　　　无蜜蜂巢中苦涩的蔑视，

而那些要建造与修复的人伸出他们的手掌，或徒劳望向异域的

　　　　国土希求施舍更多或瓮罐盛满。

---

① 《圣经·以弗所书》2：19—20。

你们的建筑未经适度构造联结①，你们坐而羞愧并疑惑你们可否

以及如何能够被建造为一体以供**上帝**在圣灵中居住，在水

面上移动的圣灵②像安在一只乌龟背上的一盏灯。

还有人说："我们如何能爱我们的邻人？因为爱必要在行动中

化为真实，如欲望与被欲望者相结合；我们只有我们的劳

作可给予而我们的劳作并不被需要。

我们在拐角处等待，无物随身除了我们可以歌唱

而无人愿意听见被歌唱的歌；

等待最终被抛掷，到用处不及粪便的一堆上面"。

你们，你们可曾好好建造，你们可曾遗忘了奠基石？

谈论起人的正确联系，而非人与**上帝**的联系。

"我们的民籍在天国"③；是的，但那是你们地上民籍的原形与典范。

当你们的祖辈修造了**上帝**的处所，

并安顿了所有不便的圣者。

使徒，殉道者，在怀普斯内德④一类所在，

随后他们便得以着手帝国的扩张

伴随产业的发展。

出口铁、煤与棉制品

及智慧的启蒙

及一切，包括资本

及数个版本的**上帝**之言：

---

① 《圣经·以弗所书》2：21。

② "上帝的灵在水面上移动"，《圣经·创世记》1：2。

③ 《圣经·腓力比书》3：20。

④ Whipsnade，英格兰中南部贝德福德郡（Bedfordshire）一村落与教区，亦是附近一动物园（1931年开园）的名字。

不列颠种族确定了一项使命
履行了它，却在本土留下了许多未定。

源自往昔曾行的一切，你们食其果实，无论腐烂还是成熟。
而教堂必须永远在建造中，永远在腐朽中，并且永远在修复中。
为往昔的每一件恶行我们承受后果：
为怠惰，为贪婪，为饕餮，无视**上帝**之言，
为骄傲，为纵欲，背叛，为每一件罪孽之行。
而对于曾行的一切好事，你们拥有传承。
因为善行与恶行属于唯独一个人，当他独立于死亡的彼端，
但在此间尘世你们拥有那些已先你们而去之人曾行的善与恶的报偿。
而恶的一切你们皆可弥补若你们在谦卑悔悟里同行，
　　　抵偿你们父辈的罪孽；
而善的一切你必须奋力用心守护虔诚一如你们的父辈
　　　曾奋力搏斗将它赢取。
教堂必须永远在建造中，因它永远处于内部的腐朽
　　　与外部的攻击之中；
因为这是生命的法则；你们必须记住当兴盛之时
人们会无视圣殿，在灾祸之时他们则会贬斥它。

你们有什么生命若你们没有聚合的生命？
没有不在群体之内的生命，
没有群体不曾活在对**上帝**的赞美之中。
即使是那独自冥想的隐士，
日与夜为他背诵对**上帝**的赞美，
为教堂祈祷，基督化身的实体。
而如今你们离散而活在带状道路上，

而无人知晓或关心谁是他的邻居
除非他的邻居造出太多骚乱，
但所有人都乘着汽车奔突来回，
熟悉道路而无处安顿。
甚至一家人也不一起走动，
但每个儿子都会有自己的摩托车，
而女儿们则坐在随便的后座上驶离。

很多要抛弃，很多要建造，很多要修复；
愿工作不延误，时间和手臂不荒废；
愿泥土从坑中被挖出，愿锯子切开石头，
愿火不被熄灭在锻炉中。

III

主的圣言降临我，说：
哦谋划之人的悲惨城市，
哦受启迪之人的不幸世代，
遭背叛于你等机巧的迷津之中，
被你等独有发明的收益出卖：
我已赐你们双手，你们将其抽离敬拜，
我已赐给你们言辞，为了无尽的空谈，
我已赐给你们我的律法，而你们设立委员会，
我已赐给你们嘴唇，以表达友好的情绪，
我已赐给你们心灵，为了彼此的不信任。
我已赐给你选择的权力，而你们仅仅交替

于徒劳的沉思与欠考虑的行动之间。
许多人忙于写书并将其付梓，
许多人渴望看见自己的名字被刊印，
许多人除了比赛报道什么也不读。
你们阅读甚多，但并非**上帝**之圣言，
你们建造甚多，但并非**上帝**之屋。
你们愿否为我建造一栋灰泥屋，有波纹的屋顶，
来装满一大堆的星期日报纸？

　　第 1 个男声：
一声呐喊来自东方：
该对船舶冒烟的岸滨做什么？
你会不会将我健忘与被遗忘的人民留给
无所事事，劳作，与错乱恍惚？
那里会残留下破烟囱，
剥落的船体，一堆锈铁，
在一条山羊攀爬，砖块散落的街上。
我的圣言不被言说的所在。

　　第 2 个男声：
一声呐喊来自北方，来自西方也来自南方
千万人每天由此前往那座被时间支配的城；
我的圣言不被言说的所在。
在半边莲与网球法兰绒之地
兔子会挖洞而荆棘会重临，
荨麻会在砾石场上繁茂生长，
而风会说："这里有过正派无神的人民：

他们唯一的纪念碑是柏油路

和一千个丢失的高尔夫球"。

　　　合唱：

我们徒然建造，除非主与我们一起建造。

你们能否守住这城，若主不与你们同守？

一千名指挥交通的警察

无法告诉你们，你们为何前来或你们去往何处。

一群天竺鼠或一堆活跃的土拨鼠

比没有主而建造者建造得更好。

我们会不会在永恒的废墟中举足？

我曾爱过你的殿堂之美①，你圣所的安宁，

我曾打扫过地板，装饰过祭坛。

何处没有庙宇，何处就不会有家，

尽管你们有庇护所和收容所，

付租金的朝不保夕的寄宿舍，

正在沉降，老鼠繁殖的地下室，

或门上有号码的卫生住所

或一栋比你们邻家稍好一点的房子；

当陌生人说："这座城的意义是什么？

你们紧紧蜷缩在一起是否因为你们彼此相爱？"

你们会回答什么？"我们全都住在一起

来赚彼此的钱"？或"这是一个社群"？

而陌生人会启程重返沙漠。

哦我的灵魂，准备好迎接陌生人的到来，

准备好迎接懂得如何提问的人。

---

① 《圣经·诗篇》26：8。

哦背离**上帝**之人的厌倦

转向你们心灵的堂皇与你们行动的荣耀，

转向艺术与发明与大胆的事业，

转向彻底坏了名声的人类伟大的种种计划，

将地与水结合起来为你们服务，

拓展重重大海，开发座座山岭，

将星辰划分为普通与首选，

致力于设计完美的冰箱，

致力于制定一种理性的道德，

致力于印刷尽可能多的书籍，

策划幸福并抛掷空瓶，

从你们的空虚转向狂热的激情

投身国家或种族或你们所谓的人性；

尽管你们遗忘通往圣殿的路，

有一个却记得通往你们家门的路：

生命你们或可逃避，死亡却逃无可逃。

你们拒绝不了那陌生来客。

IV

有那些希望建造圣殿的人，

也有那些宁可圣殿不被建造的人。

在先知尼希米 ① 的日子

普遍的准则绝无例外。

_____

① Nehemiah，公元前 5 世纪犹太人领袖。

在书珊宫中 ①，在尼散月，

他侍酒给亚达薛西王 ②，

并为陨灭之城耶路撒冷悲伤；

国王便允许他离开

让他可以重建这座城。

于是他上路，携数人，赴耶路撒冷，

在那里，靠近龙井，靠近粪门 ③，

靠近泉门，靠近王池 ④，

耶路撒冷荒废，被火吞噬 ⑤；

没地方能让一头牲口经过 ⑥。

有外敌要将他摧毁，

亦有间谍与追逐私利者在内，

当他和他的人伸手重建城墙之时。

所以他们建造如众人必须建造

一手执剑，另一手执泥刀。

V

主啊，解救我远离那良好意图与污秽心肠之人：因为人心之诡
诈胜于万物，邪恶至极 ⑦。

---

① 《圣经·尼希米记》1：1。

② "亚达薛西王二十年尼散月，在王面前摆酒，我拿起酒来奉给王。"《圣经·尼希米记》2：1。

③ "到了龙井前，又到了粪门"，《圣经·尼希米记》2：13。

④ "又到了泉门，到了王池"，《圣经·尼希米记》2：14。

⑤ "城门被火吞噬"，《圣经·尼希米记》2：3。

⑥ 《圣经·尼希米记》2：14。

⑦ 《圣经·耶利米书》17：9。

何伦人参巴拉和亚扪人多比雅和阿拉伯人基善 ①：原是毫无疑问
　　　具有公共精神与热忱之人。

保佑我远离有所取的仇敌：也远离有所失的友伴。

回想着先知尼希米之言："泥刀在手，枪虚插在枪套中 ②。"

那些坐在一栋用处已被遗忘的房子里的人：就像躺在朽烂楼梯
　　　上的蛇，在阳光中心满意足。

而其他人像狗一样跑来跑去，充满进取，边嗅边吠。他们说："这
　　　房子是一个蛇穴，让我们摧毁它，

并结束这些可憎之事，基督徒的堕落。"而这些人都毫无道理，
　　　其他人亦然。

他们写下无数书籍；太过虚荣与心不在焉而无法沉默：追问每
　　　个人只为抬高自己，而逃避他的空虚。

若谦卑与纯粹不在心里，它们便不在家中；若它们不在家中，
　　　它们便不在城中。

曾在白天建造的人会在夜幕降临时回到他的炉边：被赐予沉默
　　　的赠礼，并在睡前打盹。

但我们被蛇与狗包围：因此有些人必须劳作，有些人必须手持枪矛。

VI

很难让那些从未见识过迫害的人，

从未见识过一个基督徒的人，

去相信这些基督教迫害的故事。

---

① 《圣经·尼希米记》2：19。
② "左轮枪虚插在枪套中"，爱尔兰战地记者罗素（William Howard Russell，
1820—1907）《我的印度日记》（*My Diary in India*）。

很难让那些住在一家银行附近的人

去怀疑他们钱款的安全。

很难让那些住在一所警察局附近的人

去相信暴力的胜利。

你是否认为信仰已征服了世界

而狮子再不需要看守者？

你是否需要被告知无论什么曾经存在，依然可以存在？

你是否需要被告知即使如此卑微的成就

如你能以上流社会的方式吹嘘的那种

也难比信仰更长久，它们的意义是拜其所赐？

男人们！在起床与就寝时擦亮你们的牙齿；

女人们！磨光你们的指甲：

你们擦亮狗的牙齿和猫的爪子。

人为什么要爱教堂？他们为什么要爱她的律法？

她向他们讲述生与死，与他们将会遗忘的一切。

她在他们想要强硬的地方温柔，在他们愿意柔软的地方强硬。

她向他们讲述恶与罪，和其他令人不快的事实。

他们不断尝试逃脱

远离外在与内在的黑暗

凭借梦想完美到无人会需要为善的体系。

但那个存在的人会遮蔽

那个假装存在的人。

而人子被钉十字架并非仅此一回，

殉道者流血并非仅此一回，

圣徒献出生命并非仅此一回：

而是人子永远被钉十字架

而殉道者与圣徒将层出不穷。

而倘若殉道者的鲜血要流淌在梯级之上

我们必先打造梯级；

而倘若圣殿要被推倒

我们必先打造圣殿。

VII

起初上帝创造了世界 [1]。荒芜与空虚。荒芜与空虚。而黑暗在
　　深渊的表面之上。[2]

而当有人之时，以各自种种方式，他们在困苦中挣扎走向**上帝**

盲目而徒劳，因为人是一件虚妄之物，而无**上帝**之人是风中的

　　一粒种子：被吹送到这边与那边，找不到存放与发芽的地方。

他们跟随光与影，光带领他们向前抵达光明，

　　影带领他们抵达黑暗，

崇拜蛇或树，崇拜魔鬼而非虚无：呼告祈求超越生命的生命，

　　祈求不属于肉体的迷狂。

荒芜与空虚。荒芜与空虚。而黑暗在深渊的表面之上。

而圣灵移行在水面之上。[3]

而那些转向光明并为光明所知的人

发明了更高的宗教；而更高的宗教是好的

并带领人们从光明至于光明，至于善恶之识。

但他们的光明永远围绕与交织着黑暗

---

① 《圣经·创世记》1：1。

② 《圣经·创世记》1：2。

③ 同上注。

如温带海洋的空气被北极寒流寂然死灭的吐息洞穿；

而他们达至一个尽头，一条死路尽头悸动着一丝生命的闪烁，

而他们达至一个饥饿而死的孩童枯萎古老的容颜。

祈祷轮，死者崇拜，对这世界的否定，对意义

    被遗忘的仪式的确认

在狂风不息抽打的沙中，或狂风不容雪停的山上。

荒芜与空虚。荒芜与空虚。而黑暗在深渊的表面之上。

然后到来，在一个预先注定的刹那，一个内在于时间

    并属于时间的刹那，

一个并非外在于时间，而是内在于时间的刹那，在我们所谓的

    历史之中：横切，对分时间的世界，一个内在于时间的刹

    那但不像一个属于时间的刹那，

一个内在于时间的刹那但时间经由那个刹那被造就：因为没有

    意义就没有时间，而那个属于时间的刹那提供了意义。

然后仿佛人们必须继续从光明至光明，在圣言的光明之中，

经由受难与牺牲而得救不顾他们消极的存在；

野兽般一如既往，淫荡，追逐私利一如既往，自私而愚盲

    一如既往，

却永远在挣扎，永远在重新确认，永远重新开始他们在光明

    照耀之路上的前行；

时常驻足，彷徨，迷途，迟延，回返，却从不行他路。

但似乎某件以往从未发生的事情已经发生：尽管我们并不确知

    是何时，或为何，或如何，或在何处。

人离弃了**上帝**非为别的众神，他们说，而是为无神；而这在以

往从未发生过

就是人既否认众神又崇拜众神，宣称理性为先，

继而是金钱，与权力，与他们所谓的生命，或种族，或辩证法。

教堂被弃绝，塔楼被推倒，钟被掀翻，我辈当行何事

除了空手而立，掌心翻转向上

在一个渐次向后行进的时代？

失业者的嗓音（远远地）：

在这片土地上

该是一支烟给两个男人，

给两个女人半品脱苦涩的

麦芽酒……

合唱：

世界说什么，是否全世界都乘着大功率汽车彷徨在一条支路之上？

失业者的声音（更微弱地）：

在这片土地上

没有人雇佣过我们……

合唱：

荒芜与空虚。荒芜与空虚。而黑暗在深渊的表面之上。

是教堂辜负了人类，还是人类辜负了教堂？

当教堂不再被思及，甚至不被反对，而人们已经遗忘

所有的众神除了高利贷、贪欲和权力。

VIII

哦神父我们欢迎你的言词，
我们会为未来鼓起信心，
将往昔牢记。

异族已侵入你的遗产，
你的圣殿已遭他们亵渎。[①]

从以东来的这人是谁[②]？

他曾独自踩踏酒酢[③]。

来了一位谈起耶路撒冷的耻辱
与被亵渎的圣地；
隐士彼得[④]，鞭笞以言词。
而他的听者中间有几个好人。
许多邪恶的人，
大多数两者都不是。
像所有地方的所有人一样，

有些人前去出于荣誉之爱，

---

① 《圣经·诗篇》79：1。
② 《圣经·以赛亚书》63：1。
③ 《圣经·以赛亚书》63：3。
④ Peter the Hermit（约 1050—约 1115），法国修道士，以传教士身份参与了第一次十字军东征（1096 年）。

有些人前去他们焦躁而好奇，

有些人贪婪而噬欲。

许多人将他们的身体留给了叙利亚的鸢鹰

或沿途散落于海中；

许多人将他们的灵魂留在了叙利亚，

活下去，沉沦于道德的腐败；

许多人回来已彻底垮掉，

患病而行乞，发现

一个陌生人占据了家门：

回到家已崩溃于东方的日头

与叙利亚的七宗死罪之下。

但我们的王在艾可 [1] 行正道。

抛开所有的耻辱，

破碎的旗帜，破碎的生命，

在一处或另一处破碎的信仰不谈，

终有什么被留下，不只是

老人在冬天傍晚的故事。

唯有信仰才得以完成其中的善；

几个人的全部信仰，

许多人的部分信仰。

并不是贪欲，淫荡，背叛，

嫉妒，怠惰，饕餮，羡忌，骄傲：

并不是这些造成了十字军东征，

而是这些毁掉了它们。

---

① Acre，以色列北部港口，1191 年被英王理查一世（Richard I，1157—1199）
占领。

记住那信仰，是它驱人离家
应一个流浪传教士的召唤。
我们的时代是一个适度美德
与适度罪恶的时代
此时人们不会放下十字架
因为他们从不会将它承担。
然而没有什么是不可能的，没有，
对于有信仰与信念的人。
让我们完美实现我们的意愿。
上帝啊，保佑我们。

IX

人子啊，用你的眼看，用你的耳听
用心关注我向你呈现的一切。①
这是谁曾说过：**上帝**之屋是一栋悲伤之屋；
我们必要身着黑衣悲伤而行，脸孔拉长，
我们必要在空墙间穿行，卑微地颤抖，虚弱地低语，
在几盏摇曳散落的灯火之间？
他们会将自己的悲伤置于**上帝**之上，那哀痛他们应该
为他们的罪和错而感受当他们经历他们日常的事情。
然而他们却昂首傲然走过街头，像等候参赛的纯种马，
装点着自己，忙碌于市场，论坛，
和所有其他的世俗集会。
为自己精心打算，准备过任何节庆，

---

① 《圣经·以西结书》40：4。

将自己安排得非常之好。

让我们在一个私密房间里哀悼，学习忏悔之法，

然后让我们学习圣徒的快乐交流。

人的灵魂必要向着创造苏醒。

出于不成形状的石头，当艺术家将自身与石头相联结，

萌生永远崭新的生命形式，从与石头的灵魂相连的人的灵魂里；

出于所有活着或无生命之物毫无意义的实际形体

以艺术家的眼光联结，新的生命，新的形式，新的色彩。

出于声音之海的是音乐的生命，

出于言词的黏泥，出于辞语之不准确的雨雪冰雹，

近似的思想与情感，取代了思想与情感的言词，

从那里萌生完美的言语秩序，和咒诵之美。

主啊，我们岂不应将这些天赋带去祢的侍礼？

我们岂不应将我们的全力带去祢的侍礼

为了生命，为了尊严，神恩与秩序，

与感官的智慧乐趣？

曾经创造的**主**必定希望我们创造

并将我们的创造再次投入祂的侍礼

此举已然是祂的侍礼在创造之中。

因为人是联结的灵与体，

而由此必要作为灵与体来行侍礼。

可见与不可见，两个世界交汇于人；

可见与不可见必交汇于祂的神殿；

你不可否拒身体。

现在你们将看见圣殿被完成：
在众多奋争之后，在众多阻遏之后；
因为创造的工作从不缺少艰辛；
成形的石头，可见的受难十字架，
被装点的祭坛，被举起的光，

光

光

可见的提醒昭示不可见的光。

X

你们已见过那屋被建起，你们已见过它被
一个夜里前来的人所装饰，它现在被奉献给**上帝**。
它现在是一座可见的教堂，安放在一座山上的又一盏灯
在一个迷乱，黑暗，被恐怖的预兆困扰的世界里。
对于未来我们该说什么？一座教堂是不是我们能够建造的全部？
或者可见的教堂会不会继续将世界征服？

那巨蛇永远半醒而卧，在世界的坑底，蜷缩
在他自己的卷折里直到他在饥饿中苏醒并左右移动他的头准备
他的吞噬一刻。

但不法的隐秘①是一个太深的坑，凡人的眼无法测度。来吧
你们脱离开那些珍视爬虫的金眼的人，
崇拜者们，自我奉献给蛇的牺牲。拣定
你们的路，自行分别开来②。
勿对善恶太过好奇；
不要试图计数未来的时间波浪；
只要满足于你们拥有的光
足以让你们迈步并找到你们的立足点。

哦不可见的光，我们赞美你!
对于凡人的视觉太过明亮。
哦更伟大的光，我们为更渺小者赞美你；
我们的尖塔在早晨触碰的东方之光，
傍晚斜照我们西方门扉的光，
蝙蝠飞行中笼罩死水池塘的暮光，
月光与星光，猫头鹰与蛾子的光，
一片草叶上萤火虫的萤光。
哦不可见的光，我们敬拜你!

我们为我们已经点亮的光感谢你，
祭坛和圣所的光；
那些午夜冥想者的微光
获得指引穿透彩色窗玻璃的光
与映射而来的光，从被磨亮的石头，
镀金的雕木，彩色的壁画之上。

①《圣经·帖撒罗尼迦后书》2：7。
②《圣经·哥林多前书》6：17。

我们的谛视沉潜于水底，我们的眼睛仰起
看见击透不安水面的光。
我们看见光却看不见它来自何处。
哦不可见的光，我们尊崇你！

在我们尘世生命的节奏里我们对光厌倦。我们欣喜
　　每当白昼结束，每当游戏结束；迷狂是太多的苦痛。
我们是迅速疲惫的孩童：熬到夜里而在焰火燃放时睡着的孩童；
　　而白昼因工作或游戏而漫长。
我们厌倦分心或专注，我们入睡并且欣喜于入睡，
为血液的节奏与昼夜与季节所控制。
我们还必须吹灭蜡烛，关掉灯光又将它重新点亮；
永远必须殄熄，永远重新点亮火焰。
因此我们为我们这小小的光感谢你，这光里有点点影斑。
我们感谢你曾将我们驱往建造，发现，在我们的指尖和眼光下构形。
而当我们为不可见的光建造了一座祭坛，我们可以将小小的光
　　设置于其上，我们肉身的视觉是为它而造就。
我们还感谢你让黑暗在我们心中把光唤起。
哦不可见的光，我们为你的伟大荣耀向你致谢！

四个四重奏 [①]

Four Quartets

---

① 4 首先后写于 1936—1942 年的诗篇，于 1943 年首次以此书名组成单行本出版。

被焚毁的诺顿 [1]

τοῦ λόγου δὲ ἐόντος ξυνοῦ ζώουσιν οἱ πολλοί
ὡς ἰδίαν ἔχοντες φρόνησιν. [2]

1. p.77. Fr.2

ὁδὸς ἄνω κάτω μία καὶ ὡυτή. [3]

1. p.89. Fr.60

狄尔斯 [4]：Die Fragmente der Vorsokratiker [5]（赫拉克利特 [6]）.

I

当今时间与往昔时间

两者在未来时间里或许都是当今

而未来时间则被包含在往昔时间之内。

倘若所有时间都永远是当今

所有时间便都不可救赎。

原本可能存在之物是一个抽象

---

① Burnt Norton，英格兰西南部格洛斯特郡（Gloucestershire）坎普登（Campden）的城堡，1741 年被其主人契特爵士（Sir William Keyt，1688—1741）焚毁而得此名，后被重建，艾略特于 1934 年曾到访数次。本诗首次发表于艾略特《1909—1935 年诗集》（*Collected Poems 1909–1935*，1936 年），作为其中最后一组诗。

② 希腊语："尽管逻各斯是人所共有的，大多数人却仿佛各有各的智慧。"

③ 希腊语："向上与向下的路是同一条。"

④ Hermann Diels（1848—1922），德国古典学家。

⑤ 德语：《前苏格拉底之断章》。

⑥ Herakleitos（约前 540— 约前 480 与约前 470 之间），古希腊哲学家。

保持为一种永久的可能

只在一个推想的世界之中。

原本可能存在之物与曾经存在之物

都指向一端，后者永远是当今。

脚步声在记忆中回响

沿着我们不曾选取的路径

朝向我们从未打开的门

进入玫瑰园。我的言词回响

就这样，在你的思绪里。

    但竟是为何种目的

搅动一钵玫瑰花瓣上的灰尘

我并不知道。

别的回声

填满花园。我们要不要跟随？

快，鸟儿曾言，找到他们，找到他们，

就在附近。穿过第一道门，

进入我们最初的世界，我们要不要跟随

鸫鸟的欺骗？进入我们最初的世界。

他们曾在那里，庄重，不可见，

移动而并无印记，越过枯叶，

在秋日炎热中，穿透震颤的空气，

而鸟儿曾呼鸣，回应

隐在灌木丛中那闻所未闻的音乐，

而看不见的眼光曾交错，因为玫瑰

曾有被观看的花朵的样子。

在那里他们曾为我们的宾客，被接纳并且接纳。

就这样我们曾移行，而他们，以一种正式的模样，

沿着空巷，进入黄杨的圈环，

去俯视那已被排干的水池。

干的水池，干的混凝土，边缘棕褐，

而那座池子曾满是出自阳光的水，

而莲花也曾升起，静静地，静静地，

表面曾由光的内心闪耀出来，

而他们曾在我们身后，映在池中。

然后一朵云飘过，池子空了。

走吧，鸟儿曾言，因为树叶里曾满是孩童，

兴奋地藏起，忍着笑。

走吧，走吧，走吧，鸟儿曾言：人类

无法承受太多现实。[1]

往昔时间与未来时间

原本可能存在之物与曾经存在之物

都指向一端，后者永远是当今。

II

蒜与蓝宝石在泥污中

淤塞深嵌的轴梁。

血里颤动的线

在根深蒂固的伤口下鸣唱

平息遗忘已久的战争。

沿着主脉的舞蹈

---

① 出自艾略特诗剧《大教堂谋杀案》（*Murder in the Cathedral*）II。

浆液的循环

呈现在星辰的漂流中

登临树上的夏天

我们移行于移行的树顶

披着现出轮廓的叶上的光

并在透湿的地板上听见

下面，猎猪犬与野猪

追循它们的模式一如往常

却在星辰间达至和谐。

转动世界的静止点上。既非肉体亦非无肉体；

既非来自亦非走向；静止点上，舞蹈在此，

但既非停止亦非移动。不要称之为恒定，

往昔与未来汇聚的所在。既非来自亦非走向的移动，

既不上升亦不下降。除了那一点，静止点，

不会有舞蹈，而只有那舞蹈。

我只能说，我们曾在那里：但我不能说在哪里。

我也不能说，多久，因为那就是将它置于时间之内。

远离实际欲望的内在自由，

从行动和苦痛中解脱，解脱于内在

与外在的强迫，却又被围绕在

一份感觉的神恩，一道静而又动的白光里，

无运动的 *Erhebung*[①]，凝聚

而无消除，既是一个新世界

[①] 德语："升华，高地，海拔"。

亦是旧世界被化为澄明，被领悟
于其部分迷醉的完成，
其部分恐怖的消解之中。
然而往昔与未来的束缚
交织在变化之身的虚弱里，
保护人类免于天堂和诅咒
肉体无法忍受它们。
往昔时间与未来时间
仅容许一点点知觉。
知觉便是不在时间之内
但唯有在时间之内那玫瑰园中的时刻，
那雨打的凉亭里的时刻，
烟雾降临之际过堂风教堂里的时刻
方可被记起；纠缠着往昔与未来。
唯有通过时间时间方被征服。

III

这里是一处愤懑不平之地
之前时间与之后时间
在一道暗光下：既无昼光
以明澈的寂静赋予形体
化阴影为瞬息之美
以缓慢的旋转暗示永恒
亦无黑暗去净化灵魂
以匮乏倾空感性

将情绪从凡尘中洗去。

既无丰足亦无空缺。唯有一道闪烁

掠过时间摧残的扭曲脸相

由迷乱中被迷乱引向迷乱

装满了幻想而倾空了意义

浮夸的冷漠毫无专注

人与纸屑，被冷风席卷飞旋

它吹在时间之前与之后，

风进进出出不健全的肺叶

之前时间与之后时间。

不健康的灵魂的打嗝

进入黯然的空气，那呆滞之气

被驱迫着乘风扫过伦敦的阴郁山丘，

汉普斯特德 ① 与克勒肯威尔 ②，坎普登 ③ 与普特尼 ④，

海格特 ⑤，普林姆罗斯 ⑥ 与卢德门 ⑦。不在这里

那黑暗不在这里，这个叽叽喳喳的世界里。

降得更低，唯有降到

永恒孤独的世界里，

世界非世界，而是那非世界的东西，

---

① Hampstead，伦敦西北郊的住宅区。

② Clerkenwell，伦敦中部一地区。

③ Campden，伦敦中部肯兴顿区（Kensington）的小山。

④ Putney，伦敦西南部一地区。

⑤ Highgate，伦敦北郊一地区。

⑥ Primrose，伦敦中部卡姆登市镇（Camden）一小山。

⑦ Ludgate，伦敦城墙（London Wall）最北端的大门。

内部的黑暗，剥夺
与所有财产的匮乏，
感觉世界的干枯，
幻想世界的撤离，
精神世界的不运行；
这便是那一条路，那另一条
是同一条，不在于运动
而是节制于运动；当世界运动
于渴欲之中，在它碎石铺就的
往昔时间与未来时间之路上。

IV

时间与钟已将白昼掩埋，
黑云携太阳远去。
向日葵会不会转向我们，铁线莲会不会
偏侧而下，俯向我们；卷须与幼枝
紧抓与紧搂？
阴寒的
紫杉手指会否被卷起
落到我们身上？待到翠鸟的翅膀
已用光回应了光，沉默着，那光依然
在转动世界的静止点上。

V

言词运动，音乐运动

仅在时间之内；但那仅仅活着的
仅仅可以死去。言词，跟随言说，抵达
寂静之中。仅靠形体，样式，
言词或音乐方能抵达
静止，如一只静止的中国坛子
在它的静止中永恒地运动。
不是小提琴的静止，当音符持续，
并非仅此而已，更是那共存，
或者说结束先于开始，
并且结束与开始原本就永远在那里
在开始之前也在结束之后。
而一切都永远是现在。言词绷紧，
开裂，有时折断，在重负之下，
在压力之下，滑脱，滑落，毁伤，
随不精确而腐败，不会停留在原地，
不会保持静止。尖啸的嗓音
斥骂，嘲弄，或喋喋不休而已，
总是攻击它们。荒漠中的圣言
最受诱惑的嗓音袭击，
葬礼舞蹈中哭号的影子，
悲痛欲绝的喀迈拉①那高声的哀吟。

那图案的细节是运动，

---

① Chimera，希腊神话中生有狮、羊、蛇三头的怪物。

如在十级阶梯的图形[①]里。

欲望本身即运动

本身并非可欲之物；

爱本身一动不动，

仅是运动的缘起与结局，

无时无刻，无欲无求

除了在时间的维度

身陷于局限的形体之中

在非存在与存在之间。

突然在一束阳光下

即使尘土移动时

亦升起那隐秘的笑声

是树叶间的孩童

倏然此刻，此处，此刻，永远——

荒谬啊这荒废忧伤的时间

延展到之前与之后。

---

① "这架秘密的爱之阶梯的第十也是最后一级引导灵魂与上帝完全同化"，圣
十字约翰《灵魂之暗夜》（*La noche oscura del alma*）。

东科克 [①]

I

在我的开始中是我的结束。次第间
房屋升起又倒落，崩塌，被拓展，
被移除，毁坏，修复，抑或在它们的位置
是一片开阔田野，或一家工厂，或一条旁路。
旧石化为新楼，旧木化为新火，
旧火化为灰烬，而灰烬化为泥土
后者又已是血肉，毛皮与粪便，
人与兽的骨，玉米秆与树叶。
房屋生而又死：有一个时间是为建造
亦有一个时间是为生活，为繁衍
亦有一个时间是为让风去折断松动的窗格
去摇晃有田鼠小跑的壁板
去摇晃织有一则沉默警句 [②] 的破烂挂毯。

在我的开始中是我的结束。现在光明洒落
遍及开阔的田野，只留那条深巷
为树枝荫蔽，黯黑于午后，
那里当一辆货车经过你倚住一道斜坡，

---

① East Coker，英格兰西南部南索默塞特（South Somerset）一村镇，艾略特祖先的家乡，艾略特曾于 1936 与 1937 年两次造访此地。本篇首次发表于《新》，1940 年 3 月 21 日。
② Silent motto，指艾略特家族的座右铭 Tace et fac（拉丁语，意为"沉默并行动"）。

而深巷执着于那个方向
进入村庄，在电热中
被催眠。在一片温暖雾霾中那燠热的光
被灰石吸收，而非折射。
大丽花沉睡在空无的寂静里。
等等早起的猫头鹰。

　　　　　　在那片开阔的原野
如果你不靠得太近，如果你不靠得太近，
在一个夏天午夜，你就能听到音乐
来自微弱的管与小小的鼓
看见他们围着篝火跳舞
男人和女人的结合
于舞蹈之中，表示婚姻——
一个庄严而畅达的圣礼。
双双与对对，必要的连接，
彼此用手或臂搂住对方
标志着协和。将火堆环绕又环绕
跃过火焰，或相挽成圈，
庄重得土气或在土气的笑声中
举起笨拙鞋子里沉重的脚，
泥脚，壤脚，在乡村欢乐中被举起
那些久已在地下的人的欢乐
滋养着谷物。保持着时令，
保持着他们舞蹈中的节奏
如在生活季候里他们的生活之中

季节与星座的时令

挤奶的时令与收获的时令

男人和女人交配的时令

和野兽的时令。腿脚起起落落。

吃吃喝喝。粪肥与死亡。

黎明露出锋芒，又一个白昼

为炎热和寂静准备就绪。外面海上黎明的风

起皱并滑行。我在此处

或在彼处，或在别处。在我的开始中。

II

十一月下旬在做什么

既有春天的骚乱

和夏季炎热的造物，

和脚下扭动的雪花莲

和瞄得太高的蜀葵

由赤变灰并倾翻

装满初雪的晚玫瑰？

被翻滚的群星翻滚的雷霆

模仿凯旋的战车

部署在星宿交汇的战争里

天蝎对抗太阳

直到太阳和月亮落下

彗星哭泣，狮子流星 ① 飞驰

---

① Leonids，每年 11 月中旬出现的流星雨。

狩猎天空与平原

疾转入一道漩涡，势要将

世界送入那场毁灭之火

后者燃烧于冰冠主宰之前。

那原是一种表述它的方式——并不非常圆满：

一场迂回曲折的研究，探询一种残破的诗风，

令一个人依旧陷入那场不可忍受的

与词语和意义的角斗。诗歌无关紧要。

它本不是（从头再来）人们原先期望之物。

被长久渴望之物的价值会是什么，

长久希冀的平和，秋天的宁静

和年老的智慧？他们可曾将我们欺骗，

或是欺骗了自己，默声的长者，

仅仅遗赠给我们一个欺骗的配方？

宁静只是一种蓄意的迟钝，

智慧只是对死的秘密的知识

在黑暗里毫无用处，他们曾窥望其中

或将目光从那里转开。那里，在我们看来，

充其量，只存在一种有限的价值

在源自经验的知识之中。

知识强加一个模式，并且伪造，

因为那模式每一刻都是新的

而每一刻都是一次新而令人震惊的

对我们曾经所是的一切的估价。唯一骗不了我们的

是那，在欺骗中，无法再为害的东西。

在中间，不仅在路途中间

更是一路全程，在一座黑暗树林里，在一丛荆棘之中，

在一池格林潘 [①] 的边缘，那里并无安全的立足点，

身受怪物，绚丽灯火的威胁，

遭遇魅惑之险。不要让我听见

老人的智慧，还不如听见他们的愚妄，

他们对恐惧与狂热的恐惧，他们对着魔的恐惧，

对归属另一个人，或归属他人，或归属上帝的恐惧。

我们能够希冀获取的唯一智慧

是谦卑的智慧：谦卑无止境。

房屋都已去到了海底。

舞者都已去到了山底。

III

哦黑暗黑暗黑暗。他们全都走入黑暗，

虚空的星际空间，虚空入虚空，

首领，商人银行家，杰出的文人。

慷慨的艺术赞助人，政客与统治者，

卓越的公仆，许多委员会的主席，

产业巨头与小承包商，全都走入黑暗，

黑暗了太阳和月亮，和哥达年鉴 [②]

---

① Grimpen，柯南·道尔《巴斯克维尔的猎犬》（参见《次要诗篇》"五指练习
IV"脚注）中一处沼泽的名字。

② Almanach de Gotha，1763—1944 年在德国中部城市哥达出版的欧洲王室、
贵族与外交官信息年鉴。

与证券交易所公报 [1]，董事名录，

而又冷了感觉，而又失了行动的缘由。

而我们全都随他们而去，进入沉默的葬礼，

无人的葬礼，因为没有一人可葬。

我对我的灵魂说，安静，让黑暗降临你

那将是上帝的黑暗。仿佛，在一个剧院里，

灯被熄灭，以便场景被置换

随着两翼一阵空空的鸣响，黑暗之上一阵黑暗的运动，

我们便知道山岭与树木，遥远的全景

与夺目壮丽的立面正在被尽数隆隆辙走——

或仿佛，当一班地下列车，在地铁中，在车站间停得太久

而谈话声响起又缓慢地隐没到寂静里

而你看到每一张脸背后精神的空虚加深

只留下不断增长的对无物可想的恐惧；

抑或，在乙醚之下，当心灵有意识却什么也意识不到——

我曾对我的灵魂说，安静，要等待而无望

因为希望或许就是希望错的事物；要等待而无爱

因为爱或许就是爱错的事物；尚有信仰在

但信仰和爱和希望都在等待之中。

要等待而无思想，因为你还没作好思想的准备：

因此黑暗将是光明，而寂静将是舞蹈。

流溪的低语，和冬日的闪电。

看不见的野百里香和野草莓，

花园里的笑声，回响的迷醉

并未遗失，却在发号施令，指向

死亡与诞生的苦痛。

---

① *Stock Exchange Gazette*，1901 年创办于伦敦的周刊。

你说我在重复

我之前说过的东西。我要再说一遍。

要我再说一遍吗？为了抵达彼处，

抵达你所在之处，从你不在的地方出发，

  你必须走一条没有迷醉的路。

为了抵达你所不知道的

  你必须走一条路即无知之路。

为了拥有你并不拥有的

  你必须走尽失所有之路。

为了抵达你所不是的事物

  你必须行过你不在其中的路。

而你不知道的即是你唯一知道的事物

而你所拥有的即是你并不拥有的

而你所在之处即是你不在之处。①

IV

受伤的外科医生操纵钢铁

探询紊乱失调的部位；

在流血的双手下面我们感到

疗者技艺的锋利共情

---

① "为了抵达获取快乐于万物，/要渴求获取快乐于无物。/为了抵达拥有万物，/要渴求拥有无物。/为了抵达成为万物，/要渴求成为无物。/为了抵达知晓万物，/要渴求知晓无物。/为了抵达你毫无快乐的所在，/你必须走一条你毫无快乐的路。/为了抵达你不知晓的事物，/你必须走一条你不知晓的道路。/为了抵达你不拥有的事物，/你必须走一条你不拥有的道路。/为了抵达你所不是的事物，/你必须经历你所不是的事物。"圣十字约翰《登加尔默耳山》。

正解开发热图表的谜团。

我们唯一的健康就是疾病
若我们服从垂死的护士
她的持续照护不是为了取悦
而是为了提起我们的，以及亚当的诅咒，
以及，要康复，我们的疾病必须恶化。

整个尘世都是我们的医院
由破产的百万富翁捐赠，
在此，若我们做得好，我们将
死于绝对的父爱照护
后者不会离开我们，却会处处引领我们。

凉意从脚面升上膝盖，
热病在精神的丝弦中歌唱。
若要温暖，我便须冻僵
并在寒冷的炼狱之火中颤抖
它的焰是玫瑰，烟为石南。

滴落的血我们仅有的饮，
血淋淋的肉我们仅有的食：
即便如此我们仍愿认为
我们是健全，实在的血肉——
再次，即便如此，我们称这个星期五为善[1]。

———————————————

[1] "Good Friday"（复活节前的星期五）为耶稣受难日。

V

所以我在此，在中途，已度过了二十个年头——
二十个被极大荒废的年头，*l'entre deux guerres* [①] 的年头——
努力学习使用词语，而每一次尝试
都是一个全新的开始，也是另一种失败
因为一个人只学会了让词语更精进
用于一个人不再需要言说的事情，或是
一个人不再愿意那样言说它的方式。于是每一次冒险
都是一个新的开始，一场对辞不达意的突袭
以始终在退化的破烂装备
置身于感觉不精确的普遍混乱，
无纪律的情感编队之中。而要强力与谦恭
去征服的东西，早已被发现了
一两次，或若干次，由一个人无可指望
去效仿的人们——但其中并无竞争——
唯有那场战斗，去恢复曾被丢失
又反反复复被发现和丢失的东西：而现在，又处于
似乎不妙的状况之下。但或许无得亦无失。
对于我们，唯尝试而已。剩下的不关我们的事。

家是一个人开始的地方。我们越是长大
世界就变得越是陌生，那图案越是繁复交错
满是死者与生者。不是那激烈的时刻

---

① 法语："两次战争之间"。

被隔绝，既无之前也无之后，

而是每刻都在燃烧的一生

不仅是一个人的一生

更是无可破解的古旧碑石的一生。

有一个时间属于星光下的傍晚，

一个时间属于灯光下的傍晚

（有照相册的傍晚）。

爱最接近于其自身

是在此地与此时不再要紧之际。

老人应该是探险者

这里和那里无关紧要

我们必须静止而仍然在动

进入另一种强度

为了更进一步的结合，更深一层的交流

穿过黯黑的寒冷与虚空的荒凉，

浪鸣，风鸣，浩大的水域

属于海燕和鼠海豚。在我的结束中是我的开始。

干萨尔维吉斯 [1]

(干萨尔维吉斯——推测即 *les trois sauvages* [2]——是一个小岩石
群，上有一座灯塔，靠近马萨诸塞州安岬 [3] 的东北海岸。萨尔维
吉斯的发音与平息押韵 [4]。呻吟者：一个鸣哨的浮标。)

I

我对诸神知道得不多；但我认为这条河

是一个强大棕褐的神——阴沉，不驯又难驾驭，

坚忍到某种程度，起初被认作一道边界 [5]；

有用，不值得信赖，作为一个商业传送者；

当时只是建桥者面临的一个难题 [6]。

难题一旦解决，棕褐的神几乎就被

城市的居民所遗忘——始终，终究，永不和解，

保留着他的季节与狂暴，毁灭者，提醒者

总勾起人们选择遗忘的事物。不受尊崇，不受劝慰

于机器的崇拜者，却在等待，观望与等待着。

他的节奏出现在育儿的卧室里，

在四月门庭那刺鼻的臭椿里，

---

① 本篇首次发表于《新》，1941 年 2 月 27 日。

② 法语："三个野人"。

③ Cape Ann，参见《次要诗篇》"风景 V. 安岬"脚注。

④ "萨尔维吉斯"（Salvages），"平息"（assuages）。

⑤ 密西西比河（Mississippi）在 1803 年法国将路易斯安那售予美国之前曾是美
国边界。

⑥ 密西西比河上连接密苏里州圣路易斯（St. Louis）和伊利诺伊州东圣路易斯
（East St. Louis）的伊兹桥（Eads Bridge）建于 1874 年，为当时世界最长拱桥。

在秋天桌上葡萄的香气里，
也在冬天煤气灯下傍晚的圆环里。

河在我们之内，海围绕我们周身；
海也是那片大陆的边缘，那块
它延伸而入的花岗岩，那些海滩
上面抛掷着它早先与其他造物的线索：
海星，马蹄蟹，鲸的脊骨；
处处池塘里它向我们的好奇心送上
更精细入微的海藻与海葵。
它抛起我们的损失，撕裂的围网，
破碎的龙虾捕篓，折断的桨
还有外国死人的索具。大海有许多声音，
许多神祇和许多声音。

                        盐在刺玫瑰上，
雾在枞树林中。
                  海啸鸣
与海嗥叫，是不同的声音
时常一起被听见：帆缆中的呜咽，
水上击碎的波浪的威胁与爱抚，
花岗岩齿间的遥远铿响，
和正在逼近的岬角发出的哀恸警告
都是海的声音，还有那沉浮的呻吟者
拐过去便可归航，还有海鸥：
而在无声雾霭的压迫之下
鸣响的钟

度量时间并非我们的时间，为不慌不忙的
浅水长涌所敲打，一个时间
老过天文台的时间，老过
焦躁担忧的女人点数的时间
她们躺卧而不眠，计算着未来，
试图拆开，展开，解开
又再拼起往昔与未来，
在午夜和黎明之间，当往昔尽是欺骗，
未来没有未来，在凌晨守望之前 ①
当时间停止而时间永不终结；
而那浅水长涌，它是并且曾是来自初始，
当当敲响
那口钟。

II

何处才有一个尽头，那无声的哀号，
秋花的默然枯萎
掉落它们的花瓣而一动不动；
何处才有一个尽头归那漂流的残骸，
滩头白骨的祈祷，那不可祈祷的
祈祷于灾祸传报之际？

没有尽头，唯有增添：尾随而至的
更多日子与时辰的后续，
此时情感带给自己的是无情的

---

① "诗篇"（Psalm）130：6，《英国国教祈祷书》。

岁月，活在曾被信仰为
最为可靠的一切的崩坏之中——
因此亦最适合于放弃。

还有最后的增添，败落的
骄傲或对败落之力的怨恨，
无所维系的虔诚，或可被当作不虔诚，
在一艘缓慢渗漏的漂流船上，
默然倾听那不可否拒的
最后传报之钟的喧鸣。

何处是他们的尽头，那些驶入
风尾，雾霭退缩处的渔民？
我们无法设想一个时代没有汪洋
或设想一片汪洋没有扔满废料
或设想一个未来并非有所担负
如往昔一般，而毫无目的。

我们唯有想他们在永远舀着水，
在落网与拖网，当东北云低
在一成不变，并无浪蚀的浅滩之上
或在码头取他们的钱，晒着船帆；
不是在做一次无利可图的出行
为了一点不堪查验的渔获。

并没有一个尽头，那无声的哀号，
没有尽头归那枯萎花朵的枯萎，

归那无痛苦也无运动的痛苦运动，

归那海的漂流与漂流的残骸，

骨头向它死神的祈祷。唯有简直，几乎不可祈祷的

求那一份传报①的祈祷。

似乎，当一个人变得更老时，

往昔有另一种模式，而不再是仅仅一个序列——

甚或发展：后者是一场偏颇的谬误

为肤浅的进化观念所鼓舞，

成为，在公众意识中，一种否拒往昔的手段。

幸福的时刻——不是康宁，

成就，完满，安全或喜爱的情感，

甚或一顿极好的晚餐，而是突然的启迪——

我们有过经验却错过了意义，

而对意义的趋近又将经验恢复

以一种不同的形式，超越任何

我们可归于幸福的意义。我之前曾说

在意义中复活的往昔经验

不只是一生的经验

而是许多世代的——不忘记

某种很可能极其不可言传的东西：

那逆向的瞩望，在有记载的历史的

保证之后，逆向的半眼瞥视

越过肩头，向着那原初的恐怖。

现在，我们终于发现苦痛的时刻

　（是否，因误解之故，

---

① Annunciation，亦指天使加百列向圣母玛利亚传报耶稣将会降生。

曾经希望了错的东西或是惧怕了错的东西，

不在讨论中）同样是永久的

有着时间那样的永恒。我们对此领会更深

是在他人的苦痛里，近乎亲历，

牵扯到我们自己，胜于我们自己的苦痛。

因我们自己的往昔被行动的潮流覆盖，

但他人的折磨始终是一份经验

不为之后的消耗所限定，减损。

人们改变，与微笑：但苦痛长存。

时间这毁灭者就是时间这保留者，

像那条满载着死去的黑人、奶牛和鸡舍的河，

那只苦涩的苹果和咬在苹果上的一口。

还有永不安宁的水域中那块粗糙的岩石，

波浪将它冲刷，迷雾将它掩藏；

在平静的一日里它不过是一座纪念碑，

在可以航行的天气里它永远是一个海标

由此设定一段航程：但在阴暗的季节

或突然的暴怒中，则是它一如既往的样子。

III

我有时诧异这是否黑天[①] 的意思——

除了别的事物——还是表达同样事物的一种方式：

即未来是一支消逝的歌，一朵君王的玫瑰或一小枝

怅惘悲叹的薰衣草，给那些尚未在此悲叹的人，

[①] Krishna，婆罗门教 - 印度教最重要的神祇之一，主神毗湿奴（Vishnu）的第八个化身。

被压在一本从未打开过的书泛黄的纸页间。

而向上的路就是向下的路，前行的路就是回返的路。

你无法平和地面对它，但这件事确凿无疑，

即时间绝非治愈者：病人已不在此。

当火车开动，而乘客坐定

对着水果，期刊与商业信函

（而送行的人们都已离开了站台）

他们的脸舒缓由怆然进入释然，

达至一百小时的困睡节奏。

前进吧，旅行者们！不是逃离往昔

进入不同的生命，或进入任何未来；

你们并不是同一群人，离开了那个车站

或将抵达任何终点，

当变窄的铁轨滑行会合于你们身后；

而在鼓声阵阵的班轮的甲板上

望着身后不断扩大的犁沟，

你们不应认为"往昔已经完结"

或"未来就在我们眼前"。

夜降之时，在帆索与天线里，

是一个高唱的嗓音（虽然不是对着耳朵，

时间低诉的贝壳，也不用任何语言）

"前进吧，以为自己正在航行的你们；

你们不是原本那些看见港口

后退的人，或是那些将要下船的人。

此处在这边与更远的岸滨之间

当时间被撤回之际，看待未来

与往昔要怀着一颗平等的心。

在不属于行动或不行动的时刻

你可以收获此言：'无论什么存在领域

为一个人的心所属意

在死亡之时[①]，——就是那一个行动

（而死亡之时就是每一刻）

将结果于他人的生命之中：

并且不要去想行动的果实。

前进吧。

哦航海者，哦海员，

来到港口的你们，你们的身体

将经受大海的考验与审判，

或者任何事件，这是你真正的目的地。"

如黑天所言，当他告诫阿周那[②]

在战场之上。

不是告别，

而是前进[③]，航海者们。

IV

圣母，神殿立于岬上的你，

祈祷吧，为所有那些在船上的人，那些

---

① "无论什么存在领域为一个人的心所属意，在死亡之时，他定会走向那边。"
普罗希（Shri Purohit Swami，1882—1941）英译《薄伽梵歌》（*Bhagavad Gita*）8。
② Arjuna，古印度史诗《摩诃婆罗多》（*Mahabharata*）的核心人物之一，黑天
为其导师。
③ 英国病理学家霍奇金（Thomas Hodgkin，1798—1866）《哥特人西奥德利克：
文明的野蛮斗士》（*Theodoric the Goth: Barbarian Champion of Civilisation*）99。

营生和鱼有关的人，还有
那些关心每一项合法贸易的人
还有那些实施它们的人。

亦要重复一段祈祷代表
女人，她们曾目送自己的儿子或丈夫
登船启航，而未曾回返：
Figlia del tuo figlio①，
天国的女王。

亦要为那些曾在船上的人祈祷，他们的
航程结束于沙滩之上，大海的唇间
或在不会拒绝他们的黑暗咽喉里
或是不论何处，海钟的永久奉告②之声
无法企及他们的所在。

V

与玛尔斯③沟通，与灵体交谈，
记叙海怪之行，
描述星象，以内脏或水晶占卜，
于签标中察知病患，由
掌纹道破生平
由手指道破灾殃；释放预兆

---

① 意大利语："你儿子的女儿"。但丁《天堂篇》XXXIII。
② Angelus，罗马天主教在早晨、中午和晚间纪念基督降世诵"万福玛利亚"的祈祷仪式。
③ Mars，罗马神话中的战神。

凭拈阄，或茶叶，破解必然之事
通过纸牌，摆弄五角星
或巴比妥酸[①]，或解剖
反复出现的图像为前意识的恐怖——
探索子宫，或坟墓，或梦境；这一切是寻常的
消遣与药品，与报章特写：
并将永远如是，其中一些尤甚
当各国有危难与困窘之时
无论是在亚洲的海岸，还是艾及华尔路[②]上。
众人的好奇探寻往昔与未来
并执着于那个维度。然而领悟
那无时间之物与时间的
交汇点，是留给圣人的一份职业——
也并非职业，而是某样被给予
又被取走的事物，在一生之死于爱，
热情与无私与自我放任之中。
对于我们多数人，唯有那未被留意的
刹那，时间之内与之外的刹那，
无心的一瞬，迷失在一束阳光里，
看不见的野百里香，或冬日的闪电
或瀑布，或被听得那么深
以致根本听不见的音乐，但你就是那音乐
只要音乐持续。这些只是提示与猜想，
提示后接着猜想；其余的
就是祈祷，遵从，自持，思想与行动。

---

① Barbituric acids，用作催眠或镇静的药物。
② Edgware Road，伦敦一主路。

被猜到一半的提示，被理解一半的赠礼，即是化身。
在此那不可能的
存在诸领域的结合是实有的，
在此往昔与未来
被征服，又被调和，
这里行动原本是别样的运动
属于那仅仅被移动
而其中并无运动起源之物——
由魔鬼的，冥府的
力量驱策。而正确的行动则是自由
脱离往昔也脱离未来。
对于我们多数人，这是
永远不会在此达成的目标；
我们不被打败仅仅
因为我们始终在尝试不停；
我们，终于满足
倘若我们在现世的回返滋养

（离紫杉树不太远）

有意味的土壤的生命。

小吉丁 [1]

I

仲冬之春是它自身的季节

永恒不灭虽近日落而醺醉，

悬停在时间里，在极地与回归线之间。

当短暂白昼最亮时，有霜与火，

瞬间的日头燃冰，在池塘与沟渠上，

在无风的寒冷即心的热量中，

在一面水镜里倒映着

午后不久的一道眩光即失明。

而比树枝的闪烁或火盆更强烈的闪耀，

搅动愚钝的精神：没有风，只有五旬节 [2] 的火

在一年的黑暗时节。在融化与凝冻间

灵魂的汁液颤抖。没有泥土气味

或活物的气味。这是春天时节

但不在时间的契约之内。现在树篱

被刷白一小时，披上了临时绽放

的雪，瞬间一场盛开

比夏花更突然，既不萌芽亦不凋谢，

不在世代繁衍的计划之中。

夏天在哪里，那不可想象的

---

① Little Gidding，英格兰剑桥郡（Cambridgeshire）一村庄。本篇首次发表于《新》，1942 年 10 月 15 日。
② Pentecostal，五旬节（Pentecost）为复活节后的第七个星期日，是耶稣的门徒歌颂圣灵降临的节日。

零夏?

假如你到这边来

取你或许很可能取的路径

自你或许很可能来自的地方，

假如你在山楂时节走这条路前来，你会发现树篱

又白，五月里，载满奢靡的甘甜。

旅程的尽头或许也是一样，

假如你在夜晚前来像一个溃败的国王 [①]，

假如你在白昼前来而不知你所为何来，

或许也是一样，当你离开崎岖的路

而从猪舍背后转到乏味的正面

及墓碑。而你以为你为之而来的东西

只是一个外壳，一层意义的空壳

目的只在实现之时才破壳而出

归根结底。或者你原本就没有目的

或者目的超乎你设想的终点

并在实现中变更。还有别的地方

亦是世界尽头，有的在海颚间，

或在一汪黑暗的湖上，在一片沙漠或一座城市里——

但这是最近的，依照地域和时间，

当下且在英格兰。

假如你到这边来，

---

① 英格兰国王查理一世（Charles I，1600—1649）在英国内战（1642—1649）中，曾于 1646 年败逃至小吉丁。

取任何路径，从任何地方出发，

在任何时间或任何季节，

或许也总是一样：你或许必须放下

感觉和观念。你在此不是要验证，

指导自己，或激发好奇心

或记叙报道。你在此是要跪倒

在祈祷始终有效的地方。而祈祷不止

是一组言词的序列，对祈祷之心

或祈祷之嗓音的自觉控制。

而死者在生前不曾言传之事，

他们可以告诉你，既为死者：死者的沟通

以超越生者语言的火为舌来传递。

这里，无时间的刹那的交汇处

是英格兰与无所在。从未与永远。

II

一个老人衣袖上的灰

是所有被烧掉的玫瑰留下的灰。

空气中悬浮的尘埃

标识一个故事结束的地方①。

吸入的尘埃本是一栋房子——

墙，壁板和老鼠。

希望与绝望的死亡，

---

① 1941 年伦敦曾遭多次空袭，轰炸过后烟尘长时间悬浮在空中；"故事"（story）亦有"楼层"之意。

这是空气的死亡。

有洪水与干旱

在眼上和口中，

死去的水和死去的沙

竞逐上风。

掏空了内脏的枯涸土壤

茫然而视劳作的虚妄，

发笑而并无欢悦。

　　这是大地的死亡。

水与火继承

城市，牧场和杂草。

水与火嘲谑

我们曾经否拒的牺牲。

水与火会腐坏

那受损的，被我们遗忘的，

圣所与唱诗席的基底。

　　这是水与火的死亡。

在早晨之前不确定的时辰

　　接近无尽之夜的终结

　　在无终结之物反复的终结

等到舌头打着闪的黑暗之鸽

　　已飞越到他归航的地平线以下

　　当死树叶仍飒响如白铁

在并无其他声响的沥青之上

在烟雾升起的三个区域之间

我遇见一个人在行走，徘徊又匆忙

仿佛被迎面吹来像金属的树叶

在城市的晓风之前毫无抵抗。

而当我朝那张低垂的脸凝注

那尖刻的细察，我们总如此审视

消褪的幽暗里初遇的陌生人

我撞见了某个已故大师突然的眼神

我曾经认识，忘却，隐约记得他

既是一又是众；在棕褐炙烤的五官中

一个熟悉的复合幽灵的双眼

既亲切又难以辨认。

于是我扮演起一个双重角色，大喊

也听见对方的嗓音大喊："怎么！你在这里？"

尽管我们并不在此。我仍是原来那样，

认识我自己却是另外的某人——

而他是一张仍在成形的脸；然而言词足以

驱动他们的先行辨识。

也因此，依从寻常的风，

彼此太过陌生而不至于误解，

与这交汇的时间相一致

邂逅于无地，并无之前与之后，

我们在一场死亡巡行中踏过步道。

我说："我感到的惊奇很是轻易，

然而轻易正是惊奇的缘由。所以要说：

我可能领会不了，可能回忆不起。"

而他说："我并不急于重述

我的思想和理论，都已被你遗忘。

这些东西已达到了它们的目的：让它们去吧。

你自己的也一样，祈愿它们被

他人宽恕，如我祈愿你宽恕

善与恶两者。上季的水果被吃光

然后喂饱的野兽就会踢开空桶。

因为去年的言词属于去年的语言

而明年的言词等待另一个嗓音。

但是，既然那通道现在并无任何障碍

对于未受抚慰与游弋的灵魂

在两个已变得十分相像的世界之间，

于是我便找到我从未想过要说的言词

在我从未想过我会重访的街头

当我把我的身体留在一处遥远的岸滨。

因我们的关心是言说，而言说驱使我们

去净化部落的方言

并督促心灵去往后见与先见，

让我揭示为老年而保留的礼物

来加一顶冠冕于你一生的努力之上。

其一，是即将熄灭的感觉的寒冷摩擦

并无魅惑，不提供承诺

只有阴影之果苦涩的无味

当身体和灵魂开始分崩离析。

其二，是自觉的暴怒之无能

对于人类的愚妄，与笑的

　　割伤，在不再有趣的东西之前。

最后，是撕心裂肺的痛心于再现

　　你曾为，与曾是一切；是羞耻于

　　日后揭露的动机，以及得知

造了孽并伤害了他人的事情

　　曾几何时你将其视作美德的施行。

　　于是傻瓜的认可刺痛，而荣誉玷污。

从谬误到谬误那被激怒的灵魂

　　继续，除非是被那历炼的火重塑

　　在那里你须按韵律移动，像一名舞者。"

天将破晓。在面目全非的街上

　　他离开了我，随一个仿佛是告别的动作，

　　乘着号角的鸣响而隐去。

III

有三种状况时常看起来相像

却完全不同，在同一道树篱中茂盛：

对自我和事物和人的依恋，与

自我和事物和人的分离；以及，生长于其间的，漠然

相似于其他状况恰如死相似于生，

两种生命之间的存在——并不开花，介于

活的和死的荨麻①之间。这便是记忆之用：

为了解脱——并非爱的减损而是爱的扩展

超乎欲望之外，是故解脱

_____

① 野芝麻（dead nettle，意为"死荨麻"）因形似无刺的荨麻而得名。

于未来，亦解脱于往昔。由此，对一国的爱
开始于对我们自己行动领域的依恋
直至发现那行动并没多么重要
尽管从不漠然。历史或许是奴役，
历史或许是自由。看，现在它们消隐，
那些面孔和地方，连同可能爱过它们的自我，
要获得更新，变形，契合另一种模式。

罪恶无可避免，但
一切都将合宜，并且
事物的一切形态都将合宜①。
假如我，再一次，想到这个地方，
又想到人，并不完全值得称道，
并无直接的亲缘或善行，
而是有独特精神的若干人，
都为一份共同的精神所感动，
团结在将他们分裂的斗争之中；
假如我想起一个入夜时的国王，
想起三个人，和更多人，在断头台上
和几个死去后被遗忘的人
在别的地方，此处与异邦，
想起一个失明与沉默而死的人，
为什么我们要颂扬
这些死去之人比将死之人更多？

---

① 参见英国神秘主义者、隐修士诺维奇的朱利安（Julian of Norwich，1343—1416）
《神圣之爱的启示》（*Revelations of Divine Love*）。

并不是要逆向鸣钟 ①

也不是一个咒语

召唤一朵玫瑰的幽灵。

我们不能复兴旧的宗派

我们不能恢复旧的方略

或跟随一架老式的鼓。

这些人，和曾经反对他们的人

和他们曾经反对的人

接受静默的宪章

并被圈围在唯独一个党派之中。

无论我们从幸运者那里继承什么

我们已从失败者那里取得了

他们不得不留给我们的东西——一个象征：

一个在死亡中完满的象征。

一切都将合宜并且

事物的一切形态都将合宜

凭借动机的净化

在我们祈求的领域之内。

IV

鸽子破空而降

裹挟炽热恐怖的火焰

后者的喙舌宣告

那由罪恶与谬误中解脱的一途。

---

① 始于 16 世纪初的示警方式，从低音开始鸣钟以报告失火或被入侵等。

唯一的希望，不然就是绝望

    在于柴堆或柴堆的选择——

    要被烈火从烈火中救赎。

又是谁构设了这苦刑？爱。

爱就是这陌生的名字

在那双手之后，它们编织的

不可忍受的火衫

人力无法移除①。

    我们仅仅活着，仅仅呼吸

    被烈火或烈火吞噬。

V

我们所谓的开始往往是结束

而达成一个结束就是达成一个开始。

结束是我们启程之处。而每个正确的

短语和句子（其中每个词语都自在，

各据其位以支持其他词语，

既不谦卑也不炫耀的词语，

一场旧与新的从容交往，

恰切而无鄙俗的平凡词语，

---

① 希腊神话中，人马怪内萨斯（Nessus）欲染指大力士赫剌克勒斯（Heracles）的妻子得伊阿尼拉（Dejanira），被赫剌克勒斯以浸有九头蛇（Hydra）毒血的箭射杀，内萨斯死前将外衣赠给得伊阿尼拉，日后得伊阿尼拉让赫剌克勒斯穿上此衫，赫剌克勒斯立刻热病缠身，蛇毒透骨而毒衫无法脱下，赫剌克勒斯垒火堆自焚而死。

精确但不迂腐的正规词语，

完美无缺的伴侣在一同起舞）

每个短语和每个句子都是一个结束和一个开始，

每首诗都是一则墓志铭。而任何行动

都是走向枭首台，走向烈火的一步，直下海的咽喉

或通往一块难以辨认的碑石：而那就是我们启程之处。

我们与将死者一同死去：

看，他们上路，而我们随之而去。

我们与死者一同出生：

看，他们回返，并带我们同行。

玫瑰的瞬息与紫杉树的瞬息

持续相等的长度。一个无历史的民族

并不从时间中获救，因为历史是一个

超乎时间的瞬息的图版。所以，当光明消逝

在一个冬日午后，在一个僻静的礼拜堂里

历史就是当下和英格兰。

随着这爱之引领与这召唤之声 [1]

我们不应停止探索

而我们所有探索的结束

将是抵达我们启程之处

并且第一次得知这个所在。

穿过未知的，被记起的大门

---

[1] 参见 14 世纪英格兰基督教玄学著作（作者匿名）《未知之云》（*The Cloud of Unknowing*）。

此时留待发现的最后土地

就是那曾为开始之处；

在那条最长的河的源头

隐秘的瀑布之声

与苹果树上的孩童

不为人知，因不被找寻

而是被听见，隐约听见，在

两道海浪之间的寂静里。

倏然此刻，此处，此刻，永远——

一个完全简单的状况

（代价不小于一切）

而一切都将合宜并且

事物的一切形态都将合宜

此时火焰的舌头被向内折起

折入顶冠的火结

而烈火与玫瑰是一体。

应时的诗行

Occasional Verses

岛屿保卫战

　　《岛屿保卫战》不可假充诗篇，但它的日期——恰在撤离敦刻尔克之后——与场合对我颇有一份意味，令我希望将它保留下来。迈克奈特·考弗[1]当时在为情报部工作。应他的要求我写下了这些诗行以配合纽约一场呈现英国战争努力的摄影展。它们随后被刊载于《战时英国》（*Britain At War*，纽约现代艺术博物馆，1941 年）。我现在谨将它们敬献给爱德华·迈克奈特·考弗的记忆。

愿这些石筑的纪念——音乐的
恒久器具，由诸多世纪
耐心的泥土耕耘构成，由英语的
诗句构成

被加入这场
岛屿保卫战的记忆

与那些人的记忆，他们被遣往灰色的
舰船——战舰，商船，拖网渔船——
向岁月世代贡献他们那一份
不列颠尸骨的海底铺层

　　与那些人的记忆，他们以人类与死亡博弈的

————————————————

① Edward McKnight Kauffer（1890—1954），美国画家、设计师。

最新形式，迎击黑暗之力于空气
与烈火之中

与那些人的记忆，他们已追随其祖先
去到佛兰德①与法兰西，那些在失败中
不被击败，在胜利中不可移转，除了武器
毫不改变祖辈的方式的人

还是那些人，对于他们荣耀之路正是
不列颠的小巷与大街：

去诉说，向着往昔与未来
拥有我们的亲缘与言词的世代，我们已各就
各位，服从指令。

---

① Flanders，欧洲西北部一历史地区，跨越法国北部、比利时西部与荷兰西南部。

一则战争诗歌的注解

《一则战争诗歌的注解》是应斯托姆·詹姆森[1]小姐的要求而写的，收录在一本题为《伦敦呼声》（*London Calling*，哈泼兄弟[2]，纽约，1942 年）的书中。

并非集体情感的表达
不完美地反映在日报上。
何处是那纯属个体的
爆裂迸发的一点

在一个纯粹典型的行动的路径之中
以创造普遍性，令一个象征发源
出于那影响？这是一个
我们关注的交汇

聚合种种超乎实验控制的力量——
自然与精神之力。通常个人的
经验都太大，或是太小。我们的情感
仅仅是"插曲"而已

在保持昼与夜一起的努力之中。
似乎这事颇有可能，即一首诗可以发生

---

① Storm Jameson（1891—1986），英国作家。
② Harper Brothers，美国出版商，现名哈泼·科林斯（Harper Collins）。

在一个非常年轻的人身上：但一首诗并不是诗——
那是一种生活。

战争不是一种生活：它是一种形势，
既不可以被忽视也不可以被接受的一种，
一个需要以伏击与计策应对的难题，
被包围或被驱散。

持久者并非一个短暂者的替代，
哪一个都不能取代彼此。但私人经验
的抽象观念处于其最大强度
化为普遍时，我们称之为"诗"，
可以在诗句中被确定。

致死于非洲的印度人 ①

《致死于非洲的印度人》是应科奈利亚·索拉吉②女士的请求为《玛丽王后的印度之书》③（哈泼公司，1943 年）而写的。我现在将它献给博纳米·多布雷④，因为他喜爱它并促我将它保存下来。

一个人的终点是他自己的村庄，
他自己的炉火，他妻子的烹饪；
要在日落时坐在自己的门前
看着他的孙子，和他邻居的孙子
　　一起在尘土中玩耍。

身负创伤但却安全，他有很多回忆
都在谈话的时辰归来，
　（温暖或凉爽的时辰，根据气候不同）
想起异国之人，他们曾在异域作战，
　　彼此互为异族。

---

① 第二次世界大战中，英军首次击败德军的战役为 1941 年 11—12 月在非洲西部沙漠发起的十字军行动（Operation Crusader），有数千名印度士兵参战。
② Cornelia Sorabji（1866—1954），印度作家、社会活动家。
③ *Queen Mary's Book for India*，由索拉吉编纂，为援助印度抚慰基金会 Indian Comforts Fund）而出版，是收入艾略特等作家篇章的文选。玛丽（Mary of Teck，1867—1953）为英王乔治五世（George V, 1865—1936）的王后。
④ Bonamy Dobree（1891—1974），英国学者。

一个人的终点不是他的命运

每个国度对一个人是故乡

对另一个人则是放逐。一个人在何处英勇死去

与他的命运合一，那片土地就是他的。

　　　让他的村庄回忆。

这不是你们的土地，或我们的：而是一个中部①的村庄，

和五河②之一，或许有同一个墓地。

让那些回家的人讲述同一个你们的故事：

讲述一个共同目标的行动，丝毫

不缺少成果的行动，即使你们和我们都不

知晓，直到那场死后的审判，

　　　行动的成果是什么。

---

① Midlands，英格兰中部地区。

② 指印度旁遮普邦（Punjab），其名来源于意为"五河之地"的梵语，指杰赫勒姆河（Jhelum）、奇纳布河（Chenab）、拉维河（Ravi）、苏特莱吉河（Sutlej）和比亚斯河（Beas）。

致沃特·德拉梅尔 ①

《致沃特·德拉梅尔》是专为收入《纪念沃特·德拉梅尔》（费伯与费伯公司，1948 年），一本在其 75 岁生日献给他的书而写的。

那些孩子，他们探索了小溪并发现
一座荒岛内有一处沙湾
（一个隐蔽所，却是十足的险地，

因为水牛可能会在此游荡，
蜜熊，白眉猴，遍布
在一座芒果园的黑暗丛林里，

朦胧的狐猴在树与树间滑翔——
某处久已失落的宝藏的守护者）
在托儿所茶会上讲述自己的壮举

而当灯盏被点亮而窗帘被拉起
请要求诗歌些许。会是谁的呢，
在完全没到上床的时间？……

　　　　　　或者当草坪
被看不见的腿脚踩踏，而幽灵们
在黄昏轻轻归来，在黎明轻轻离去，

---

① Walter de la Mare（1873—1956），英国诗人、小说家。

忧伤的无形者，悲痛而又渴望；

当熟悉的场景突然陌生
或众所周知之事是我们仍待领悟之事，
而两个世界相遇，相交，与改变；

当猫儿在月光之舞中发狂，
狗儿畏缩，蝙蝠乱蹿，而猫头鹰徘徊
在处女阿姨们的女巫安息日；

当夜行者无法用自己的呼叫
唤醒任何沉睡者；或者当偶然间
一张空脸窥望自一幢空宅；

这是由谁，以何种方式设计而成？
是低声的咒诵吗，它允许
走向心之幻影的自由通行？

是由你；是由那些欺骗性的节奏
平凡的韵律由此得以升华；
是由自然平易之心练成的自觉艺术；

是由你编织的精微，无形之网——
不可索解的声音之神秘。

一段致我妻子 [①] 的献辞 [②]

我要归因于你，那跃动的欣喜
它在我们醒时激活我的感官
还有那节奏，它支配我们睡时的安详，
　　同调的呼吸

属于身体散发彼此气味的恋人
他们想到同样的念头而无需言语
又再咕哝出同样的言语而无需意义。

没有什么凛冽的冬风会吹冻
没有什么阴郁的热带太阳会晒枯
属于我们且仅属于我们的玫瑰园里的玫瑰

但这段献辞是给别人阅读的：
这些词语是公开对你说的私房话。

[①] 诗人的第二任妻子（1957 年结婚）瓦莱丽·艾略特。
[②] 本篇早期文本为艾略特戏剧《政界元老》（*The Elder Statesman*，1959）的献辞"致我的妻子"（To My Wife），在《戏剧集》（*Collected Plays*，1962）中作为此剧的开场白。

老负鼠之才智猫经

Old Possum's Book of Practical Cats

1939 年

序言

本书敬献给曾以鼓励、批评与建议协助其写成的友人：特别赠予 T. E. 费伯[①] 先生、阿利逊·坦迪[②] 小姐、苏珊·沃尔科特[③] 小姐、苏珊娜·莫莱[④] 小姐，以及白鞋罩的男子[⑤]。

O. P.[⑥]

---

① Thomas Erle Faber（1927—2004），英国物理学家、出版家，费伯与费伯书局创办者、英国学者、出版家、诗人杰弗里·费伯（Geoffrey Faber，1889—1961）的儿子，艾略特的教子。

② Alison Tandy（1930— ），艾略特的友人，作家、广播员、科学家杰弗里·坦迪（Geoffrey Tandy，1900—1969）的女儿，艾略特的教女。

③ Susan Wolcott（1929—2015），艾略特的表妹巴巴拉·辛克利·沃尔科特（Barbara Hinkley Wolcott，1889—1958）的女儿。

④ Susanna Morley（1932— ），艾略特的友人，美国数学家、作家，出版家弗兰克·莫莱（Frank Morley，1899—1980）的女儿，艾略特的教女。

⑤ 或指艾略特的友人，英国编辑、批评家约翰·海吾德（John Hayward，1905—1965）。

⑥ "老负鼠"（Old Possum，艾略特的绰号）的缩写。

给猫起名

给猫咪起名字是一件棘手的事务，

　　根本不是你的又一个假日游戏；

一开始你也许会觉得我疯到一塌糊涂

当我告诉你，一只猫必须有**三个不同的名字**。

首先，得有一家人每天使用的名字在，

　　比如彼得，奥古斯都，阿隆佐或詹姆斯，

比如维克托或乔纳森，乔治或比尔·贝莱——

　　全都是有理有据的日常名字。

还有更别致的名字，若你想听着更悦耳，

　　有的适合先生，有的适合女士：

比如柏拉图，阿德墨图斯，厄勒克特拉，得墨忒耳——

　　但也全都是有理有据的日常名字。

但我告诉你，一只猫还需要一个非同凡响，

　　独具一格的名字，更加堂皇孤高，

否则他又怎能让他的尾巴始终挺立昂扬，

　　或是张开他的胡须，或是胸藏他的骄傲？

对于这类名字，我可以向你提供一组精选，

　　比如门库斯特拉普，夸索，或科里科帕特，

比如彭巴卢里娜，抑或是杰利洛兰——

　　此类名号永远不为超过一只猫咪所得。

但出乎其上总还有一个名字被遗落，

　　而那是你永远猜不到的名字；

任何人类研究都无法将此名寻获——

　　但**猫儿自己明了**，而永远不会吐露所知。

当你注意到一只猫幽然入定，

那缘由，我告诉你，总是同一件事：

他的心正沉迷于一场冥思出神

在默想，在默想，在默想他的名字：

他那不可言喻而可言喻的

可言喻而不可言喻的

深邃而难解的独一无二的名字。

老甘比猫

我心里有一只甘比猫，她的名字是珍妮点点；
她的外套是斑纹类，有虎纹和豹斑。
整天她都坐在楼梯上，台阶上或垫子上：
她坐啊坐啊坐啊坐——一只甘比猫就是这样！

可到了一天的熙熙攘攘结束之际，
那时甘比猫的工作才刚刚开始。
当全家人都已上床沉沉睡去，
她顺着楼梯溜到地下室里匍匐。
她深切关注老鼠的行事之道——
它们举止不佳，态度也不好；
所以当她把它们在垫子上排列整齐，
她教它们音乐，钩针编织与梭织。

我心里有一只甘比猫，她的名字是珍妮点点；
她的同类很难找到，她喜欢有温暖与阳光的地点。
整天她都坐在壁炉旁或是床上或是我的帽子上：
她坐啊坐啊坐啊坐——一只甘比猫就是这样！

可到了一天的熙熙攘攘结束之际，
那时甘比猫的工作才刚刚开始。
当她发现老鼠永远不会保持安静，
她确定那是不规律的饮食造成
并且相信不去尝试就必定碌碌无为，

她于是开始着手她的煎炸与烘焙。
她给它们做面包干豌豆的老鼠饼一盘，
外加一份美美的瘦肉培根和奶酪煎。

我心里有一只甘比猫，她的名字是珍妮点点；
窗帘绳她总爱缠绕，把它系成水手结一般。
整天她都坐在窗台，或任何光滑平坦的东西上：
她坐啊坐啊坐啊坐——一只甘比猫就是这样！

可到了一天的熙熙攘攘结束之际，
那时甘比猫的工作才刚刚开始。
她认为蟑螂只不过需要受雇上班
即可防止它们无所事事，肆意作乱。
所以她将那帮不规矩的笨蛋组成
一支训练有素乐于助人的童子军，
有一个生命目标，去投入一桩善举——
她甚至还创作了一支甲虫归营曲。

所以对老甘比猫现在让我们致以三声喝彩——
井井有条的家庭全得靠她，谁都看得出来。

咆哮虎的最后抗争

咆哮虎是一只暴徒猫，乘一艘驳船旅行：
走遍四方的野猫中实属他最凶顽透顶。
从格雷夫森 ① 到牛津他追求他的邪恶目标，
欣喜若狂于自己"泰晤士恐怖"的名号。

他的举止和相貌从无取悦于人的想法；
他的外套破破烂烂，膝盖松松垮垮；
一只耳朵差不多没了，原因不必对你讲解，
他用一只冷峻的眼怒视一个敌意的世界。

罗瑟希德 ② 的村民对他的名声颇有耳闻。
在哈默史密 ③ 和普特尼 ④，人听其名而失魂。
他们会将鸡舍加固，将傻鹅锁牢，
当谣言传遍海岸：**咆哮虎在法外逍遥！**

弱小的金丝雀有难，从笼中扑腾而出；
被宠坏的京巴有难，面对咆哮虎的暴怒；
硬毛的大老鼠有难，潜伏在外国舰船上面，
任何被咆哮虎找上交手的猫咪全都有难！

但他始终不渝的仇恨多是针对异族的猫；

① Gravesend，英国东南部自治市，位于伦敦东部泰晤士河畔。
② Rotherhithe，伦敦东南部一地区。
③ Hammersmith，伦敦西部一地区。
④ Putney，参见《四个四重奏》"被焚毁的诺顿"III 脚注。

对外国名字与种族的猫绝不容让分毫。
波斯猫和暹罗猫望着他眼中满是惊惶——
因为他缺失的耳朵是被一只暹罗猫所伤。

正值一个宁静夏夜，大自然仿佛都在游戏，
温柔的月儿朗照，驳船停泊在莫莱西 ①。
沐着皎洁的月光它在潮汐中轻轻摇颤——
而咆哮虎正有意呈现他多愁善感的一面。

他的得力副手，**咕哝巴什金**，早已走失，
因为他去了汉普顿 ② 贝尔客栈弄湿胡子；
而他的水手长，**跟斗布鲁图**，也已偷偷移步——
在狮子座的后院里他寻找着他的猎物。

咆哮虎独自盘踞在那艘舰船的前尖舱，
将全副心神贯注在**烤盘骨**女士身上。
而他的无赖船员熟睡在他们的木桶和铺位里——
正当暹罗猫乘着舢板和帆船悄然而至。

咆哮虎对一切不看也不听心里只有烤盘骨，
这女士似被他男子气的上低音深深迷住，
打算放松下来，不期待发生任何意外——
但月光却从一百双明亮的蓝眼中反射出来。

此刻那些舢舨盘旋环绕着越来越近，

---

① Molesey，英格兰东南部萨里郡（Surrey）一地区。
② Hampton，伦敦一郊区，位于泰晤士河北岸。

然而从所有的敌人那里听不到一丝声音。
这对恋人唱着最后的二重唱，命在旦夕——
因为敌方有烤叉和残忍的雕刻刀为武器。

然后**吉尔伯特**向他凶猛的蒙古军发令；
随一声可怕的鞭炮清国佬将甲板蜂拥占领。
弃下他们的舢板，他们的划艇和平底船，
他们压紧舱门封住铺位上的一众船员。

这时烤盘骨她一声尖叫，早被吓得魂飞魄散；
抱歉我要承认这点，可她却很快踪影不见。
她大概是轻易逃走了，没有淹死我可以肯定——
一圈密集闪烁的钢铁却将咆哮虎围在了垓心。

无情的敌人一排接一排，顽强地进逼向前；
咆哮虎大为吃惊自己竟被迫要走上跳板。
曾经驱赶一百个受害者如此坠落的他，
在他所有的罪恶尽头也被迫这样扑通一下。

哦当消息传遍了大地华平 ① 一片欢欣；
梅登黑德和亨莱 ② 的众人起舞在海滨。
布伦福德 ③ 和维多利亚码头 ④ 都在烤全鼠，
在曼谷举行了整整一天的盛大庆祝。

---

① Wapping，伦敦东部泰晤士河北岸一地区。
② Henley，伦敦中南部一市镇。
③ Brentford，伦敦西部一市镇。
④ Victoria Dock，位于伦敦东部。

朗姆肚拖拉客

朗姆肚拖拉客是一只奇怪的猫：
你要给他野鸡，他会宁愿吃松鸡。
你要让他住大房子他会觉得公寓才妙，
你要让他住公寓他就宁愿要一栋大房子。
你要让他去抓耗子那么他非老鼠不要，
你要让他去抓老鼠他就宁愿去追耗子。
没错朗姆肚拖拉客是一只奇怪的猫——
　　　　没有任何诉求要我去怒号狂吼：
　　　　　　因为他所欲为
　　　　　　正是他所为
　　　　　　　　这事根本什么办法也没有！

朗姆肚拖拉客真是可怕得讨人厌：
你刚让他进来，他就想要外出；
他总置身在每一扇门错误的那边，
他一到家，马上就想走来走去。
他喜欢躺在办公室的抽屉里面，
可是他要出不去就闹到一塌糊涂。
没错朗姆肚拖拉客是一只奇怪的猫——
　　　　这事毫无用处你尽管怀疑个够：
　　　　　　因为他所欲为
　　　　　　正是他所为
　　　　　　　　这事根本什么办法也没有！

朗姆肚拖拉客是一只奇怪的野兽：
他不顺从的作风是一个习惯问题。
你要给他鱼他就总想要一桌酒席才够；
没有鱼的时候他就连兔子也不吃。
你要给他奶油他就嗤鼻加冷笑，
因为他只中意自己找到的东西；
所以你会撞见他埋头狂吃到饱，
如果你把奶油在食品架子上藏起。
朗姆肚拖拉客聪明乖巧又见多识广，
朗姆肚拖拉客并不在乎一抱一搂；
但他会在你缝纫的当中跳到你膝上，
因为他的无上享受就是乱成一锅粥。
没错朗姆肚拖拉客是一只奇怪的猫——
　　这事不需要我来喋喋不休：
　　　　因为他所欲为
　　　　正是他所为
　　　　　　这事根本什么办法也没有！

啫喱可儿之歌

啫喱可儿猫出来是在今晚，
啫喱可儿猫一来就成群结队：
啫喱可儿月亮现在亮闪闪——
啫喱可儿来到啫喱可儿舞会。

啫喱可儿猫都是白加黑，
啫喱可儿猫个头相当小；
啫喱可儿猫快乐又聪慧，
愉悦就是听他们喵喵叫。
啫喱可儿猫有讨喜的笑脸，
啫喱可儿猫有亮黑的眼瞳；
他们爱将气质与风度操练
只等那啫喱可儿月亮升空。

啫喱可儿猫发育很缓慢，
啫喱可儿猫不是太大个；
啫喱可儿猫都是布丁卷，
他们会跳加伏特 ① 和吉格 ②。
啫喱可儿月亮出现以前
他们会好好梳洗好好歇息：
啫喱可儿洗净耳朵的后面，
啫喱可儿晾干趾间的缝隙。

---

① Gavotte，一种小步舞。
② Jig，一种三拍快步舞。

啫喱可儿猫都是白加黑，

啫喱可儿猫是中等体格；

啫喱可儿跳跃如爆竹起飞，

啫喱可儿猫眼里映着月色。

他们安安静静度过早晨，

他们安安静静度过下午，

留着忒耳西科瑞式 ① 的体能

好在啫喱可儿月光下起舞。

啫喱可儿猫都是白加黑，

啫喱可儿猫（我说过）很小；

假如碰巧有一夜雨打又风吹

他们会在厅里练一两下猫跳。

假如正好出太阳一片光明

你会说他们根本啥事都没：

他们正在休息与调养自身

只为啫喱可儿月亮和舞会。

---

① Terpsichorean，忒耳西科瑞（Terpsichore）为希腊神话中司歌舞的女神。

獴哥杰瑞与绒派啼瑟

獴哥杰瑞和绒派啼瑟是一对臭名昭著的猫咪。

像闹剧的小丑，善变的滑稽演员，走钢丝和杂耍的戏子

他们享有广泛的声誉。他们在维多利亚树林 ① 安家——

那只是他们的活动中心，因为他们的漫游病绝无疗愈之法。

他们在康沃尔花园、朗塞斯顿广场和肯辛顿广场 ② 名气很响——

他们头上的那份声誉说实话真不是一对猫咪所能承当。

假如发现采光井的窗口半开半闭

而地下室仿佛战场一片狼藉，

假如头上的屋瓦松动了一两片，

过不多久漏水滴雨已难避免，

假如抽屉从卧室柜子里被抽出，

而你找不着你的一件过冬衣物，

或是晚餐后有一位佳人淑媛

忽然不见了她的伍尔沃斯 ③ 珠链：

这时全家人都会说："是那只可怕的猫咪！

是獴哥杰瑞——或是绒派啼瑟！"——大多数时候他们

就这样说说而已。

獴哥杰瑞和绒派啼瑟有一份非同寻常的扯淡天赋。

他们同时也是高效率的猫贼，十分聪明尤擅砸窗劫物。

他们在维多利亚树林安家。他们没有正当工作。

---

① Victoria Grove，伦敦中部肯辛顿区（Kensington）街名。

② Cornwall Gardens，Launceston Place，Kensington Square，均为肯辛顿区街名。

③ Woolworth，始于 1879 年的美国廉价商品连锁店。

他们是能言善辩的伙计，喜欢缠住一名友好的警察一通胡说。

当全家人聚在一起共进周日晚餐，
下定了决心不可以节食瘦身而怠慢
阿根廷大烤肉，土豆和蔬菜，
而厨师则会从幕后悄悄走到前台
用一副悲伤哽咽的嗓音报告：
“恐怕你们的晚餐要等到明天才吃得着！
因为大烤肉已从烤箱不翼而飞——这个样子！”
这时全家人都会说：“是那只可怕的猫咪！
是獴哥杰瑞——或是绒派啼瑟！”——大多数时候他们
就这样说说而已。

獴哥杰瑞和绒派啼瑟的协作方式简直不可思议。
有些时候你会说那是运气，有些时候你会说那是天气。
他们会像一道飓风穿房而过，没有谁可以赌咒发誓看得清
那是獴哥杰瑞——还是绒派啼瑟？或者你敢说不可以是两者同行？

而当你听到餐厅里一阵碰撞
或者从楼上食品间里传来一下巨响
或者从楼下书斋里传来砰的一声
发自一只人人都说是明代的花瓶——
这时全家人都会说：“现在哪只是哪只猫咪！
是獴哥杰瑞！**还有**绒派啼瑟！”——对这事根本是无计可施而已。

申命长老 ①

申命长老活了一段悠久的光阴；
　　他是一只活过了连续多少辈子的猫。
他在谚语中闻名也在诗韵中闻名
　　远比维多利亚女王登基之时更早。
申命长老埋葬的妻子共有九任
　　不止——我不禁要说，为数九十九；
他数不清的后裔兴旺又繁盛
　　全村为他自豪，哪怕他年届衰朽。
看见那副平和而漠然的相貌，
　　当他坐在牧师住宅的墙头晒太阳，
最年长的居民就哇哇乱叫："咦，想……
　　不到……难道……真的！……不！……没错！……
　　　　呵！哎呀！
　　　　哦，我的天呐！
我的视力越来越不行了，不过我得说
我相信那是申命长老！"

申命长老坐在街上，
　　赶集日他坐在高街 ② 上头；
公牛会哞哞低吼，绵羊会咩咩叫嚷，
　　但是狗和牧人会把它们赶走。
汽车和货车都在街缘上跑，
　　于是村民张贴一张告示：**道路封闭——**

---

① Old Deuteronomy，"Deuteronomy"源自希腊语，意为"第二"＋"律法／名字"，参见《圣经·申命记》（*Book of Deuteronomy*）。
② High Street，伦敦肯辛顿区街名。

这样便不会有祸乱之事来打搅

　　申命长老的休息，在他有此打算之时

或是当他沉浸于国内经济的思考：

　　而最年长的居民哇哇乱叫："咦，想……

　　不到……难道……真的！……不！……没错！……

　　　　呵！哎呀！

　　　　哦，我的天呐！

我现在聋了一只耳朵，但我不会猜错

麻烦的由头就是申命长老！"

申命长老躺在地板上头

　　享受狐狸和法国圆号①的午睡；

当男人们说："再来一杯时间刚够，"

　　这时老板娘就会从后堂向外观窥

说："听着，你们都出去，从后门走，

　　因为申命长老，可不能叫醒他——

我会喊警察来，要是有谁又吵又吼"——

　　于是他们全都曳步而去，一言不发。

那只猫兽的消化休憩，当他已餐足食饱

　　绝不能被打破，无论何事从天而降：

而最年长的居民哇哇乱叫："咦，想……

　　不到……难道……真的！……没错！……不！……

　　　　呵！哎呀！

　　　　哦，我的天呐！

我的腿脚大概不太利索，我得慢点挪步

还要小心提防申命长老！"

────────────

① Fox and French Horn，伦敦中部克勒肯维尔（Clerkenwell）地区的老酒吧，关闭于 1920 或 1930 年代。

京巴与坡利可儿的恶战

并略述
狮子狗与博美犬
的参战，及
大喧闹猫的介入

京巴与坡利可儿，人人皆知，
是目空一切又不共戴天的激愤仇敌；
永远都一样，无论走到哪里。
而狮子狗和博美犬，尽管多数人主张
他们不喜欢打架，却会时常
显出想要加入战团的每一种症状。
他们就这样

吠呀吠呀吠呀吠呀

吠呀吠呀吠呀吠呀

直到你能听见他们响彻公园上下。

话说在我要讲述的这场冲突发生之际
几乎已经平安无事了将近一个星期
（对于一只坡利或京巴是一段悠久时日）。
当时那只大警犬离开了他的辖区——
我不知道原因，但多数人认为
他是溜进了砌砖工之臂[①]去喝一杯——
街前街后根本连半个人影也无

———————————
[①] Bricklayer's Arms，伦敦西南部普特尼区（Putney）的酒吧，始于 1826 年。

当一只京巴与一只坡利可儿碰巧相遇。

他们既没有向前，也没有完全撤退，

却互相瞪了一眼，他们各自刨一刨后腿，

然后就开始

　　　　吠呀吠呀吠呀吠呀

　　　　吠呀吠呀吠呀吠呀

　　直到你能听见他们响彻公园上下。

其实这京巴，尽管人们想怎么说都无所谓，

可不是英国狗，而是异教的中国犬类。

因此所有的京巴，一听见闹声响起，

便有些跑到窗前，有些到门口聚集；

肯定有一打之数，更可能有二十来只。

汇合在一起他们开始粗吼又低鸣

放出他们嘿呼吸呼的异教中国音。

然而坡利可儿却正以可怕的喧嚣为乐，

因为你的坡利可儿狗是一只约克郡①的狠角色，

他的苏格兰好表亲个个能抓又善咬，

每一只狗兄弟都大名鼎鼎，武艺高超；

于是他们迈步上前，风笛手队列整齐，

将一曲《当蓝帽越过了边境》②奏起。

随后狮子狗和博美犬也不再置身事外，

而是有的从阳台上，有的从屋顶上赶来，

---

① Yorkshire，英格兰北部历史地区。

② *When the Blue Bonnets Came over the Border*，苏格兰传统歌曲，最初为苏格兰作家、诗人、剧作家司各特（Walter Scott，1771—1832）为庆贺 1745 年詹姆斯党军队（Jacobite army）进军英格兰而作的诗篇。

扎进
那吵闹纷争
连声一气

　　　　吠呀吠呀吠呀吠呀
　　　　吠呀吠呀吠呀吠呀
　　直到你能听见他们响彻公园上下。

话说当这些无畏的英雄集合组团，
交通便全部停止，地铁也浑身发颤，
还有几位邻居遭受到这般的极度惊吓
他们甚至给消防队打起了电话。
突然之间，从一个小小的地下公寓，
是谁阔步而出，自然非**大喧闹猫**莫属。
他的双眼像一对火球恐怖地炽燃，
他打一个大哈欠，他的下颚令人胆寒；
当他透过采光井的栏杆向外观瞧，
你从没见过什么东西更凶猛又更多毛。
遭遇他怒视的双眼与他的哈欠，
京巴与坡利可儿便横生了几分忌惮。
他望了望天空，飞身跃起一个猛扑——
于是他们一个个都绵羊般四散而去。

等到那只警犬回到他管辖的地头，
街上已经全部走空只影不留。

靡非斯托费勒斯 ① 先生

你应该认识靡非斯托费勒斯先生!
幻术猫便是由他而始——
　(这一点确凿无疑)。
请听我言说切勿讥嘲。他的发明
皆是出于他自身之力。
这样的猫在大都会中无处可寻;
他把持所有专利垄断的权柄
来上演摄人心魄的迷幻
并制造古怪离奇的混乱。
　　　用疾如闪电的手法
　　　　　　与障眼的把戏
　　　他会挑衅严审细察
　　　　　　而将你再骗一次。
最伟大的魔术师也学得到某些东西
来自靡非斯托费勒斯先生的幻术招式。
飞快!
　　　我们神游天外!
　　　　　我们异口同声: **妙哉!**
　　　呜呼我从来不曾!
　　　世上可曾
　　　有过一只猫如此精灵
　　　　　像神奇的靡非斯托费勒斯先生!

---

① Mephistopheles,德国民间传说中的魔鬼。

他又小又安静，他一身黑漆漆

从他的两耳到他的尾巴尖；

他可以爬过最细的缝隙

他可以行走最窄的栏杆。

他可以从一副牌里任选其一，

他掷骰子也同样机巧百出；

他总是在诓骗你去相信

他不过是在搜寻老鼠。

　　他可以用一只瓶塞玩任何把戏

　　　　或是用一支勺子和一点鱼酱；

　　若你要找一把刀或一柄叉子

　　　　你以为它只是放错了地方——

某一刻你见过它，然后它就没了影！

可下星期你会发现它安卧在室外的草坪。

　　我们异口同声：**妙哉！**

　　　　呜呼我从来不曾！

　　　　世上可曾

　　　　有过一只猫如此精灵

　　　　　　像神奇的靡非斯托费勒斯先生！

他的举止暧昧不明，超然物外，

你会认为没有谁比他更腼腆——

但是他的声音曾经由屋顶上传来

其实他却蜷缩在火炉旁边。

而有时明明听见他在火炉旁边

然而他却正在屋顶上徘徊——

(至少我们都听见了猫喘吁吁)

那是无可争辩的证据

　　足见他独一无二的魔力：

　　　　我还知道家里人曾经呼喊

　　他从花园里回家好几小时，

　　　　而他却正在门厅里酣眠。

不久前这只不可思议的大猫

竟从一顶帽子里变出了七只小猫！

　　我们异口同声：**妙哉!**

　　　　呜呼我从来不曾!

　　　　你又可曾

　　　　知晓一只猫如此精灵

　　　　　　像神奇的靡非斯托费勒斯先生!

马卡维蒂①：迷案之猫

马卡维蒂是一只迷案之猫：人称隐秘之爪——
因为他是高明的罪犯，可以藐视所有律法。
他是苏格兰场②的困惑，飞行小队③的绝望：
因为当他们抵达案发地——马卡维蒂不在场！

马卡维蒂，马卡维蒂，谁都比不上马卡维蒂，
他违反每一条人间律法，他违背引力的原理。
他悬空的异能足以令一名托钵僧人凝神瞩望，
而等到你抵达案发地——马卡维蒂不在场！
你尽可在地下室寻找他，你尽可向空中仰望——
但我一次又一次告诉你，马卡维蒂不在场！

马卡维蒂是一只姜黄色的猫，他非常之高瘦；
见过他你就会认得他，因为他长着凹陷的眼眸。
他的额眉深深勾画着思想，他的脑袋圆圆隆起；
他疏于清洗的外衣蒙尘，他的胡须未加梳理。
他将脑袋从一边摇向另一边，动作有如蛇行；
而当你认为他半已入睡时，他却总是完全清醒。

马卡维蒂，马卡维蒂，谁都比不上马卡维蒂，
因为他是一个猫形的恶魔，与堕落的妖怪无异。
你或许跟他在侧街相遇，你或许见他置身广场——

---

① Macavity，戏仿柯南·道尔所著《福尔摩斯探案集》中的犯罪大师莫利亚蒂（Moriarty）。
② Scotland Yard，伦敦警察厅总部所在地。
③ Flying Squad，成立于1919年的伦敦警察机动小组。

可当一桩罪案被发现，其时马卡维蒂不在场！

他表面上颇可敬。（他们说他打牌出千。）
他的脚印在苏格兰场的任何档案都找不见。
当食品柜平白被抢，或珠宝盒惨遭劫掠。
或是当牛奶失踪，或又一只京巴被闷绝，
或温室玻璃被打破，而棚架已无修缮之方——
哎，竟有这等奇怪之事！马卡维蒂不在场！

当外交部发现一份条约消失得无形无迹，
或者海军部也连带丢失了若干计划与图纸，
在大厅里或楼梯上可能会有碎纸片一张——
然而怎么调查也无用——马卡维蒂不在场！
而当损失已被公开披露，情报局言之凿凿：
"必是马卡维蒂！"——可他离着一英里之遥。
你肯定会发现他在休息，或正舔着他的拇指，
或是一门心思在破解复杂的长除法算术题。

马卡维蒂，马卡维蒂，谁都比不上马卡维蒂，
从没有一只猫如此的阴险狡诈又彬彬有礼。
他总手握身在别处的证据，还不止一项两项：
无论何时发生案情——**马卡维蒂始终不在场！**
他们说那些恶行累累，广为人知的凶猫一族
（我可以提下獴哥杰瑞，我可以提下烤盘骨）
都不过是手段工具，充当幕后主猫的延伸
他始终控制着他们的运作：犯罪的拿破仑！

格斯：剧院猫

格斯就是剧院大门口那只猫咪。
他的名字，我之前应该告诉过你，
其实叫做阿斯帕拉格斯①。这实在是
难念透顶，我们通常就叫他格斯。
他的外套破烂，他比一支耙子还瘦，
他还得了中风，让他的爪子发抖。
然而年轻时，猫中数他的身手最灵——
却难再充当老鼠耗子的恐怖煞星。
因为他已不是那只身处巅峰的猫咪；
不过他说自己颇为有名，曾几何时。
每当他去朋友的夜店里聚会饮酒
（地点就在附近那家酒吧的背后）
他总爱款待他们，若付账的是别人，
用他最风光日子里撷取的轶闻。
因为他曾是最高级别的明星一枚——
他曾与欧文②共演，曾与特里③争辉。
讲述舞台上的成功是他的一大喜好，
楼座曾有一回连送他七个猫哨④。
但他登峰造极的创造，他总爱说，
是费厄弗罗费德尔，山丘之邪魔。

---

① Asparagus，本义为"芦笋"。
② Henry Irving（1838—1905），英国演员、剧院经理。
③ Beerbohm Tree（1852—1917），英国演员、剧院经理，曾与欧文共演莎士比亚戏剧。
④ Cat-calls，亦指嘘声。

"每一种角色"，他说，"我已演遍，

想当年我背七十段台词都如等闲。

我会即兴回嘴，我懂得现抓笑料，

我懂得如何让严实的口袋露出猫脚。

我知道如何妙用我的后背和尾巴；

只要排练一小时，我绝不可能演砸。

我有一副嗓音能让最硬的心变软，

无论我是担纲领衔，还是性格助演。

我曾坐在可怜的小耐儿①的病床旁；

宵禁号一响，我就在钟绳上悠荡。

童话剧时节里我从未有过冷场吃瘪，

我还给狄克·惠廷顿②的猫当过替角。

但我登峰造极的创造，历史会言说，

是费厄弗罗费德尔，山丘之邪魔。"

随后，要是有人拿一牙槽的金酒相赠，

他就会开讲他曾如何参演《东林恩》③。

一次莎剧表演中他曾走路踩着拍子，

当时有个演员提议需要一只猫咪。

他曾扮演过一只老虎——再扮也可以——

---

① Little Nell，英国作家狄更斯（Charles Dickens，1812—1870）小说《老古玩店》（*The Old Curiosity Shop*）的女主角。

② Dick Whittington，演绎自英国政治家惠廷顿（Richard Whittington，约1354—1423）生平的英国民间传说《狄克·惠廷顿与他的猫》（*Dick Whittington and His Cat*）的主角。

③ *East Lynne*，英国小说家艾伦·吾德（Ellen Wood，1814—1887）的小说。

被一名印度上校追到一条排水渠里。
他认为他依然能够，远胜于凡俗之辈，
发出让血液凝固的声音来招魂引鬼。
还有一次他踩着一条电报线穿过舞台，
去到一栋着火的房子里救一个小孩。
他说："现在，这些猫仔，根本不如
维多利亚时代的我们那样训练有素。
他们从没在一家正规剧团里受过历练，
他们自认为有才，不过是跳一个圈。"
他会一边说着，一边伸爪给自己挠痒，
"唉，剧院肯定不再是早先的模样。
这些个摩登巨献可算是非常不错，
但没有什么比得上，我听人都在说，

　　　那神秘莫测之时

　　　我创造了历史
身为费厄弗罗费德尔，山丘之邪魔。"

巴斯托法·琼斯：镇上的猫

　　巴斯托法·琼斯可不是皮包骨——

　　事实上，他胖得不得了。

　　他并不留连酒吧——他有八九家会馆可去，

　　因为他是圣詹姆斯 [①] 的街猫！

　　他是我们都会打招呼的猫，当他走在街上

　　穿着他那件黑得考究的外衣：

　　寻常的捕鼠者绝无这样精心剪裁的裤装

　　或这样一副毫无瑕疵的背脊。

　　在整个圣詹姆斯最时髦的名字正是

　　这只猫中布鲁梅尔 [②] 的名字；

　　我们人人都脸上有光，向我们点头或鞠躬的

　　是白鞋罩的巴斯托法·琼斯！

　　他的去处偶尔会是高等教育

　　而这便有违规之嫌

　　因为任何单只猫咪不可兼属这一家

　　与联合高校两家会馆。

　　出于类似的缘故，野味当令之时

　　都看见他，不在狐狸，而在小飞艇；

　　但他也频频现身于欢乐的舞台与银幕

　　那家的滨螺和大虾颇为有名。

　　在食鹿肉的时节他将他的祝福

---

① St. James，伦敦威斯敏斯特市（City of Westminster）一地区。

② George Bryan Brummell（1778—1840），英国花花公子、时装评论家。

献给狂猎之徒多汁的骨头；

而快到中午时分也丝毫不早

可以顺路到雄蜂喝杯小酒。

什么时候见他匆忙赶路很可能是有咖喱

在暹罗人——或在饕餮族；

假如他神情满是凄凉那他是刚在墓冢吃了午饭

用卷心菜，米饭布丁和羊肉果腹。

就这样，如此这般，巴斯托法的一天过去——

就看见他置身一个又一个会馆。

根本不用大惊小怪，在我们眼皮底下

他已明白无误长成了浑圆。

他是二十五磅的肉堆，不然我就是个棒槌，

他的体重一天比一天增多：

可他保养得这么好，因为人们发现他

一辈子唯有一种日常，他也会这么说。

而（且用韵文来讲）"我会熬尽我的时光"

便是这只最肥壮的猫的言词。

帕尔玛尔街① 上必定且理应是春天

在巴斯托法·琼斯穿上白色鞋罩之时！

————————————

① Pall Mall，伦敦圣詹姆斯区一时尚街道，颇多私人会所。

斯金宝尚克斯：铁路猫

有一声低语在 11 点 39 分沿铁道传来

其时夜班邮车正准备出发，

说"斯金宝呢斯金宝在哪儿他难道是跑去寻顶针①？

要让火车启动我们必须找到他。"

所有的列车员，所有的搬运工和站长的女儿

他们都上上下下寻找，

说"斯金宝呢斯金宝在哪儿除非他极其灵敏

否则夜班邮车根本走不了。"

在 11 点 42 分信号几乎已到点

乘客们向一人倾泻狂怒——

这时斯金宝才会出现，他会漫步到车尾：

原来他一直在行李车中忙乎！

    他玻璃绿的双眼一闪

        信号打出"畅行无阻！"

    我们终于出发驶向北半球的

        北部区域！

你可以说，总体上这趟卧铺快车

管事的就是斯金宝。

从司机到列车员到打牌的推销员

都由他监管，或多或少。

沿着过道他踱步审视头等和三等车厢

---

① Hunt the thimble，一种聚会游戏，由一人藏起一枚顶针箍或其他小物品，让其他人找出来。

所有旅客的相貌；

他通过定时巡逻掌控一切

若有事情发生他立刻就会知道。

他会不眨眼地瞧着你，他会看透你在想什么

确定无疑的是他不同意

欢闹与骚乱，所以人们都很安静

当斯金宝在近处游移之时。

　　　你不可以跟斯金宝尚克斯耍把戏！

　　　　　他是一只不容忽视的猫；

　　　所以北行邮车出不了任何问题

　　　　　只要斯金宝尚克斯在车上就好。

哦那是多么愉快，当你发现你的小窝

门上写着你的大名。

铺位又很整洁，配有新叠的床单

地板上不见一点灰尘。

有各种各样的灯——可以任你调暗调亮；

有一个旋钮，你一转就送出轻风一道。

有一个滑稽的小盆儿，你好在里面洗脸

还有一个曲柄，要是你打喷嚏就把车窗关掉。

这时列车员礼貌地探进头来，会很机灵地问你

"早茶您喜欢浓还是淡？"

可斯金宝就在他身后，随时打算给他提醒，

因为斯金宝不会允许任何事情发生错乱。

　　　而当你爬进舒适的卧铺

　　　　　将床单拉起，

你定会承认这一点非常之好

就是知道你不会被老鼠打搅——

你可以把这一切交给铁路猫，

  铁道列车的猫咪！

在半夜里他总是神采奕奕；

时不时他要饮上一杯茶

或许加一滴苏格兰威士忌，一边继续值班，

只为捉跳蚤才在这儿那儿停一下。

到了克鲁 ① 你正呼呼大睡所以你根本不知道

他在车站上走来走去；

你仍一路熟睡之时他却在卡莱尔 ② 忙活，

兴高采烈地跟站长打招呼。

但你却在邓弗里斯 ③ 见过他，在那里召唤警察

假如有任何他们应该知道的事情：

当你抵达加洛盖特 ④ 时你不必等待——

因为斯金宝尚克斯会帮助你下车走人！

  他朝你一挥他的褐色长尾巴

    说的是："我会再见到你！"

  你确定无误会在午夜邮车上邂逅

    铁道列车的猫咪。

---

① Crewe，英格兰中西部城市与铁路枢纽。

② Carlisle，英格兰西北部自治市镇。

③ Dumfries，苏格兰南部城市。

④ Gallowgate，苏格兰西南部城市格拉斯哥（Glasgow）东部地区。

招—呼猫咪

你已经读过好几种猫咪，
而我现在的意见是
你根本不需要诠释者
去了解他们的性格。
凭你现在所学足以看见
猫界像极了你我人间
我们发现其他人都各自
拥有不同种类的心智。
因为有的清醒有的疯癫
有的善良，有的阴险
有的更好，有的更邪——
但全都可用诗行来描写。
工作游戏你都见过他们，
知悉他们固有的本名，
他们的习性和栖息地：
但是

　　　你会怎样招—呼一只猫咪？

所以首先，我会将回忆勾上你心头，
说：**一只猫不是一只狗。**

话说狗总假装自己喜欢打架；
它们经常乱吠，咬的概率不大；
不过总体而言，一条狗是

你称为单纯的灵魂那种东西。
当然我并不将京巴包括进来，
以及如此奇妙的犬类怪胎。
寻常在镇上到处游荡的狗
都十分喜好扮演小丑，
远没有表现出太多骄傲
经常一点尊严都落不着。
他非常容易上当受骗——
只要托着下巴逗逗玩玩
或拍拍他的背摇摇他的爪，
他就会蹦蹦跳，乐哈哈。
他就是这样一个随和的笨佬，
他会应答任何招呼或喊叫。

我必须再提一次让你记牢
狗就是狗——**猫就是猫。**

真有一条猫规，有人讲：
不要说话除非你是说话对象。
我自己并不支持这一条——
我说，你应该招—呼一只猫。
但永远要在心里谨记
他厌恶亲密。
我鞠躬，摘下帽子，
用这种形式招—呼他：**哦猫咪！**
但如果他是隔壁的猫，

以前我经常遇到

（他来看我，在我公寓里）

我就问候他一声**喔哟喂猫咪！**

我听他们叫他詹姆斯·巴兹 – 詹姆斯——

但我们还没熟络到要喊名字。

在一只猫咪终于放下身段

把你当作一位可靠朋友之前，

某些承载敬意的小证物

颇为必要，比如一碟奶糊；

你还可以时不时地供应

一些鱼子酱，或肥鹅肝馅饼，

一些罐头松鸡，或鲑鱼泥——

他肯定是自己的口味自己知。

（我认得一只猫，他有个习惯

除了兔子什么都食不下咽，

吃完之后，他还要舔舔爪子

以免浪费洋葱酱汁。）

一只猫有资格期待获取

这些表示尊重的证据。

到时候你的目的就将达成，

最终呼之以他的**大名**。

所以这就是这，那就是那：

你如何**招—呼一只猫**也有章有法。

猫咪摩根 ① 自我介绍

我曾经是一个海盗航行在外海——

　　但如今我已隐退当一名警一卫一员：

所以你才见到我正享受我的安逸

　　在一个布卢姆斯伯里广场 ② 看门把关。

我偏好鹧鸪，同样也喜欢松鸡，

　　我中意那种拿碗盛的德文郡 ③ 奶油；

但我一直很满足于免费小饮一回

　　加一点冻鱼在我巡逻结束的时候。

我没有很高修养，我的举止粗鲁，

　　但我有一件好外套，我总是打扮时髦；

每个人都说，而我猜想这就已足够；

　　"你不能不喜欢摩根，他心眼很好。"

我以前在巴巴里海岸 ④ 四处漂流，

　　我的嗓音也不是什么甜蜜的风琴；

但我可以声明，我也并非吹嘘，

　　有些女孩子对老摩根热衷得要命。

---

① Morgan，伦敦费伯与费伯书局里的猫，艾略特呼之以英国海盗与牙买加副
总督摩根船长（Henry Morgan，约 1635—1688）的名字。
② 指费伯与费伯书局所在的伦敦布卢姆斯伯里区罗素广场。参见《次要诗篇》
"五指练习" I 脚注。
③ Devonshire，英格兰西南部一郡，以产凝块的奶油闻名。
④ Barbary Coast，北非沿海区域的旧称。

所以你要有事找费伯——或是费伯——

　　我给你这个小贴士，它的好处多而又多：
你会给自己省时间，你会给自己省工夫
　　只要你跟门口的大猫交朋友绝不会错。

　　　　　　　　　　　　　　　摩根。

未结集诗篇

Uncollected Poems

1905—1909 年

一段歌词

若时间与空间，如圣贤所言，
　　是不可能存在的东西，
那感受不到腐烂的太阳
　　不比我们更宏伟神奇。
究竟又为何，爱人，我们要祈求
　　活上一个世纪？
只活一天的蝴蝶
　　已活过了永恒万世。

我送你鲜花之时露水
　　尚在藤上抖颤，
那花却枯萎在野蜂飞来
　　吮吸蔷薇之前。
且让我们赶快重新采撷
　　也莫见它们凋零而凄然，
我们相爱的日子虽少
　　何不让它们神圣超凡。

写于 1905 年 1 月；《史密斯学院纪录》（Smith Academy
Record），1905 年 4 月

写给宴饮者的一则寓言

在英格兰，远在那个皇室摩门 [①]

　　亨利八世王 [②] 发现僧侣只会行骗，

就夺走了这帮可怜人的土地和金银，

　　并让他们的修道院轰然倒塌之前，

有一座村庄的建造者是某个诺曼人

　　他向所有旅行者征收税款；

　　　　这个村子附近是一座隐修所

　　　　有一群修士住在里面快快活活。

他们拥有丰饶广阔的土地，

　　一座果园，一座葡萄园和一座奶牛场；

每当某个邪恶的老男爵去世，

　　都让他们的储藏增多——他以往

从未行过的事绩——他们的财富加倍累积，

　　仿佛他们总在受一个好仙女的护养。

　　　　唉！没有仙女造访过他们的主人，

　　　　哦，不；比那糟糕得多，他们有一个鬼魂。

某个邪恶而异端的老罪犯

　　或许，曾因他的罪恶而被关进牢房；

无论如何，他有时会前来就餐，

---

① Mormon，美国宗教领袖史密斯（Joseph Smith，1805—1844）创立的基督教派的成员，多配偶婚姻的实践者。
② King Henry VIII（1491—1547），英格兰国王，娶有 6 位妻子。

每当僧人正在享受着快活时光。
他偷走较胖的奶牛而留下较瘦的一半
来供应所有的牛奶——搅乱时钟鸣响，
还有一回他让长老坐上尖顶，
令所有人都大吃一惊。

当圣诞节临近时隐修院长发誓
他们的餐食将不受鬼魂与幽灵滋扰，
那恶魔必须待在原处——一切鬼魂的禁地
便是这专享的盛宴。自掏腰包
他从海外购买了一大批
出自一位西班牙圣徒的遗物——说道：
"若鬼魂不请自来，那么，肯定，
我将被迫动用法力镇住他们。"

他用圣水浸透了他身穿的袍服，
火鸡，山羊，野猪，要吃的东西，
连站在门外的看守，从不抱怨诉苦，
都被他从头顶浇到了脚底。
将一个相当冗长的故事简短叙述，
他决不让明智的预防半途而止；
他在他们用餐的房间里泼洒了个够，
让每样东西都沾水除了葡萄酒。

就这样当一切备膳之事已毕，
快乐的美食家们坐到餐桌前头。

那个时代的菜谱我恐怕是

　　了解得不太多——只要我能够

我将略述一二：他们发起了一次突袭

　　捕来伊索寓言中的每一种鸟兽

　　　　充注他们的餐食，加上馅饼与布丁，

　　　　还有果冻、馅饼、蛋糕等佳品。

一只两腿直立的孔雀壮硕非凡

　　被艰难地支起来以免翻倒，

接下来是一道海龟蛋做成的美馔，

　　随后是一张大馅饼，馅肉为鸻鸟，

及或许容量有好几桶的大坛

　　麦酒，和他们藏在罩子下面的奶酪。

　　　　最后，一只野猪头，由四名侍者抬上，

　　　　他嘴衔一颗苹果，头盖里盛着香肠。

僧侣们被他们的圣诞祝酒① 灌醉，

　　一种上佳的旧饮，现在虽已过时——

在桌子上叠起自己的双腿

　　谁都希望没把那么多鹅肉塞进肚子。

隐修院长随着每次提议干杯

　　已经喝下了超过他应喝的葡萄汁。

　　　　灯盏开始燃起不寻常的蓝，

　　　　鬼故事里的灯总是那般呈现。

---

① Wassail，古代英格兰圣诞祭礼与祝贺的饮品，常为烤苹果与糖调味的麦芽酒或葡萄酒。

所有的门，虽已上闩加锁牢固之极，

　　都开了——无人可以怀疑我此言，

都知道众所周知的事实，你也定然如此——

　　即鬼魂是你无法关在外头的伙伴；

真是一件令人痛心哀叹之事

　　这样狡猾之徒竟被允许到处乱窜。

　　　　因为他们常在尴尬的时刻到来，

　　　　每个阅读这篇传奇的人都会明白。

隐修院长枯坐着像是粘在椅子上，

　　他的眼睛变成了一元钱币大小，

那鬼魂这时狠揪住他的头发不放

　　命他跟随前来，以空洞的语调。

修士们能做的唯有瞪目呆望，

　　那幽灵拽着他的衣领十分粗暴，

　　　　还没等任何人说"哦我的天"

　　　　两者已顺烟囱疾上而消失不见。

自然每个人都在各处寻找，

　　主教的一丝一毫却都不知所往，

众僧，每当任何人问起，会大声宣告

　　圣彼得将他们著名的领主掠去了天堂，

尽管有恶人说（这样的无赖并不稀少）

　　隐修院长的路径更近于地府方向；

　　　　但教会却直接给他的名字冠以

圣字头衔，从而将这类丑闻尽数遏止。

但自此以后众僧侣变得虔诚之极，

　　完全依靠牛奶和早餐食物为生；

每天早晨四到五点都有一人拿鞭子

　　抽打同伴直到他们养成好修士的品行。

从那时起他们再没碰见幽灵滋事，

　　而生受全郡上下的崇拜。我们

　　　　得到了这些事件的真实纪要

　　　　出自一份废墟中发现的旧手稿。

《史密斯学院纪录》，1905 年 2 月

致 1905 年毕业班

I

站在我们所知一切的岸边
我们一时间疑惑地彷徨，
随后哼歌一曲在唇上，我们帆篷高扬
越过港湾沙洲——并无海图呈现
并无灯火警告潜伏水下的礁岩，
但让我们勇敢地启航。

II

当殖民者从海滩开启征途
到某个异国的岸滨将财富找寻
他们深知时间不会令所失恢复如新，
而离开之时他们也完全领悟
他们虽将重见他们的父土
他们却再也当不了那里的公民。

III

我们走吧；飞翼如电的云彩
在一场夏季暴雨之后，有人匆匆
向北，向南，越过那水的荒原向东，
有人去往西方的天界之外
太阳以众多壮丽之色点染的所在，

直到他们逝去都再寻不到影踪。

IV

尽管那路径曲折与缓慢之极，
尽管沿途布满了千种恐惧，
在青春的希望之眼中它依然仿佛
一条小巷内有玫瑰与山楂生生不息。
我们希望它是如此；但愿我们可以获知！
但愿我们可以窥见未来的岁月长途。

V

伟大的使命呼叫——二十世纪
比之前的时代得到的馈赠更加辉煌，
召唤——谁知道时间会将什么保留珍藏，
或遥远的岁月会看到什么伟大事迹，
什么样的征服令苦痛与悲惨休止，
什么样的英雄伟大更胜于昔日过往！

VI

但这个世纪的伟大若要超然
于往昔之上，她的儿子必须令她如此，
我们正是她的儿子，我们必须助力
以热切的心将她的命运打造圆满，
并确保她将获得如此骄傲的遗产

而足可留赠予未来的世纪

VII

一份大有裨益的传承——愿我们
在未来岁月里归于此辈，他们心向
至善，为之辛劳直至死亡，
绝不索要别的酬报而只求确认
他们曾助力那场伟业获胜，
他们的支援让旗帜高高飘扬。

VIII

遥远岁月中的某时某刻当我们老去
白发苍苍，无论我们的命运怎样，
我们将渴望再次看到这个地方
无论我们曾经所是或所为何如
或我们可能去过什么遥远的国度，
经过多少岁月它也永远不会被遗忘。

IX

因为在灵魂的庇护所里
你眼前会腾起祭坛的烟香
来自澄净无瑕的庙堂，
哦我们的学校！滚滚流逝
其间的岁月，在我们奔向目标之时，

将不会拥有淬灭记忆的力量。

X

我们终将重归；那会是为了找到
另一所学校，不同于我们此刻所知；
但仅在外观上会是如此。
曾让它伟大的事物，不会被扔掉，
未来我们会找到同一所学校
与我们此刻学成离开的这所无异。

XI

我们走吧；像一个梦中飞掠的脸庞；
走出你的关爱与守护我们进入
未知的世界——一班又一班延续，
哦众校之女王——一道瞬间的光芒，
一个气泡在溪流水面之上，
一颗清晨草叶托起的露珠；

XII

你永生不死——每一次岁月更新
你的荣誉和你的名声只会增长
到永恒，愿比这更有力的言词颂扬
你的光耀，让所有人得以耳闻；
愿更有价值的儿子属于你，或远或近

将你的名字传遍遥迢的陆地与海洋!

XIII

恰如你对于启程的儿子始终是你
对于那些后来者，愿你之为你丝毫不减；
一个告诫的导师，一个祝福的友伴
直到他们离开你的守护远赴未见的土地；
愿你的座右铭，骄傲而又宁谧，
当岁月流逝，依旧是这个词"向前!"

XIV

我们就此结束；我们不可以再拖延；
这便是每个故事的结尾："告别"，
这个词如一记丧钟回响不绝
而我们始终不愿将它明言。
但那是一个我们不可违抗的召唤，
Exeunt omnes ①，最后说一声"告别"。

作为毕业献诗朗诵于美国马萨诸塞州哈特菲尔德市 (Hotfield)
私人学校史密斯学院 (Smith Academy) 纪念大厅（艾略特当时
担任 1905 年班的典礼诗人），1905 年 6 月 13 日

---

① 拉丁语："全体退场"。

歌

当我们翻过山丘回家
　　树上并无枯叶落地；
　　微风轻柔的手指
不曾撕下颤动的蛛网。

篱墙依旧开满了鲜花，
　　其下并无花瓣枯萎；
　　但你花环里的野玫瑰
却已凋谢，叶片皆褐黄。

《哈佛呼声》（*Harvard Advocate*），1907 年 5 月 24 日

歌

若空间与时间，如圣贤所言，
　　是不可能存在的东西，
只活一日的苍蝇
　　活过的时长便与我们无异。
趁我们可以且让我们去活，
　　当爱与生命自由之际，
因为时间就是时间，逃去无踪，
　　虽然圣贤并不同意。

我送你鲜花之时露水
　　尚在藤上抖颤，
那花却枯萎在野蜂飞来
　　吮吸蔷薇之前。
且让我们赶快重新采撷
　　也莫见它们凋零而凄然，
生命的花朵虽少
　　何不让它们神圣超凡。

《哈佛呼声》，1907 年 6 月 3 日

临晨

当整个东方都在编织着红与灰，
窗前的花卉转身向着黎明，
花瓣复花瓣，等待着白日初上，
新鲜的花，枯萎的花，花卉在黎明。

今晨的花卉和昨天的花卉
它们的芬芳飘过房间正是黎明，
盛开的芬芳，腐朽的芬芳，
新鲜的花，枯萎的花，花卉在黎明。

《哈佛呼声》，1908 年 11 月 13 日

喀耳刻①的宫殿

在她流淌的源泉周围
与苦痛的人声相伴，
是没有人知晓的花卉。
花瓣生有獠牙，鲜红欲滴
打着可怕的条纹与斑点；
它们萌生于死者的肢体。——
我们不应再造访此间。

黑豹跃出它们的巢穴
在底层更加茂密的森林，
沿着花园的台阶
躺卧着迟缓的巨蚺；
孔雀迈步，庄严而沉稳，
它们望向我们，双眼
属于我们很久前认识的人。

《哈佛呼声》，1908 年 11 月 25 日

---

① Circe，希腊神话中埃埃亚岛（Aeaea）上的女巫。《奥德赛》中俄底修斯曾在此岛羁留一年，其同伴中喀耳刻的药毒而变成猪猡，俄底修斯逼迫喀耳刻将他们恢复原形。

一幅肖像[①]

在一堆稀薄的梦幻间，不见知
于头脑躁动，双足疲惫，
永在奔忙，来去街头的我辈，
傍晚她一个人在房中伫立。

不像是一尊石雕的静谧女神
却飘渺易逝，仿佛有人会遇到
某座幽林中一个沉思的女妖，
一个属于他自己的虚空幻影。

并无愉悦或是不祥的冥思
打扰她的嘴唇，或挪动那双纤手；
她的黑眼睛向我们瞒着它们的秘密，
她站在我们思想的圈子外头。

架上的鹦鹉，一个沉默的暗探，
用一副耐心好奇的眼光将她细看。

《哈佛呼声》，1909 年 1 月 26 日

---

① 法国画家马奈（Édouard Manet，1832—1883）《女士与鹦鹉》（*La Dame au Perroquet*）。

292

歌

月光花向飞蛾开放，
　　雾从海中徐行而至；
一只巨大的白鸟，一只雪鸮，
　　从桤树上悄然落地。

爱人，你手捧的花束，
　　比海上的白雾更白得多；
难道你没有更明艳的热带花
　　像猩红的嘴唇，给我？

《哈佛呼声》，1909 年 1 月 26 日

狐狸 [1] 晚宴歌谣

1909 年 5 月 15 日

黑麦和生姜啤酒的缪斯
鸡尾酒和酒吧的缪斯
先开一瓶你再招呼
从近处远处邂逅的会员。
一群忠诚的毕业生
忘记了债券和股票，
你的热情感召正等候
在此处一场狐狸晚宴中。

当红带 [2] 流淌如水
为耶鲁而干杯唬住空气
而利兰穿过一扇窗门
在他的椅子上翻着筋斗，
我们便将自己委托给你照管；
拯救我们免遭自寻的撞击！
并看护我们安全下楼
在狐狸的一场晚宴之后。

我们忠诚的心将始终如一
当二十年已在我们之间流逝。

---

[1] Fox，指 1898 年成立的哈佛大学狐狸俱乐部（Fox Club），艾略特于 1908—1909
年任其财务主任。
[2] Cordon Rouge，一种橙味干邑利口酒。

当尼克仍在操弄他的赌博游戏，
麦克尼尔继续与维纳斯合伙，
当肖特正在为烈酒做广告
而塔尔伯特在出售背心和袜子
我便肯定忠诚的缪斯会
来参加狐狸的晚宴。

所以还是跟恶魔朗姆① 妥协吧！

给所有在场的人敬酒一杯，
也给所有那些无法前来的人
还有那些即将离开大学的人
还有我们此时此地最先瞧见的人；
为每一个人缪斯都打开
锁闭的款待之门
在此处一场狐狸晚宴中。

跋。

哦缪斯，我祈祷，为我们做点什么
除非这场面令你的美德惊愕
当鲍恩引领鸡尾酒合唱
在此处一场狐狸晚宴中。

---

① Demon Rum，泛指酒类。

夜曲

罗密欧，grand sérieux[①]，前来纠缠
吉他和帽子在手，靠着大门
与朱丽叶一起，投入寻常的爱之
辩难，在一枚乏味却有礼的明月之下；
交谈渐无果，弹起某一支
俗曲，而出于对他们命运的怜悯
在墙后面我差遣某个仆人等候，
疾刺，淑女陷入一场昏厥。

血在月光地面上看起来很有效——
主人公莞尔；以我最好的偏斜风度
将狂乱深邃的一眼转向月亮，
　　（无需“爱到永远？”——“爱到下周？”）
而女性读者全都沉沦在泪水之中：——
　　“所有真爱者寻求的完美高潮！”

《哈佛呼声》，1909 年 11 月 12 日

---

① 法语：“极其严肃”。

"三月兔的发明"①（1909—1920 年）

Inventions of the March Hare

北剑桥^① 第一随想曲

一架街头钢琴，饶舌而虚弱；
黄色的暮晚扑向污秽窗子
的窗格：而远处童声
的曲调，止于一声痛哭。

瓶子和碎玻璃，
被践踏的泥和草；
一堆破担架；
而一群褴褛的麻雀
以肮脏的耐心探入阴沟。
哦，这些次要考量！……

1909 年 11 月

---

① North Cambridge，马萨诸塞州剑桥一地区。

298

北剑桥第二随想曲

空地的这份魅惑！
无助的田野平卧
邪恶，贫瘠而盲目——
乞求眼眸，折磨头脑，
索要你的怜悯。
灰烬与罐头成堆，
破碎的砖瓦
与城市的残骸。

远离我们的定义
与我们的审美法则
让我们暂停
于这些阻遏与折磨头脑的田野
（什么：又来？）
于一份意想不到的魅惑
与一场无可索解的休憩
在十二月的一个傍晚
在一轮黄色与玫瑰色的夕阳之下。

1909 年 11 月

歌剧

特里斯坦与伊索尔德[1]

与宿命论的喇叭

激情的小提琴

与不祥的单簧管；

与自我折磨的爱

至于为其中一切而生的情感，

进进出出挣扎不停

一阵阵痛苦扭曲，

抛弃自身于

自我表达的最终界限。

我们拥有悲剧？哦不！

生命随虚弱的一笑而去

入于冷漠。

这些情感经历

根本无以维持，

而我感觉就像青春的幽灵

在殡仪员的舞会上。

1909 年 11 月

---

[1] Tristan and Isolde，12 世纪流传，讲述英格兰康沃尔郡骑士特里斯坦与爱尔兰公主伊索尔德的爱情的浪漫悲剧故事，及由此创作的瓦格纳歌剧，参见《荒原》"注释" 31 脚注。

诙谐曲

(仿 J. 拉佛格 [①])

我的一个提线木偶已死，

虽然那游戏还没有玩够——

但身体和头脑一般无力，

　(蹦蹦跳 [②] 是这样一副架构)。

但这个亡故的提线木偶

我倒是挺喜欢：普通脸一张，

　(那种面孔总被我们扔在脑后)

挤成一副滑稽，愚钝的怪相；

半是威吓，半是乞求的气息，

扭嘴将最时新的曲调默唱；

他那种"你究竟是谁"的谛视；

被移转，或许，朝向月亮。

跟地狱边缘其他无用之物一道

与鬼魂高谈阔论，且置他于此；

　"自去春以来最醒目的时髦，

　"最新款，在地球上，我发誓。

　"你们这些人有点格调好不好？

---

① Jules Laforgue（1860—1887），法国诗人。

② Jumping-jack，一种四肢活动的人形玩偶。

（鼻子微微现出鄙夷的神情），
"你该死的稀薄月光，比煤气还糟——
"现在在纽约"——如此进行。

一个提线木偶的逻辑，前提
全错；但在某个星球上面
却是一个英雄！——他会属于哪里？
但，即便如此，面具多么怪诞！

1909 年 11 月；发表于《哈佛呼声》，1910 年 1 月 12 日

忧郁

星期天：这满足的行列
尽是确凿的星期天面孔；
女帽，丝帽，和自觉的优雅
那重复取消
你的精神自制
代之以这无端的跑题。

傍晚，灯，和茶！
巷子里的孩童和猫咪；
沮丧无法重振旗鼓
对抗这场沉闷的密谋。

而生命，有点秃顶与灰白，
慵懒，挑剔，而平淡，
等待着，手拿帽子和手套，
领带和西装一丝不苟
　(有点不耐烦延迟)
　　在绝对的门阶之上。

《哈佛呼声》，1910 年 1 月 26 日

信念（开场诗）

在我的提线木偶中间我发现
激情正高扬！
他们看见自己舞台的轮廓是
构思于一个宏大规模之上
甚至在这晚近时世
还期待一群观众张口结舌
在高潮与悬念之时。

有两个，到一个花园场景中
去采摘纸巾玫瑰；
男主和女主，独处
千篇一律
全是承诺和赞扬
猜想和以为。

而在那边我的圣骑士
正谈论着果与因，
如"学会依自然法则生存！"
及"力求社会之幸福
与你的同胞打交道
须合理：绝不可过度！"
一段结束下一段便开始。

又一个，一个持扇的佳媛

对着她谨慎的侍女将心声抒发

"哪里才能找到这样的人！

一个欣赏我的灵魂的男子；

我会把我的心抛在他脚下。

我会献上我的生命供他驱使。"

（还有更多我无意复述的话。）

我的提线木偶（如他们所言）

每天都有这些精彩瞬间。

1910 年 1 月

身体与灵魂之间的第一场辩论

八月的风在街上蹒跚而行

一个瞎眼老人又咳嗽又喷吐
在巷道与地沟间趔趄行路。

他捅捅戳戳
以迟暮的耐心
枯萎的叶片
出自我们的感性——

然而专注于纯粹的理念
一个人坐在空的广场上拖延
被迫忍受盲然无觉的凝注视线
来自二十栋斜睨着，流溢
自身堕落之恶臭的房子
而一架街头钢琴穿过蒙尘的树木
坚称："要充分利用你的方位"——
纯粹的意念死于虚匮
街头钢琴透过树木
呜呜与唏嘘

想象
自淫
枯萎的叶片

出自我们的感性

眼睛留住意象，

呆滞的大脑不会起反应

或是提炼

事实的乏味积沉

体感那突显的淤泥

那宇宙的污痕是一只巨大的拇指

正贴账单

于灵魂之上。来的总是

呜呜与唏嘘

是街头钢琴穿过树木

　　想象的

　　贫乏关联性

　　枯萎的叶片

　　出自我们的感性。

绝对！彻底的理想主义者

一个超微妙的农民

（最不愉快的受孕）

一个超微妙的农民在一个破广场里

助我抵达纯粹的理念——

关照自然不怀有爱或惧意

片刻之间，片刻之间

坚持我们的立场——

直至生命挥发成一个笑颜
简单而意味深长。

街头钢琴穿过树木
呜呜与唏嘘

　　想象的
　　排便澄清
　　枯萎的叶片
　　出自我们的感性。

1910 年 1 月

复活节：四月的感叹

I

住在巷子对面的黑人小女孩
从教堂带回一株红天竺葵；
她背诵她的上帝小套话。

天竺葵，天竺葵
在一个三楼窗台上。
它们的芳香飘来
带有热的气味
出自那条柏油街道。
天竺葵天竺葵
凋零又干枯
长久存放
在记忆的垃圾里。

巷子对面的黑人小女孩
从主日学校带来一株天竺葵

II

水仙花
长长的黄色阳光注入
凉爽的僻静房间

被清扫与整理有序——
散发泥土和雨的气味。
又一次
那执着的甜香
与它保留的印记
激扰想象
或神经。

1910 年 1 月，5 月

颂歌 ①

托马斯·斯特恩斯·艾略特

留给我们的这一小时，美丽的哈佛，陪伴着你，

　　在我们面对缠扰不休的岁月之前，

在你的阴影之下我们等待，当你的存在

　　将我们徒劳的犹疑和惶恐驱散。

我们如你的儿子往日那样，凭借你的

　　祝福所赋予的希望之力，

从萌生于你脚下的希望与雄心

　　转向往昔的思索，在我们离去之时。

然而对于明天已失去的所有这些年，

　　我们依然略少悲伤之能，

我们带走那么多属于哈佛的事物

　　以取代我们离弃的人生。

只是那些消抹与毁灭的岁月

　　也交给我们那一份洞见以了解

为了未来，现在和过去我们有何亏欠，

　　美丽的哈佛，对于你和你的一切。

《哈佛呼声》，1910 年 6 月 24 日

---

① 为 1910 年哈佛毕业典礼而作。

寂静

沿着城市街道
高潮仍在，
然而生活那喋喋不休的波浪
却缩小与分裂
有一千个事件
被争执与辩论：——
这是我们等待的时辰——

这是最后的时辰
此刻生命有理。
经验的重重大海
曾经如此宽广而幽深，
如此迫近而陡峭，
突然沉寂。
你尽可以说你想说的话，
如此平和令我惊惧
身旁别无一物。

1910 年 6 月

大人 ①

1

站在那里，完满，
僵硬地佩带着剑和扇子：
百姓算什么，奔跑
推搡，注视，蜷曲，在他脚下，
热衷于迎合此人？

漠然以对所有这些
亲民的诱饵
他仅仅站立与等待
于自身无畏的尊严之上；
以无所关注的凝固的双眼——
既不外视也不内观——
礼仪的中心。

一个主角！它又有多少意义；
多少——
其余不过是变换的场景。

2

两位年龄不详的妇人
坐在一扇窗边饮茶
（绝无戏谑！）

---

① Mandarins，中国明清两代的官僚。

以自信的平静
                  谛视
一幅大海的遥远图景。
细腻而坚硬的轮廓
是从脖颈和膝盖垂落的长衣；
灰与黄的图案
从肩膀移至地板。

　　　根据姿态
似乎是她们在欣赏
抽象的日落（丰饶，不粗鄙）。

只要其中一位抬起她的手倒茶
你就看到另一位举起
一盏纤细的半透明瓷器，
咕哝一个赞美的词语。

3

大人中最年长者，
一个肥胖安详的禁欲之人，
长有智慧的双下巴，
谛视他的鼻角；

飞过一面屏风的鹤
灵敏，机敏，
以一副轻佻的神情观察着他——
冷漠的理想主义者，

手握着世界，
屏风与鹤。

那位错过的一切又算什么！
生活又怎样在不同的层面上进行！

4

仍有一念寄予笔墨！
　　（虽然不表示忧郁）：
何其少之又少，我想
看见自己的轮廓映在屏风上的人。
所以，我说，我觉得很好
（即使被误解）
就是青娥与君子
出门走到樱桃树下，
他们衣袍上金丝的龙
被微风吹大。
谈话庄重
既不智慧也不低劣，
而又高雅，不过分欢悦……

　　　　所以我说
生活在粉色与绿色中多么顺利！

1910 年 8 月

金鱼

（夏季刊物的本质）

I

八月的傍晚来临总是
为华尔兹作准备
炎热的游廊腾出地方
给所有缅怀的旋律
——《风流寡妇》[1] 及其他——

那呼唤，重又唤起
那么多个夜晚与午后——
八月，抛开它的所有缺点！

而华尔兹转动，回转；
《巧克力士兵》[2] 袭击
物质世界的疲惫司芬克斯[3]。
什么答案？我们无以分辨。

华尔兹转动，回转，

---

[1] The Merry Widow（Die lustige Witwe），匈牙利裔奥地利作曲家莱哈尔（Franz Lehar，1890—1949）的轻歌剧。

[2] The Chocolate Soldier（Der tapfere Soldat），奥地利作曲家施特劳斯（Oskar Straus，1870—1954）的轻歌剧。

[3] Sphinx，埃及神话中的狮身人面像。据说吉萨大金字塔前的司芬克斯的鼻子是在 1798 年被拿破仑的士兵射掉的。

飘浮又沉落，

像我们的

提线木偶的香烟

不连贯，不可忍受。

II

Embarquement pour Cythère ①

女士们，月亮在路上！

所有人都在吗？

还有三明治和姜啤？

若是，就让我们发船——

夜晚一点也不黑，

几乎和白天一样清朗。

这完全不合逻辑

我们居然是这样启程，的确

还在想我们必须回返。

哦不！我们为什么不继续

　（只要一根烟会燃烧

当你在晚星下将它点着）

---

① 法语：《舟发基西拉》。法国画家华托（Jean-Antoine Watteau，1684—1721）的
画作。基西拉（Cythère）为希腊南部岛屿，神话中爱神阿弗罗蒂忒（Aphrodite）诞
生于附近海域。

前往瓷的国度，什么样的化身
在蓝代尔夫特 [①] 浪漫就是法律的地方。

穿过一根纸管的哲学！

III

在每一个闷热的午后
游廊习惯总有需求
白色法兰绒礼服
加蛋糕和茶
和永恒真理的猜想
用一把银匙试探深度
还有蒙尘的玫瑰，蟋蟀，海上的阳光等等。

而若是你竟犹豫不决
在如此迷人的景象之中——
夏季刊物的本质——
犹豫，并估测
简单事故是多少
一个人知道多少
一个人意味着多少
好吧！在诸多格言里
这里有一句是——
凭你的良心表演，穿越那座

① Delft，荷兰西南部城市代尔夫特所制的精陶。

手段与方式的迷宫

并戴上你理想的王冠

　　海湾

　　与玫瑰。

IV

在秋天付出代价的

一年的残骸中：——

旧信件，方案，未付的账单

照片，网球鞋，及其他，

领带，明信片，那一大堆装满

一只写字台抽屉的地狱边境——

它的十月付出代价

在一年的残骸里

我发现这带标题的"巴卡罗利①"。

"沿着大海的潮湿路径

一大片咆哮的波浪追逐而至

载送怎样的结果给你

和我。

神经病之风再起

像提线木偶离开他们的坟墓

踏浪而行

从两极带来消息

---

① Barcarolle，威尼斯平底船贡朵拉（gondola）船夫的歌曲。

或第四维度的知识：

"我们恳请你关注

"灵魂的一些次要问题。"

——你的航海技艺十分纯熟

你扫视云层，仿佛你知道，

你的语言关乎海洋，完备无缺；

没剩下什么要我去做的事。

只要你转一下舵轮

我很乐意把其余的交给命运

而凝视

你眼中那年老的女巫

在世界的四个十字路口

她的神谕回答：——

"这些难题仿佛纠缠不休

但归根结底并不存在。"

在理论的重重大海

与你令人安心的确定性之间

我有我的恐惧：

——我要离开去找

街头钢琴和小啤酒的赫斯帕里得斯 ①！

1910 年 9 月

---

① Hesperides，希腊神话中有仙女与龙守护金苹果树的果园。

滑稽组曲

I

穿过彩绘的柱廊
在赤陶小鹿之间
在盆栽棕榈，草坪，
香烟和小夜曲之间

喜剧演员又来了
穿着教条的宽背心，戴着鼻子
讯问星星的鼻子，
令人动容的，怀疑的，猩红的鼻子；
最具表现力的，真实之人，
一个无礼的懦夫，
无休憩的懦夫。

斜身穿过管弦乐队
恰在此时他思考，双腿分开，
他的肚子闪亮而巨大：
全都是哲学和艺术。
讯问星星的鼻子
讯问观众
后者依然悬着一颗心

后者是那么多的实体

在一个灯环之内！
这是一个正当占据世界的人
这是一个脱身其外的人
就靠简单的张开脚趾，
一个自我体现的角色，他的灵魂
聚合于他的背心和鼻子。

II

各穿一条刚及脚踝的裙子
每个人都未成年
三个在一侧，一个在中间
（甘冒不韪当一名异议者）
好啊，各位！
各位，好啊！
正当她们摇着一根手指磨蹭着
稳坐在舞台中间的凳子上：——

"我们出去走了一走
各戴一顶简朴的帽子身穿长衣，
七个小女孩逃离学校
就去城里眇一眼。
这是一辆街车——我们跳上去吧
哦看那些士兵——我们下去吧。
你外出过一下午的时候
就找一个有钱花的人。

可我们很困惑。

好啊各位!

是的我们确实极其烦恼;

各位,好啊!

就想着诠释这个文本:

'接下来我们该去哪里?'"

III

如果你正走在林荫道上,

下午五点钟,

我大概会遇见你

很有可能跟你打招呼

向你显示我认识你

如果你正走向百老汇

在银色月光下,

你大概会找到我

我身后所有的女孩,

摩登时代的欧弗里翁 ①

改良与时新的——超凡脱俗

在宇宙中十分自在

---

① Euphorion,公元前 5 世纪古希腊剧作家,悲剧家埃斯库罗斯(Aeschylus)的儿子;或公元前 1 世纪古希腊诗人;或歌德《浮士德》(Faust)中浮士德的儿子。

在一架灵车上摇着鸡尾酒。

那是天黑后的百老汇！

        这里让一支滑稽曲奏响

        在挡沙板和骸骨之上。

如果你正走在沙滩上

当女孩们准备好要游个泳

你听见人人都在说

看他！

你会发现我在望着她们

只是遥不可及

绝对的初生后代

匀称，完整，

穿着典型的法兰绒套装。

我猜想我们没有什么问题！

       ——不过啊，认真说来，

你觉得我还行吗？

IV

在舞蹈最后的扭曲中

挤奶女工和村姑们倾身

朝向持藤棍的微笑男孩们

后退，前进；

主角抓住那个科伦芭因 ①

---

① Columbine，意大利即兴喜剧中丑角哈乐昆（Harlequin）的情人。

观众手拿帽子站起

并且鄙夷

而视最后的萨拉班德 ①

被揭露的假面舞会

及香烟与赞美

但穿过彩绘的柱廊

却落下一道浓密，巨大的阴影

又是喜剧演员

爆笑声声，张开脚趾

（最具表现力的，真实之人）

聚合为背心和鼻子。

1910 年 10 月

---

① Saraband，一种 17—18 世纪流行的慢三拍宫廷舞。

胡说八道的胜利

女士们，我寄予你们的关注总在等待
假如你们认为我的优点是微小的
萎黄的，被稀释的，
浮夸的，无味的，异想天开的，
单调的，怪癖的，呆滞的，
无能的胡诌
矫揉造作，可能出于模仿，
看在基督分上且把它塞进你的屁股。

女士们，你们觉得我的意图很荒谬
尴尬无趣而又笨拙得可怕
炫耀，自命不凡，不恰当地谨小慎微
沉闷如一只未烤的奶油蛋卷的芯子
挣扎不已的小诗虚弱地拼凑成诗
时常纤细无力，往往粗鲁不堪
情感上的企图结果却如冰柱一般，
看在基督分上且把它塞进你的屁股。

女士们，你们认为我过度吵闹
是友善的二流戏子在发一阵噪音
会让人大喊"这玩意儿对我们来说太僵硬"——
纯真无邪的孩子有了一盒新玩具
食肉的玩具狮子，冒烟的大炮
蒸腾的引擎——这一切都会过去；

非常无辜——"他只不过想让我们发抖而已。"
看在基督分上且把它塞进你的屁股。

而当银足的你自己将走过
草地上散落的种种理论之间
拣起我的好意跟剩下的东西
然后看在基督分上且把它塞进你的屁股。

1910 年 11 月

蒙帕尔纳斯^① 第四随想曲

我们转过街角

　　　然后又一次
此处一片灰暗风景有雨水
在黑伞，雨衣之上，
并从石板屋顶上泼溅
到一大片泥沙之中。
一排黯黑的树木背后
滴滴答答的灰泥房屋站立
像行乞之人无悔
于未偿的债务
手插在兜里，决心未定，
被嘲笑也无动于衷。

在这样零散的思绪间
我们转过街角；
但为什么我们如此难以取悦？

1910 年 12 月

---

① Montparnasse，法国巴黎塞纳河左岸一地区。

幽暗之内

1

在一个顶楼房间
的幽暗之内

2

星座
占居它们的位置。

3

八月天空的
兽园。

4

天蝎座
孤独一身

5

他尾巴着火
曾在一线之上起舞

6

而仙后座
诠释了纯粹理念

7

大熊座
平衡了一把椅子

8

要呈现
思考的方向

9

而飞马座这匹有翼的马
诠释了生命力的规划

10

而鲸鱼座亦然，以一则讽刺
诠释了生命与物质的关联

11

而北极星在争议极多时
诠释了生命中一席之地的用处

12

而牧夫座，躁动不宁
显然已被激怒

13

上述这些问题不都是
由消化不良引出来的吗？

14

于是他们高声叫喊喋喋不休
仿佛事关紧要一样。

约 1910 年末

Entretien dans un parc [①]

[难道是当初一个早晨或一个下午
要为这样的事情负责！]
我们一路走，在四月的树下，
伴着它们的不确定性
抗拒变得激烈的意图。
我疑惑那究竟是太迟还是太早
对于我们生命所需的决断。
突然间无能的幻象一闪
我抓住她的手
一声不吭随后我们依旧往前走。

显然世界不曾被改变。
没有发生过任何需要修正的事。
她微笑，仿佛，也许，惊悉
自己的镇定被搅扰得如此之少。
并不是生命已做出了一个新决定——
纯粹就是已经这样发生在她和我身上。

然而在我们未发一言的此刻
它却终于变得有点好笑
和刺激。整个场景都荒谬无稽！
她和我自己和落到我们头上的事
以及我们感觉，或感觉不到的东西；

①法语："一个公园里的交谈"。

以及我的恼怒。一轮又一轮，如在一口冒着泡
而不会冷却的锅中
在火炉上沸腾，咝咝发烫
在嘲弄的火炉之上。

——走进一条死胡同，驻足于残破的墙头
上面满是招贴，粉笔的幼稚涂画！——

但假如我们原本可以躲开我们自己
什么解释或许就都免掉了——
绝不会绊倒在未成形的结局之上。
我们无助。不过……真是莫名其妙……奇怪……
一个人就没法始终向前，像蚂蚁或鼹鼠那样吗？
有朝一日，假如上帝——
然而，好个尘封灵魂的展现！

1911 年 2 月

插曲：在一间酒吧里

横越房间，变幻的烟雾
落定在形体周围，后者经过
穿过抑或阻塞大脑；
横越地板，后者浸吸着
来自破玻璃杯的酒渣

四堵墙掷回散乱的
生命之流，后者看似
空幻，却又坚固；
临近，又遥远；
但坚固……
残破而布满伤痕
像肮脏破损的指甲
轻叩着吧台。

1911 年 2 月

巴喀斯 ① 与阿里阿德涅 ②：
身体与灵魂之间的第二场辩论

我看见了他们的生命弯卷而上如一排浪涛
然后崩碎。它终究不曾崩碎——
它或许已经崩碎甚至越过了不明的意向与
从未道出的问题的坟墓。
生命之鼓正在他们的头盖上敲打
生命的洪流正在他们的大脑中摇荡

一个寂静之环将我包围并消除
这些突然的洞见，后者曾经跨越
如铁路机车开过荒漠平原。

接触的世界曾涌现如一阵吹拂
超越世界的风早已掠过而不留一痕
我看见了时间重又开始它缓慢的
磨损在一道坚硬抵抗的表面之上。

却终于要迸发出来，率真而又纯粹
惊讶，但知道——那是绝对不可以错过的胜利！
不要释放那份纯粹，它紧附着
它的蛹壳那小心翼翼的午夜

————————————————
① Bacchus，希腊罗马神话中的酒神。
② Ariadne，希腊神话中克里特国王米诺斯（Minos）之女，曾给英雄忒修斯
（Theseus）逃出半人半牛怪米诺滔（Minotaur）迷宫的线团，被忒修斯离弃后
又为巴喀斯所恋慕。

躺在它的牢房里冥想它的翅膀
被养育在土壤中并为粪肥所激发。
——我确定就是这样
我确定就是这。
我确定。

1911 年 2 月

汇聚幽蓝而沉落的烟

汇聚幽蓝而沉落的烟
浓郁的雪茄那迟缓的烟
餐后迟缓的酒饮
压倒一切的浩大的
餐后的傲慢无礼
属于"自行运转"的物质
即将死去的存在
窒息于黏性的利口酒
直到几无一丝感觉拨动
那加油过度的机器……

什么，你要行动？
某种吸引力？
现在开始
钢琴和长笛和两把小提琴
某人歌唱
一个几乎任何年龄的女士
但主要是乳房和戒指
"甩开你的臂膀抱着我——难道你不高兴找到了我"[1]
但这还是不够强——
这是一个黑人（牙齿和微笑）
有一支很值得一观的舞蹈

---

[1] 参见美国作曲家与歌词作者蒂尔泽（Harry Von Tilzer，1872—1946）与布莱恩（Vincent Bryan，1878—1937）《古巴木滑奏曲》（*The Cubanola Glide*）。

就是这东西!

（这是你的杜松子酒
现在开始吧！）

1911 年 2 月

他说：这宇宙非常聪明

他说：这宇宙非常聪明
　　　科学家们已将它呈现在纸上
每个原子始终执行其法则，而从来
　　　做不出一记无心的雀跃。

他说：它是一张几何之网
　　　而在当中，像一只梅毒蜘蛛
绝对坐等着，直到我们将
　　　一切缠结起来并了结自身在她之内。

他说："这场十字架酷刑颇有戏剧性
　　　他不曾在办公椅上度过一生
他们将他钉上十字架并非在一间
　　　深渊般六层破梯上的阁楼。"

他说我是用一只坩埚和剪刀拼起来的
来自旧的剪报
没人费工夫去炮制一篇文章。

1911 年 3 月

伦敦插曲

我们在砖块间冬眠
活在窗玻璃那边
橘子果酱和茶在六点
漠不关心风之所为
漠不关心突然的雨
软化去岁的园圃

并且无动于衷，叼着雪茄
心不在焉，正当春天沿街而行
启迪陈腐的花盆，
和顶楼窗户里的破笛子。

1911 年 4 月

Ballade pour la grosse Lulu ①

I

《观点》② 作一篇访谈
由莱曼·阿伯特③ 倾情发送
题为"上帝在他的苍穹
对你有什么意义。"
报纸说"300 名布尔人④
晋见了罗斯福⑤，"
但，我的露露，"穿上你的粗红内裤
来妓院舞会吧！"

II

《观点》作一篇访谈
一篇出自布克·T⑥ 的访谈。
题为"从负鼠炖菜中崛起！"
或"我如何让黑人得自由！"
报纸说"博学的马

---

① 法语："写给大露露的歌谣"。
② The Outlook，1870—1935 年间发行的纽约周刊。
③ Lyman Abbot（1835—1922），美国作家、神学家，《观点》的编辑。
④ Boers，南非荷兰殖民者及其后裔。
⑤ Theodore Roosevelt（1858—1919），第 26 任美国总统，《观点》的供稿人。
⑥ Booker T. Washington（1856—1915），美国作家，《观点》曾连载其传记《从
奴役中崛起》(*Up from Slavery*)。

吉姆·凯伊^①，在他的马厩中被杀。"
但我的露露"穿上你的粗红内裤
来妓院舞会吧！"

III

《观点》作一篇访谈
出自洛克菲勒^②，新鲜又坦荡，
题为"我的钱如何增长"
或"耶稣作为一间储蓄银行"。
报纸上"南波士顿得分
在罗克斯伯里^③的篮球场上"
但，我的露露，"穿上你的粗红内裤
来妓院舞会吧！"

IV

《观点》作一篇访谈
出自哈佛伟大的前校长^④
叫做"哦但凡有人知道
美德不花一分钱！"

---

①Jim Key（？—1912），一匹表演读写与算术的名马，主人为前奴隶凯伊（William Key）。
②John D. Rockefeller（1839—1937），美国商业巨头。
③Roxbury，波士顿一地区。
④指 T. S. 艾略特的表亲查尔斯·艾略特（Charles Eliot，1834—1926），哈佛大学第 21 任校长（1869—1909）。

报纸说"对于硬木地板
特普蒂诺蜡是最好的"。
但我的露露"穿上你的粗红内裤
来妓院舞会吧！"

1911 年 7 月

小小的受难

辑自"顶楼的苦痛"

在那些令人窒息的八月夜晚
　　我知道他时常迈步街头
此刻跟随着灯光的线条
　　或潜入黑暗的隐修所

或跟随着灯光的线条
　　并深知它们通向什么东西：
通向一个不可避免的十字架
　　我们的灵魂被钉在上面，流血。

约 1911 年

344

圣纳西索斯① 之死

到这灰岩的阴影下面来吧——
到这灰岩下面的阴影里来吧，
我要给你看样东西，既不同于
拂晓时分你摊伏在沙上的影子，也不像
你在火堆后面跳跃映在红岩上的影子：
我要给你看他血淋淋的布匹与肢体
还有他嘴唇上的灰色阴影。

他曾在大海和高崖之间行走
当风让他察觉他流畅地彼此超越的双腿
与他交叠在胸前的两臂。
当他走过草地
他被自己的节奏阻止与抚慰。
在河边
他的眼睛察觉他尖尖的眼角
他的手察觉他尖尖的指梢。
被这样的知识所击倒
他不能经历众人之道，而成了一个上帝面前的舞者。
若他行走在城市街头
他仿佛是在踩踏着脸孔，抽搐的大腿和膝盖。
所以他出城来到了岩石之下。

① 纳西索斯（Narcissus）为希腊神话中的美少年，因眷恋自己的池中倒影而死并化为水仙花；圣纳西索斯（Saint Narcissus，约 99— 约 216）为耶路撒冷主教，基督教圣徒。

首先他确信自己曾是一棵树，
将它的枝条在彼此间扭转
将它的根茎在彼此间缠绕。

　　随后他得知自己曾是一条鱼
溜滑的白肚被自己的手指紧紧攥住，
在他自己的掌握中扭动，他的旧美
牢牢束缚在他的新美粉色的尖梢之中。

　　随后他曾是一个年轻女孩
被一个老醉汉在树林里捉住
终于得知他自己的白的滋味
他自己的光滑的恐怖，
于是他感觉到了醉与老。

　　于是他成了一个面对上帝的舞者。
因为他的肉体爱上了燃烧的箭矢
他在热沙上舞蹈
直至箭矢到来。
当他拥抱它们他的白皮肤将自己弃给了血的红色，让他满足。
现在他是绿的，干枯而被玷污
有阴影在他的口中。

约 1912—1913 年

经过了启迪之日的流转

经过了启迪之日的流转
经过了祈祷与沉默与哭泣
与一千条道路的必然结局
与枯萎花园里霜寒的守夜
经过了寂寞场所的生与死
经过了法官与辩护人与典狱长
与汗湿的脸上通红的炬光
经过了启迪之夜的流转
与摇晃的矛与明灭的灯火——
经过了生者与死者——

经过了这份启迪的结局
与火炬与面容与呼喊
世界似乎无用——像一场周日远足。

1913 年 10 月

我是复活与生命

我是复活与生命
我是停息之物，与流动之物。
我是丈夫与妻子
亦是祭品与献祭的刀
我是火，亦是黄油。

1913 年 10 月

就这样穿过傍晚，穿过紫色的空气

就这样穿过傍晚，穿过紫色的空气
一场备受折磨的冥想拖拽着我，思索
似乎失去了意义的连串词语——
——当此语降临于睡者或醒者
"此事你们当为我而行"①
当降临日晒的阴郁土房和树木
那一个本质的词语，它释放
递送与表达的灵感
这条扭转与弯曲与猜测的起伏之路：
哦，穿过紫色的天空，穿过傍晚的空气
一连串推想，其线索已消失不见
汇集陌生的图像，穿过它们我们独自而行：

一个女人将她长长的黑发拉开绷紧
在那些丝弦上弹奏低语的乐曲
尖啸的蝙蝠颤身穿过紫色的空气
呜咽着，拍打着翅膀。
一个男人，被某种精神疾病所扭曲
却身负异能
我看见他头朝下爬下一道墙
而倒挂在空中的是塔楼
在敲响缅怀的钟声。

---

① "你们每逢喝的时候，要如此行，为的是纪念我"，参见《圣经·哥林多前书》11：25。

从蓄水池和水井中又传出吟唱的嗓音。

我狂热的冲动达至顶点
一个男人仰天平卧，大喊
"看来我已经死了很久：
不要向众所确认的世界报告我
自从我死后它已见识过陌生的革命。"

如一个聋哑之人在低于表面的深处潜游
既不知上也不知下，往下游再往下
在无微漾亦无激浪的平静深水中
往下游再往下；
他的头发周围是紫色和棕色的海藻。

就这样在我们固定的困惑中我们坚持不懈，出城而去。

1913 年 10 月

着火的舞者

sotta la pioggia dell' aspro martiro [①]

在火焰的黄圈子里
一只黑蛾整夜
受困于欲望之环
抵偿他无心的飞翔
用不倦的鼓翼
偏离了更重要的价值
被引向火焰的金色价值
什么是他要动用的德行
在一个对骄傲或羞耻太过陌生的世界？
一个对赞美或责难太过陌生的世界
对善或恶太过陌生：
如何从一颗遥远的星辰被引到此处
为了无欢乐的舞蹈与沉默的喜庆

O danse mon papillon noir! [②]

你的名字的热带气味
来自莫桑比克或尼科巴 [③]
落在火焰参差的牙上
恰如香油落到水上
你已经带给我们的秘密是什么

---

① 意大利语："在灼人的殉难之雨下"。但丁《地狱篇》XVI。
② 法语："哦起舞吧我的黑蝴蝶！"
③ Nicobar，印度北部一群岛。

小角落里的童声
呜咽呜咽整夜
你警告我们什么灾难
与快乐极其接近的苦痛？
舞得快舞得更快
并无致命的灾难
或许正从你的隐秘之星
倾身靠向我们的命运
是肃穆的，但没有人类的意义

O danse mon papillon noir !

在我大脑的圈子里
扭曲的舞蹈继续。
痛苦的耐心侍从，
超越我们人类肌腱的强者，
烧焦的火之狂欢者，
勾在那些翻来覆去的角上，
失去他欲望的目的
渴望他的沦丧的完成。
哦游离那不燃烧的更白的火焰
噢来自一颗遥远星辰的漂泊者
哦再不复返的垮掉的宾客

O danse danse mon papillon noir !

1914 年 6 月

哦众人的细小喉音

哦众人的细小喉音
来到歌手与歌曲之间；
哦众人扭曲的小手举起
撕扯美的，诅咒强的。
急不可耐不知疲倦未受指引的腿脚！
对起皱的谬误之道如此确信。
在天堂与地狱间哪一道遥远的边界
时间会允许我们多样的路径交汇？

然而你要好自为之去行你所行的路，
是的你要好自为之去守你所守的道；
而寻求平衡快乐与痛苦的我们
我们迎风而吹，向雨而啐：
因为有什么能比汗水与灰尘与阳光更真实？
又有什么比夜晚与死亡与睡眠更确定？

种种表象种种表象他说，
我曾以辩证之道探寻过世界；
我曾质疑过不安的夜晚与呆滞的白昼，
循着它导引的每条旁路而行；
而总是找到同一个不变的
不可忍受的无穷无尽的迷宫。
矛盾是你要收的债
而偿还给你的依然是矛盾，

虽然你不知道你寻找的还有什么
你将没有别的可以期望。
种种表象，种种表象，他说，
丝毫也不实在；不实在，然而真确；
不真确，然而实在；——你害怕什么？
希望什么？无论你是继续感恩，
还是为疲惫之身与头上的泥土祈祷，
此言在你踏过的所有路径上全都真确
真确如真相必须是的那样，当一切都被言说：
就是若你在生者中间找不到真相
你也不会在死者中间找到太多真相。
别无他时唯有此时，别无他处唯有此处，他说。

他边说边拉起围巾裹住自己
然后在他的扶手椅上打盹直到晨光破晓。

横过窗玻璃紫丁香的羽毛轻掠
被清晨的空气搅动。
横过地板阴影匍匐与爬行
而当稀薄的光颤抖着穿过树林
围绕那被压抑之形它们起舞与跳跃。
它们爬满了他的双肩与两膝；
它们在他的头发上歇息了片刻
直到早晨将它们驱至它们的巢穴。
随后涌起一小股潮湿湮灭之气
在他沉睡时将窗户嘎嘎摇响，

倘若那些本是人的声音在烟囱里
在百叶窗间，顺楼梯而来，
你不曾知晓它们是笑还是哭。

约 1914 年 7 月

圣塞巴斯蒂安[①] 的情歌

我愿身着一袭麻衣前来
我愿在夜间提一盏灯前来
坐在你的楼梯脚下；
我愿鞭打自己直到我流血，
经过一个时辰又一个时辰的祈祷
与折磨与欢悦
直到我的血环绕那盏灯
在灯光下闪烁
我会现身为你的新入教者
然后将灯熄灭
追随至你引领的所在，
追随至你双足发白的所在
在黑暗中走向你的床
在那里你的长衣是白的
衬着你长衣的是你的辫发。
然后你会接纳我
因为我在你眼中是丑陋的
你会接纳我而并无羞耻
因为我应已死去
而当早晨到来，
在你的双乳间应安卧着我的头。

我愿在手中拿着一块毛巾前来

---

① St. Sebastian（约 255— 约 288），早期基督教圣徒与殉道者。

将你的头弯到我膝下；

你的双耳以某种方式向后卷曲

跟整个世界上谁都不像。

当整个世界都融化在阳光下，

融化或冻结，

我会记得你的双耳是如何卷曲。

我应徘徊片刻

用我的手指描摹那卷曲

而你的头在我膝下——

我想你最终会明白的。

再没有别的什么需要言说。

你会爱我因为我本应将你扼死

也因我的恶名；

我应愈加爱你因为我本已将你毁伤

也因为你不再美丽

对于除我以外的任何人。

约 1914 年 7 月

下午

对亚述艺术感兴趣的女士们
聚拢在大英博物馆的前厅。
去年的裁制西服的淡香
和正在变干的胶套鞋的蒸汽
和她们帽子上的绿色和紫色羽毛
消失在阴沉的星期日下午

当它们淡去远过罗马的雕像
像业余喜剧演员们穿越一块草坪
走向那无意识的，不可言喻的，绝对的

约 1914 年

358

被压抑的情结

她躺在床上十分安静，两眼倔强
屏住呼吸以免自己开始思考。
我是一道影子竖在角落里
在火光中欢快地起舞。

她在睡梦中轻移，用手指扣住毯子
她十分苍白，用力呼吸。
当早晨摇动茶褐色碗中长长的旱金莲爬藤
我欢快地越出了窗口。

约 1914 年

Paysage Triste[①]

登入公共汽车的女孩
下雨天，付了一便士车费
她回应我欣赏的凝望
那副毫无惊讶的避让神情
唯熟练者才显露得出来
一个浅红头发，淡蓝眼睛的女孩

大概是一个莱切斯特广场[②]的居民。
我们原本不可以放她进车厢跟我们一起
她原本不会知道怎么坐，或穿什么
可我要是闭上眼我却看得见她在移动
头发蓬松在她房间里走来走去
赤着脚穿越重重天空

她原本会笨拙之极地局促不安
她原本不会知道怎么坐，或穿什么
也不曾，在灯光熄灭而喇叭响起时
像你一样斜倚着，胳膊肘支在我膝头
去用你的扇子性急地捅刺
那微笑的小伙子，皂洗的脸容粉扑扑的
是他保管了你的观剧眼镜。

约 1914—1915 年

---

① 法语："忧伤的风景"。魏尔兰组诗的标题。
② Leicester Square，伦敦西区（West End）的广场。

在百货商店

瓷器部的女士
透过一副假牙对世界微笑。
她一身商务范儿，头发里藏着一支铅笔

但在她磨练锋利的双眼之后飞走的
是公园里的夏日黄昏
与二楼舞厅里的炙热夜晚。

男人的生命无力而短暂而黑暗
我不可能让她开心。

约 1914—1915 年

我知不知道我的所感？我知不知道我的所想？

我知不知道我的所感？我知不知道我的所想？

让我拿起墨水和纸，让我拿起笔和墨水……

或是取我的帽子和手套，仿佛要出去透透气

轻轻走下前厅，在楼梯脚稍停

从看门人那里取我的信——请他喝一杯

要是我小心问他，他会不会向我讲述我的所想与所感

——抑或仅仅"你是在二楼住了

一年或更久的绅士"而已——

然而我惧怕一闪而过的疯狂会显露什么

假如他说"先生我们见过那么多的美被泼洒在大街上

或被荒废在庄严的婚姻里或被玷污在铁路车厢里

或未经品尝就被遗弃在村庄里或被扼杀在黯黑的房间里

因此假如我们在冬夜里焦躁不安，谁又能责怪我们？"

我知不知道我怎样感觉？我知不知道我怎样思考？

有一样东西本该坚实却溜滑，就在我的指尖。

会有一股克勒奥林①的气味和某物滴水的声音

一只黑袋子，有尖尖的胡髭，他的呼吸有烟草味

有化学品和一把刀

将调查死的因由，也是生的因由——

会不会有一点耳语在大脑中

一种对古老苦痛的新主张

或者这个他者会不会触碰我找不到的秘密？

---

① Creolin，煤酚皂溶液。

我的大脑被扭曲成一团乱麻
会有一道炫目的光和一点点笑声
和正在沉落的以太之黑暗
我不知道是什么，之后，我也不在乎

约 1915 年 1—4 月

致海伦

你离开去上厕所的时候
来了一个眼睛又宽又扁的黑人
端来一盘橘子和香蕉，
又有另一个端来咖啡和雪茄。
我很不耐烦，亲爱的，还有点不开心
需要你的大嘴巴对着我。
我垂悬在洗指碗上
直到一只白兔跳过了拐角
并朝面包屑抽鼻子。

约 1915 年 4 月

内省

　　心智在一个水池的六英尺深处，一条棕色的三角脑袋的已经吞下自己尾巴的蛇在挣扎着像两只相扣的拳头。他的脑袋滑过砖墙，刮擦着裂缝。

　　约 1915 年 7—8 月

引擎 ①

I

引擎锤击与嗡鸣。美国商人的平板面孔沿一个舱面的层层座椅排开，仅被一支棕色雪茄的突出部与一份六便士杂志的红角打破。这机器坚硬，深思熟虑，且警觉；已然凭着未知的动机和目的选择了刺穿迷雾它循着自身的航程前行；机舱的生命沉默如一片躁动的鱼鳞在光滑的表面之上。这机器确定而充分如一个玫瑰花丛，冷漠地为漫无目的的寄生虫开释。

II

引擎停止后，我躺在床上听着涡流平息而脚的曳行渐渐消失。音乐停了，但一只来自甲板的口琴拾起了曲调。我打开灯，只见墙上一只蜘蛛绷紧如一张鼓面，无尽地质时期的生命凝聚为我脚下一个极度冷漠的小点。"沉船的话，"我昏昏欲睡地想，"他准备好了，并会以某种方式坚持下去，因为他很老了。但是平板的面孔……"我试图将这些星云组合成一个图案。失败中，我唤醒我自己去听机器重新启动，然后是音乐，然后是甲板上的脚。

约 1915 年 7—8 月

---

① 可能写于艾略特乘船自英国利物浦至美国纽约途中（1915 年 7 月 24 日 —8 月 1 日）。

公爵夫人之死

I

汉普斯特德①的居民戴丝绸帽子

星期天下午出去饮茶

星期六在草坪上打网球，及饮茶

星期一去城里，然后饮茶。

他们知道自己该有什么感觉和什么想法，

他们由早晨印刷机的油墨而知

上一个星期天过去了他们就再过一个

他们知道该有什么想法和什么感觉

汉普斯特德的居民永远被束缚在方向盘上。

可是对于你和我又有什么

对于我和你

我们又有什么事好干

在树叶繁茂的马里波内②树叶汇聚之处？

在汉普斯特德没有什么新东西

而在傍晚，透过花边窗帘，蜘蛛抱蛋③悲伤。

II

傍晚人们悬在桥栏上

① Hampstead，参见《四个四重奏》"被焚毁的诺顿" III 脚注。

② Marylebone，伦敦西区一地区。

③ Aspidistra，东亚百合科植物。

像屋檐下的洋葱。
广场上他们倚靠着彼此，像谷束
或行走如手指在一张桌子上
越过桌子的狗眼
在他们头上，当他们凝望
设想他们有鸟的头
有喙而无言，

我们又有何言？

我应该乐意在一群无言的鸟喙中
但独自与另一个人在一起是可怕的。

我们应该有大理石地板
而你的头发上有火光
不会有上下楼梯的脚步

人们在广场上倚靠着彼此
讨论傍晚的新闻，和其他的鸟事。

我今夜的想法有尾巴，但没有翅膀。
它们成串悬在吊灯上
或一个接一个掉落在地板上。
轻拂之下她的头发
飞散成细小灼亮的意志之星点
耀射为词语，随后突然沉寂。

"你有理由爱我，我确实将你放进了我的心中
在你屈尊俯就索要门匙之前"。①

她背转着身，她的两臂赤裸
为一个问题而凝固，她的手在头发后面
而火光闪耀在肌肉收紧之处。

我的种种想法在一团纠缠的头尾中间——
其中之一突然脱离，落到地板上
我早就明白的一个：
"是时候重回门口了"。
它越过地毯并在地板上终止。

而假如我说"我爱你"我们又该不该呼吸
听音乐，出去狩猎，像往常一样？
双手放松，轻拂继续？
明天当我们向女仆打开
当我们打开门

我们可以跟她讲话还是我们应当害怕？
若独自一人可怕，再多一人则污秽。

假如我说"我不爱你"我们又该不该呼吸
双手放松，轻拂继续？
多么可怕竟会是一模一样！

---

① 韦伯斯特（参见《诗篇》"不朽之低语"脚注）《玛尔菲公爵夫人》（*The Duchess of Malfi*）III,ii。

早晨，他们敲门的时候

我们应该说：这个跟这个是我们需要的

而若是下雨，拉上顶篷的轿车 ① 在四点。

我们应该下一局棋

象牙人让我们彼此相伴

我们应该下一局棋

按住无睑的双眼并等待一声敲门。

是时候重回门口了。

"等我老了我要让所有的廷臣

给他们的头发扑鸢尾根粉，好像我一样。②

但是我知道你爱我，你必定爱我。"

然后我猜想他们找到了她

当她转身

去探询凝固在她身后的沉默之时。

我是她的收益总管

但我知道，我还知道她早就知道……

约 1916 年

---

① Closed car，参见《荒原》"II. 一局棋"脚注。

② 韦伯斯特《玛尔菲公爵夫人》III,ii。

Petit Epître ^①

不是为让谁心生厌恶

或品尝本人自我的下水道

我以日常琐事作诗

闻起来有点酸泡菜味。

但我究竟做了什么，老天爷，

竟会招来豺狗？

我说过雄性有一种气味

雌性也有一种气味

以及两者有别。

（前几天，四旬期中 ^②，

我注意到这点，在一位女性身边）。

这话牧师有另一种讲法。

尤其在发情时节。

当时，它们大闹一场

打破了我两扇窗户。

我究竟做了什么，老天爷，

竟会惹着阴虱？

我做了什么，我告诉你，

我在构想一个天堂

在那里人们会分享自己的财产；

（你的我同样可以拥有）。

---

① 法语："小信函"（本诗全文为法语）。

② Mi-carême，基督教四旬期（Carême）第三个星期四。

警察局长先生

他受够了自己的恶行

他喃喃低语，鼻子上架着眼镜：

"这是滥交。"

于是我只得付给他

五百个法郎，当作罚款。

编辑先生们

和所有其他的勒索者

和所有挂着名签的人

都给我开出了问卷。

"他不关心平等吗？"

——"确实他是个真正的反动分子"。

"他说我们部长的坏话？"

——"确实他是个破坏者，那腐儒"。

"他在这里引述一个德国人？"

——"确实他是个撒旦的走狗！"

"他怀疑来生吗？"

——"当然，他是一个道德不纯的人"。

"他不否定上帝的存在吗？"

——"他是多么的迷信！"

"他没有孩子吗？"

——"他是个太监，不言而喻"。

"为了妇女

他不争取

投票权吗？鸡奸犯，毫无疑问"。

"至于他的书，谁理呀！"
这些猴子的
胡言乱语
我一路上都听得见。

约 1917 年 3—10 月

巴勒斯坦的曲调[1]，第 2 号

上帝从一团云中对司班德[2]说
并吹送命令："汝执此杖，
并以之重击活的岩石"；
而司班德对上帝侧耳倾听。

上帝摇晃那云团自东至西，
驾乘着狂风暴雨的气流；
而司班德，像一个着魔的人
站在那哆嗦，颤抖，惊骇。

司班德便敲打活的岩石，
瞧啊！那块活的岩石是湿的，
自此每到十二点就从里面
流出威斯敏斯特公报。

在司班德的笔端疾驰
黏稠的水流爬行与盘扭
沿着狗与人的狭长巷道
去坎宁镇[3]与罗瑟希德[4]，

---

① *Airs of Palestine*，美国诗人皮尔蓬（John Pierpont，1785—1866）的诗集。
② John Alfred Spender（1862—1942），英国作家，伦敦《威斯敏斯特公报》
（*The Westminster Gazette*）的编辑。
③ Canning Town，伦敦东部一地区。
④ Rotherhithe，参见《老负鼠之才智猫经》"咆哮虎的最后抗争"脚注。

去柏蒙赛 ① 与华平 ② 阶梯，
去克拉番枢纽 ③ 与希恩 ④，
去莱切斯特 ⑤ 又去格罗夫纳广场 ⑥
那些胆汁般绿的潮水冒泡。

去老邦德街 ⑦，珠宝之街，
去锻匠 ⑧ 与斯坦福 ⑨ 的小溪；
困扰泰晤士河的诸多源头
登上海格特山 ⑩ 的顶峰。

而那水流还要流得更高
并环绕锡安 ⑪ 珍珠般的墙垣，
里面，靠近玛利亚的花园 ⑫，
坐有圣彼得与圣保罗。

---

① Bermondsey，伦敦南部一地区。

② Wapping，参见《老负鼠之才智猫经》"咆哮虎的最后抗争"脚注。

③ Clapham Junction，伦敦克拉番枢纽车站（Clapham Junction Railway Station）周边区域。

④ Sheen，伦敦西南部里士满（Richmond）市镇的别名。

⑤ Leicester，指莱切斯特广场（Leicester Square）。参见《未结集诗篇》"Paysage Triste"脚注。

⑥ Grosvenor Square，位于伦敦西部梅费尔（Mayfair）区。

⑦ Old Bond Street，伦敦西区邦德街（Bond Street）的南段，开有很多珠宝公司。

⑧ Hammersmith，伦敦西部一地区。

⑨ Stamford，指斯坦福溪（Stamford Brook），泰晤士河在伦敦西部的支流。

⑩ Highgate Hill，伦敦北部海格特（Highgate）区一街道。

⑪ Zion，耶路撒冷山名，以色列的圣地，此处所指处所未详。

⑫ Mary's garden，或指伦敦中部圣玛利亚花园（St Mary's Gardens）。

因为复活的灵魂蜂拥而入
他们天真地脱下衣衫，
并清洗自己所有的罪孽
直至肚脐或臀股之上。

还有诸如拥有游泳技能
最终抵达更远的岸滨
得到净化而欣喜入于四肢，
而仇恨德国人愈来愈甚。

他们从异端中获得救赎
而将自身的冥顽尽数遗忘；
鳞片从他们的眼上掉落 [①]
感谢《威斯敏斯特公报》。

约 1917 年

---

① "扫罗的眼睛上好像有鳞立刻掉下来，他就能看见，于是起来受了洗"，《圣经·使徒行传》9：18。

特里斯坦·科尔比埃尔 ①

"他有一刻成了巴黎人" ②

海员！我认识你，五楼的收租人
整夜警醒如一只老猫头鹰；
清着嗓子，人称一个安库 ③ 的你，
伏在草垫上，尖尖的须，惨白的嘴。

隔壁房间里丑闻正在酝酿，
一个葡萄牙职员和一名百苏 ④ 女士：
在透过几个洞孔的低语之间
——大海一阵阵重击布列塔尼岸滨。

太阳光，一个炎热的午后，
向我们呈现，在卢森堡，灰胡子的绅士
身披斗篷，朝脸上扑粉的女士眨眼。

而洛蒂 ⑤ 上尉，十分的衣冠楚楚，
漫步穿过殷勤的评论期刊的纸页
像一个色衰的老娼妇在林荫大道一角。

约 1917 年

---

① Tristan Corbière（1845—1875），法国诗人，曾为海员。（本诗全文为法语）
②"他一瞬间成了巴黎人"，魏尔兰"科尔比埃尔"，《被诅咒的诗人》（*Les Poètes Maudits*）。
③ Ankou，法国西北部布列塔尼半岛（Bretagne）神话中死亡的仆人，亦指亡者。
④ Sous，法国低面值旧币。
⑤ Pierre Loti（1850—1923），法国海军军官、小说家。

藏身在苍鹭翼下

藏身在苍鹭翼下
或黎明前荷水雉所唱的歌之下
群星汇聚的暮晚低语
哦我亲爱的你带来什么——

以暮晚的双脚走过草地
虚弱的双臂分开暮晚的雾霭。

我躺在地板上一个瓶子的碎玻璃
要被女仆的绯红拳头扫开。

主啊，有点耐心

Justitia mosse il mio alto fattore

Mi fece la divina potestate

La somma sapienza e il primo amore ①
主啊，有点耐心
宽恕这些遗弃之行——
我当确证这些浪漫的激扰为罪
以我经典的确信。

---

① 意大利语："正义感动了我至高的造物者；/造就我的是神圣的权力，/无上的智慧与原初的爱。"但丁《地狱篇》III（引文略有改动）。

在死亡的沉默走廊里

在死亡的沉默走廊里
短促的叹息与闷绝的呼吸，
短促的呼吸与沉默的叹息；
某处灵魂在哭泣。
而我独自徘徊
没有匆忙没有希望没有恐惧
没有压迫或触摸——
并无呻吟
来自垂死的灵魂
无物在此
唯有温暖
干燥无空气的甜味
属于死亡的窄巷
属于死亡的走廊

1920—1964 年

颂歌

特别是对你，也对所有的伏尔西人 ①
极大的伤损与危害。②

疲惫。
地下的笑声同步
于来自圣木的沉默
与毫无灵感的
恶臭之河的起泡。

        被误解
现已抽回的
羽管职业的语调。

受折磨。
新郎抚平自己头发时
床上有血。
早晨已经来迟。
孩童们唱着歌在果园里
(Io Hymen, Hymenæe ③)
女魔魔开膛。

---

① Volscians，古意大利民族，曾于公元前 5 世纪至公元前 4 世纪与罗马人交战直至被彻底击败。
② 莎士比亚《科里奥拉努斯》IV，v。参见《诗篇》"一只烹煮蛋"脚注。
③ 拉丁语："哦许门，许门尼乌斯"，出自古罗马诗人卡图卢斯（Catullus，约前84—约前 54）诗 61。许门（又称许门尼乌斯）为希腊神话中的婚礼之神。

曲折。

通过与珀尔修斯 [①] 的协定

被愚弄的怨恨出自

黎明时翱翔于风前的龙。

黄金的天启。愤懑

于他的释放的廉价衰竭。

现在他躺在那里 [②]

从头到脚被洗刷于查理之车 [③] 下。

Ara Vos Prec [④]，1920 年

---

① Perseus，希腊神话中的宙斯之子，杀死蛇发女妖美杜莎（Medusa）的英雄，曾杀海怪救埃塞俄比亚公主安德洛美达（Andromeda）并娶其为妻。

② 莎士比亚《裘力斯·恺撒》（*Julius Caesar*）Ⅲ，ii。

③ Charles' Wagon，即北斗七星（Charles' Wain），"查理"指法兰克国王查理曼（Charlemagne，742—814）。

④ 普罗旺斯语：《我祈求你》（但丁《炼狱篇》XXVI 中法国行吟诗人阿诺·达尼埃尔语，参见《荒原》注释 428 脚注），本书内容主体成为同年出版的诗集《诗篇》，仅此篇被删除。

歌

我或许不会亲吻或紧握的金足
在床的阴影里发光
这念头这幽灵这钟摆在头颅之内
摇荡着从生到死
流着血在两世之间

  等待着一触一息

风涌起打破了钟鸣
那是一个梦还是别的什么
当变黑的河水表面
是一张流泪的脸？
我看见一条陌生的河对面
篝火摇动枪矛

《新手》（*Tyro*），1921 年 4 月

挽歌

我们的祈祷遣走离别的阴影

吐出一个伪善者的阿门！

受委屈的阿斯帕夏①回来了

全身缠裹着带翅膀的仙客来。

我本该何其坚定地哀悼

一颗如此心爱的头颅的沉沦！

若不是因为梦幻：一个梦召回

那永远不合时宜的死者。

热汗从我的毛孔里蒸散！

我看见了坟冢之门，大开着

显现出（如在一个坡②的故事里）

受了重创的新娘的容颜！

那只手，先知一般而又迟缓

（曾经温暖，曾经可爱，时时被亲吻）

撕碎一团凌乱的裹尸布，

围绕着那头颅蝎子齐声嘶鸣！

无边的悔恨，剧烈的悲伤

---

① Aspatia，布蒙与弗莱切《少女的悲剧》（参见《诗篇》"直立的斯威尼"脚注）中的人物，被情人亚明托尔（Amintor）抛弃后假扮为自己的哥哥找到亚明托尔与他决斗，故意被他刺死。

② Edgar Allan Poe（1809—1849），美国小说家、诗人、批评家。

曾经奋力抵偿那罪过——
但不要毒害我当下的至福!
留在你藏尸的墓穴里吧!

上帝,在一个滚动的火球中
大白天追逐我迷途的脚步。
他的愤怒和欲望的火焰
挟毁灭一切的灼热向我逼近。

约 1921 年 10—11 月

哀歌

整整五英寻 [1] 你的布莱斯坦 [2] 长卧 [3]

在比目鱼和鱿鱼之下。

格雷夫斯氏病 [4] 在一个死犹太人眼中！

螃蟹吃掉了眼睑的时候。

比码头老鼠潜得更低

他虽遭沧桑之变

依然奢靡富有而奇异

这是系带那是他的鼻子

看他仰身而卧

（骸骨透过参差的脚趾隐现）

一道沉闷惊愕的凝望

涨潮与落潮

将他从这边轻摇向那边

看那副嘴唇张开张开

从牙齿，黄金里的黄金之间

龙虾时刻保持密切观察

听！现在我听到它们在刮刮刮

约 1921 年 10—11 月

---

① Fathom，长度单位，1 英寻相当于 6 英尺（1.83 米）。

② Bleistein，参见《诗篇》"携一本贝德克的伯班克：抽一支雪茄的布莱斯坦"脚注。

③ "整整五英寻你的父亲长卧"，莎士比亚《暴风雨》I, ii。

④ Graves' Disease，甲状腺功能亢进症。

那两颗珍珠曾是他的眼睛 ①。瞧！

　　那两颗珍珠曾是他的眼睛。瞧！
　　而螃蟹攀过他的肚腹，鳗鱼长大
　　而被撕裂的海藻漂游在他上方，
　　而大海是滤器。
　　沉寂而安静兄弟你沉寂而安静

　　约 1921 年 5 月

---

① 莎士比亚《暴风雨》II，i，参见《荒原》"I. 死者的葬礼"脚注。

丧歌

执着的爱者会奔赴

（终有一时）我郊外的坟冢，

一场朝圣，当我成为

一个本地的爱神，

　　而虔诚的誓言和奉献的祈祷

将盘旋在我的神圣树林中

　　　　在那片意大利空气中持续。

当我矫健的大理石形体

永远柔软，永远年轻，

戴着感恩的华冠将被悬起

还有惨遭催花的少女之花；

　　　　热忱的火焰将保我温暖，

一道无血的阴影在阴影之间

　　　　　并不为善，却也不行大恶。

当旋律优美的喷泉落下

（为那狡猾的博洛尼亚人 [①] 所雕刻）

有能者缠绕在树下

献祭的典礼。

　　　　　他们终止节庆

总以某种一成不变的惊奇

---

① 指吉阿姆博洛尼亚（Giambologna，1529—1608），意大利雕塑家，以喷泉雕塑闻名。

烟花，或一场奥地利华尔兹。

但假如，更加暴烈，更加深邃，

一个灵魂，充满蔑视或被蔑视，

会到来，他阴暗的美沾染上

枯萎之年的色彩，

　　　自戕于土墩之上

恰在紧要关头，他会听见

　　　地下一阵无气息的咯咯轻笑。

SOVEGNA VOS A TEMPS DE MON DOLOR[①].

约 1921 年 11 月

---

① 意大利语："你要时时想起我的苦痛"。参见《荒原》"注释"428 脚注。

建造者

为辑自"岩石"的合唱而作的歌 [1]

粗制滥造并遭毁销

如此美好的伦敦。

我们要建造伦敦

在黑暗空气中闪亮，

用新砖与砂浆

靠近泰晤士河畔

岛与水的女王

一栋房子属于我们的主。

一座教堂归我们全体并为我们全体工作

上帝的世界归我们全体甚而至于此末后者 [2]。

居所归于全体众人

教堂归于全体

果子会不会落下，那么

在荒废的墙边？

那么果子又会不会落下

收获会不会被荒废

当全体众人的救主

已然施惠于我们的播种？

一座教堂归我们全体并为我们全体工作

上帝的世界归我们全体甚而至于此末后者。

---

① 参见《辑自"岩石"的合唱》标题脚注。

② "我要给予此末后者"，《圣经·马太福音》20：14。

武器会不会无用

手指由弯变直

努力会不会无果

金钱惨遭挥霍？

我们建造新塔

并筑起新的神殿

在这座属于我们的伦敦

属于你也属于我。

一座教堂归我们全体并为我们全体工作

上帝的世界归我们全体甚而至于此末后者。

《克莱默现代作曲家齐唱与合唱曲库》（*Cramer's Library of Unison and Part-Songs by Modern Composers*），1934 年

狮鼻派先生：优雅之猪

有很多人脑子里的念头千奇百怪
对于我们村看不起的外国种猪；
他们的爱尔兰野毛猪，他们的法国小猪仔，
他们的威斯特伐利亚腌货①和粗壮的丹麦金毛族。
要我说猪如此类归齐，全扔进海洋即可，
因为你若触碰沥青，又何怨污黑满身：
唯有一头猪让我们多么敬爱都值得——
我们伍塞斯特郡②的重量级，狮鼻派先生。
狮鼻派先生，狮鼻派先生，
多了不起的一头猪正是我们的狮鼻派先生。

从他耳朵的尖头到他趾瓣的末端
他足以让所有其他冠军绝望。
蓝绶带他信手拈来，金奖章他拿到手软
在所有的牲畜展和我们盛大的郡县集市上。
别的郡县多有策划者，军师，谋士；
他们的劣种杂猪只配我们一晒：
因为他两颊的曲线和他双蹄的风姿
宣示尽善尽美唯属狮鼻派先生。
狮鼻派先生，狮鼻派先生，
我们伍塞斯特郡的重量级，狮鼻派先生。

无论是海布里仓③，还是甜美的麦达维尔④，

---

① Westphalians，威斯特伐利亚（Westphalia）为德国中西部一地区，以出产火腿闻名。
② Worcestershire，英格兰中西部郡。
③ Highbury Barn，伦敦北部海布里区一商业地段。
④ Maida Vale，伦敦西部帕丁顿（Paddington）一住宅区。

还是背阴的九榆树 ① 都看不到这样的肥育猪；
无论是乡下的巧克农场 ②，还是偏远的诺丁戴尔 ③，
还是奶牛沿坎伯韦尔绿地 ④ 啃食牧草之处。
没有，无论是米诺里斯 ⑤，还是老犹太 ⑥ 街边，
无论是猪猡悄悄溜过罗斯伯里 ⑦ 的所在；
还是老德鲁里 ⑧ 香甜好闻的猪舍之间
还是猪群滚滚周游切普赛德 ⑨ 巷道的所在
你都找不到这样一头猪
没有，根本没有这样一头猪
堪比我们伍塞斯特郡的重量级，狮鼻派先生。

上星期我们在自己的地界搞了一次竞选，
这似乎是一件毫无道理去做的事情；
有些绅士从伦敦跑过来登场发言
他们讲了再讲又再讲他们讲到脸色发青。
他们讲到嗓音嘶哑几乎一声也哇不了。
于是我们冲往麦束，我们冲往野猪，
我们冲往天使，我们冲往橡树报到，
我们先喝一品脱，又再来一两品脱下肚，
直到突然间有人开始大声疾呼：
　"狮鼻派先生，狮鼻派先生，

---

① Nine Elms，伦敦西南部一地区。
② Chalk Farm，伦敦北部一地区。
③ Notting Dale，伦敦西部诺丁山（Notting Hill）一住宅区。
④ Camberwell Green，伦敦南部坎伯韦尔地区一公共用地。
⑤ Minories，伦敦中部一街道。
⑥ Old Jewry，伦敦城一街道。
⑦ Lothbury，伦敦城一街道。
⑧ Old Drury，伦敦中部科文加登（Covent Garden）区一酒馆。
⑨ Cheapside，伦敦城一街区。

多了不起的一头猪正是我们的狮鼻派先生"。

于是我们大笑又大笑甚至以为自己会呛着，
随后我们冲出麦束，我们冲出野猪，
我们冲出天使，我们冲出橡树就跑，
有人翻过窗口，也有人夺门而去；
我们沿街一路狂奔直达市政厅门口，
所有人欢呼不停哪怕几英里外你都听得清，
我们一起扯开嗓子狂嚎加乱吼：
"我们中意的人就是狮鼻派先生。
狮鼻派先生，我们就要狮鼻派先生，
我们不愿接受任何成员除非是狮鼻派先生"。

所以狮鼻派先生他收获了每一张选票
我们拥他上位，给他一加仑牛奶，
一顶闪亮的高帽，跟一件燕尾的长外套
外加一支先令雪茄跟一副丝绸领带。
所以现在我们安静过活，全然不理
与无视那些议会成员跟他们的狗苟蝇营。
让他们操心他们的事，我们来管我们的事，
只要代表我们的是狮鼻派先生。
狮鼻派先生，狮鼻派先生，
我们伍塞斯特郡的重量级，狮鼻派先生。

1934 年 7 月

贝尔加德[1]

跃动的欢乐悠扬传递，
悲伤地获得治愈，
跟随徒劳，被贪婪地攫取；
欢乐，并非唯一，不属于奢靡：
虚幻，想象的欢乐，
自负，被贪婪地攫取，
欲望原本就更真，可理解的某物，
握在手中，一瞬间无与伦比，
消逝迅速，毁于无能。轻盈的生命
滑落自手指滑落
在被手指自由触碰之时。

是什么奇怪的幻影呈现自身。
所有人都有自己出自往昔的幽灵。
还有的比这更不受欢迎
它有一种丝绸般的宴乐之气。

约 1935—1936 年

---

[1] Bellegarde，亨利·詹姆斯《美国人》（The American）中人物名。

纪念日

像我这样的人不适宜
谈论一个周年大庆
庄重的时节。
我并无华美言辞的技艺，
我也不熟谙诗歌
之道，像梅斯菲尔德①先生。
当他书写国王的事迹，
他的古典韵律摇摆与回荡
一路顿挫铿锵。
因此既已请求了诸位的原谅，
我将重述我当下的主题。
我愿欣然畅饮一品脱啤酒
在此向博士致敬
或喝光一杯苹果汁
或任何你可能提供的东西：
没有什么我会拒绝
为了热切祝愿他健康
与安心，和适度的富有。
故请举起你们的小盅，小杯或小筒
　　在我提议为**帕金斯博士**②干杯之时。

朗诵于 1935 年 6 月 6 日

----

① John Masefield（1878—1967），英国作家、诗人。
② John Carroll Perkins（1862—1950），波士顿国王礼拜堂（King's Chapel）的
牧师。

一份告别辞

禁止悲伤[①]：致主妇

在春日，时至新年，
晨草曾新鲜着露；
在懊悔的秋季
晨花却依然湿润
当此刻迟来的玫瑰现身，
它闪耀，不是露，而是泪；
它的头因耐心的悲伤而低垂；
有一阵战栗穿透叶瓣。
堇菜和蜀葵
此刻已脱下它们的彩裙。
百日草和万寿菊
会加入腐殖土下的
郁金香和水仙。
但墙上仍颤抖着
一滴泪在杰克曼尼铁线莲[②]
寂寞的眼眸中。
勿忘草之蓝宣示
用彩色的尖啸，其英文名字；
而知更鸟仍在努力鸣唱
把冬天哄入春天。

---

① "一份禁止悲伤的告别辞"（A Valediction Forbidding Mourning.），多恩（参见《诗篇》"不朽之低语"脚注）《J. D. 诗选》（*Poems by J. D.*）。
② Clematis Jackmanii，英国园艺家杰克曼二世（George Jackman II，1837—1887）栽培的杂交品种。

* * * * * *

哦长长的队列，快乐的花朵，
走过春与夏的时光，
渴望绽放，渴望尝试
去赢得赞赏，然后死去，
以感恩的了悟，它们生长成熟
去迎接那一位的目光，后者熟知
它们的种种习性与需求，
何时修剪，何时捆束
何时截断，何时移动，
用为爱所启迪的温柔技艺。

* * * * * *

哦快乐的花朵，已悄然
逝去，归于遗忘，
已用你们的美回报了
那只整修，塑形与喷洒的手。
哦快乐的茎秆，并不怨憎
冬天漫长的禁锢；
哦快乐的根茇，活在
死亡那平和的无礼之下。
当周而复始的又一年带来
春天的甜蜜欺骗，
你们可敢披上你们俗丽的短上衣，

若无帕金斯夫人 ① 的照管？

* * * * * *

我们常常认为人唯独
在歌唱的骨中记忆。
"绿色泥土遗忘" ②：但我推测
花园有漫长的记忆；
像屋宅，有熟悉的鬼魂
相伴亲爱的好客主人。
欢笑与幸福与悲伤
在萌芽的叶瓣中复活。
屋宅记忆：自你到来之后，
坎普登 ③ 的一切都不再一样。
无生命的物件会无声地
渴望，等你归来，
而人的祈愿将充满
清晰可闻的向往，
后者，时时刻刻备受肯定，
拥有，我们希望，磁性的力量。

朗诵于 1935 年 9 月 28 日

---

① Mrs. Perkins，参见前一首"纪念日"脚注。
② 梅瑞狄思"法兰西，1870 年 12 月"（France, December 1870），《悲剧生命之歌谣与诗篇》（*Ballads and Poems of Tragic Life*）。
③ Campden，参见《四个四重奏》"被焚毁的诺顿"标题脚注。帕金斯夫妇在此租有一宅，艾略特从 1934—1939 年每年夏天在此做客。

坡利可儿狗与啫喱可儿猫

我有一天正在路易丝公主 ① 午餐，
跟谁说了句什么话，此人套着白鞋罩
刚点了炸腌火腿加豌豆满满一大盘，
于是我们打开话匣把这事那事全聊到——
比如坡利可儿狗和啫喱可儿猫。

我从来就是，他坦言，一个万事通，
一枚真真正正从不生苔的滚石 ②，
我见过生活的方方面面，它的明暗种种，
肥美与贫瘠，所得与所失；
我曾经做过每一行，我曾经到过每一处，
　（我如今是一名中介经营带家具的公寓小套）——
但唯有一事让生活值得去过，我宣布，
就是坡利可儿狗和啫喱可儿猫。

我曾经，他接着讲，参与过赛马行业
做会计师的工作，涉猎并不太深，
我发明了一种极好的特效药专治头皮屑，
买过二手货，以前还写过一个剧本；
我曾经担任向导，在一次黎凡特 ③ 之旅中，
有一阵我还以多重身份（从卢顿 ④）东奔西跑：

---

① The Princess Louise，伦敦中部一酒馆，以维多利亚时代精美室内装潢闻名。
② Rolling stone，即无固定职业的人。
③ Levantine，黎凡特（Levant）为地中海东部地区，包括土耳其至埃及诸国。
④ Luton，英格兰东南部自治城市。

而对我的诸般厄运我找到的药方只有一种——
那就是坡利可儿狗和啫喱可儿猫。

现在我的妹妹，例如，她居住的山峦
坐落在什罗普郡①与威尔士的边界，
一栋舒适的屋宅，她丈夫在那里实践
他身为麦芽酒零售供应商的职业，
她说，而我这方面根本没理由去怀疑
她的意见，在闲聊中复述了几十次都算少——
她说她只有一样不可或缺的东西
而那就是坡利可儿狗和啫喱可儿猫。

还有我的哥哥，例如，他居住的平原
就在萨里②与肯特的边界之上，
一座新筑造的房子，有差强人意的排水管，
你定会惊讶万分，得知他为这栋房
花费了多少——他实际上不得不雇佣
两个人设阱捕兔，两个把老鼠来套——
他说，没有什么东西能让他乐在其中
像坡利可儿狗和啫喱可儿猫。

话说我的妹妹，我之前跟你提过几句，
颇有音乐天赋，唱起歌像鸟儿一样，
她可以学会任何曲子，可以读懂任何乐谱，
任何你曾经听过的歌她都能唱。

---

① Shropshire，位于英格兰西部。
② Surrey，英格兰东南部一郡。

我从来不知道什么人竟有这样的音准，
她在升半音或降升音上从来都不差分毫：
她说，再没有那么悦耳动听的声音
媲美坡利可儿狗和啫喱可儿猫。

还有我的兄弟，你刚刚听到我讲过，
是位天才艺术家，我指在爱好者之中；
要碰到他有时间非得等到周末，
但他的肖像画早已引起不小的轰动。
他能画素描，瞬间而就，几乎画谁都可以，
从戈黛娃夫人①到英戈尔兹比②怪东西——
他能像意大利人，或法国人，或荷兰人那样画，
但他爱画的人必定脸上蓄须，头上戴帽：
他还说，没有什么主体对象那样适合于他
比得上坡利可儿狗和啫喱可儿猫。

嗯，我说得非常快，这本是应有之义，
所以现在让我点上一小杯波特③酒——
它会让你的舌头摇摆，而对你的心脏有益，
　　（风暴中无论什么港口，最终的一手）：
此外，我现在希望提出一个问题，

---

① Lady Godiva（1020— 约 1067），英格兰贵妇，相传为墨西亚（Mercia）伯爵列奥弗里克（Leofric）之妻，曾为减免丈夫强加于考文垂（Coventry）市民的重税而裸体骑行过街。

② Ingoldsby，英国教士巴尔汉姆（Richard Barham，1788—1845）以笔名托马斯·英戈尔兹比（Thomas Ingoldsby）创作的神话鬼怪故事集《英戈尔兹比传奇》（*The Ingoldsby Legends*）。

③ Port，一种加度葡萄酒。

虽然什么是什么我明白，那个是那个我也知道。
你刚才讲述的事当真奇特之极。可是
什么是坡利可儿狗？什么又是啫喱可儿猫？

结果听到这话他便转过身来一脸吃惊，
仿佛是说，嗯这又是什么路道？
我是否真的看见，用我自己的眼睛
一个人竟没听说过啫喱可儿猫？
还有一个人竟没听说过坡利可儿狗
一窍不通甚至掉不下一根圆木头——
好吧，他说，哪怕再糟也还有希望给你；
对你而言我俩能邂逅真是幸运之极。
假如你不反对我以诗行韵文来讲——
完全不反对，我回答，我倒颇以此为好，
无论言说大事还是小情都不失为妙道；
没有什么像诗歌那样适合真正的独白——
于是他便开始谈起了

坡利可儿狗来。

1936 年 3 月 6 日寄赠杰弗里·费伯

乡间漫步

一封写给约翰·海吾德先生[1]的书信，由作者在英格兰西部乡村的某些经历所引发，在莱姆街[2]与芬丘奇街拐角处与卡农·蒂辛顿·塔特洛[3]分别后写下。

纵观上帝允许存在的全部兽类
在英格兰翠绿悦人的国度[4]
其中我最厌憎的是母牛。
她们的习性我理解不了。
我颇为困惑它们为何要盯着
如此天真无邪的我看；
她们愚蠢的凝望实在难以忍受——
那肯定无误是好斗的。
我根本毫不起眼
深红色领带我从来不系；
我不是一辆伦敦交通巴士
然而她们总是盯着我看。
你也许会回答，怕一头母牛
是乡下人所蔑视的懦弱：
但你的理性依然必须承认
我很弱小，而她有双角。

---

① John Hayward Esquire，参见《老负鼠之才智猫经》"序言"脚注。
② Lime Street，Fenchurch Street，位于伦敦城中。
③ Canon Tissington Tatlow（1876—1957），英国教士。
④ 英国诗人、画家布莱克（William Blake，1757—1827）"耶路撒冷"（Jerusalem），
《弥尔顿》（*Milton*）序言。

但最令我畏惧的是漫步

陪伴穿拷花皮鞋和粗花呢的乡村女士，

她们会执着于欢快的倾谈

并停下脚步来讨论各个品种。

对于乡村的人母牛颇为温和

他们扔什么石头她们都会逃离，

但我是一个羞怯的城市孩子，

似乎所有的牲畜全都知道。

然而当我独自漫步在小巷里，

哦那时她们的犄角便被徒劳地扬起，

她们徒劳地转动自己充血的眼睛，

她们不应夸耀能将我怎样。

在围墙，或五道闩的大门之外，

我清醒的愿望从不迷失；

她们致命的叉尖尽可将我等待，

但我总能够逃之夭夭！

不然我也能找到庇护之所

在无论哪棵橡树或苹果树上头。

T. S. 艾略特

6. XII. 36

1936 年 12 月 6 日

406

我受我的朋友，穿白鞋罩的男子 ① 请求

我受我的朋友，穿白鞋罩的男子请求——
　　他，照我想来，手头什么事都没有
只会倾听那些升半音和降半音的惨呼
　　发自他的虎皮鹦鹉和他的头号葵花鹦鹉，
可他还有一个我们可以称为救赎的特征
　　（我相当仔细观察过他，知道这点是真），
扼要简短说来就是：从各个方面看
　　他对你有一份热诚总让人无限感叹——
我受我的朋友请求，正如我前面说起，
　　我可以说他这话全是他的真心实意——
我受穿白鞋罩的男子请求来传递
　　这首颇有教益的诗，写一只奇怪的猫咪。

　　　　　　　　[朗姆肚拖拉客 ②]

　　总之这就是我的朋友，穿白鞋罩的男子，
　　请求我传递的东西，关于猫咪这档子事。

1937 年 1 月 6 日写给阿利逊·坦迪 ③

---

① 或指约翰·海吾德。
② 参见《老负鼠之才智猫经》"朗姆肚拖拉客"。
③ Alison Tandy，参见《老负鼠之才智猫经》"序言"脚注。

一个宣示

好风正起，吹向法兰西 [1]

　　在啫喱可儿猫跳出来的时候；
哦只为一只消失之手的触摸 [2]，

　　还有值六便士的烈性黑啤酒。

农夫把戒指交给他的女儿，

　　啫喱可儿猫站立在侧，
那张催发了千艘舰船的脸 [3]

　　眼中现出一丝会意之色。

长满苔藓的岸上的伞菌

　　在睡梦中咕哝出声；
啫喱可儿猫就是啫喱可儿猫。

　　他们播种，他们也收成。

再一次冲上缺口，亲爱的战友 [4]

　　啫喱可儿大军宣示；
立刻启程去往白嘴鸦之林 [5]，

---

[1] 英国诗人德莱顿（Michael Drayton，1563—1631）"致坎布里亚不列颠人和他们的竖琴，阿金库尔之歌"（To the Cambro—Britons and their Harpe, his Ballad of Agincourt），《迈克尔·德莱顿诗选》（*Selections from the poems of Michael Drayton*）。

[2] 英国诗人丁尼生（Alfred Tennyson, 1809—1892）"破碎，破碎，破碎"（Break, break, break），《诗篇》（*Poems*）。

[3] "就是这张脸催发了千艘舰船／又焚毁了伊利翁高不见顶的塔楼？"马洛《浮士德博士》（*Doctor Faustus*）XIV。

[4] "再一次冲上缺口，亲爱的战友们"，莎士比亚《亨利五世》（*Henry V*）III，i。

[5] "乌鸦／振翅飞向白嘴鸦之林"，莎士比亚《麦克白》（Macbeth）III，ii。

所有一切全归于这个游戏。

钟鸣送旧，钟鸣纳新[①]，
　　啫喱可儿猫获得了投票权；
特洛伊的海伦扬帆出海
　　乘一艘美丽的豌豆绿小船[②]。

啫喱可儿一起，来吹响你的号角，
　　年头在于春[③]，吐唯吐唔[④]；
肉桂花蕾与威尼斯百叶帘，
　　一棵芸香的嫩枝也无。

让啫喱可儿的快乐永无羁限，
　　也让啫喱可儿的爱倾覆天际；
因为猫可以来既然猫必定要走
　　去过一个年度休假日。
　　　　　　　Cetera desunt[⑤]……
　　　　　罗杰·劳顿[⑥]

1937 年 1 月 27 日致约翰·海吾德信中所附

① 丁尼生《悼念》（*In Memoriam*）CVI。
② 英国诗人李尔（Edward Lear，1812—1888）"猫头鹰与猫咪"（The Owl and the Pussy-cat），《无稽歌曲，故事，植物学与基本元素》（*Nonsense Songs, Stories, Botany, and Alphabets*）。
③ 布朗宁"听见外面传来歌唱的声音"（From without is heard the voice of Pippa singing），《花帕经过》（*Pippa Passes*）。
④ Toowit toowoo，猫头鹰召唤彼此的鸣音，雌鸟发"吐唯"，雄鸟发"吐唔"。
⑤ 拉丁语："下文缺失"。
⑥ Roger Roughton（1916—1941），英国诗人、批评家，曾于 1937 年 1 月在《诗歌》（Poetry）上发表四行体诗"滑动的音阶"（Sliding Scale）。

干练的猫咪

干练的猫咪上去弄烟道，
干练的猫咪下去通地沟；
他将靴子鞋子放得井井有条，
他收拾干净床单和枕头。
干练的猫咪整理鲜花，
他总爱拂拭一顶亮闪闪的帽子；
他清扫又冲刷，刮磨又洗擦：
乖乖！干练的猫咪。

干练的猫咪是全家的朋友，
干练的猫咪反对浪费；
他知道果酱没了是什么时候，
以及汤有没有合适的滋味。
假如厨房有东西洒了他的骄傲
是清理桌上或垫上的烂摊子；
周五有鱼他总是早早就准备好：
乖乖！干练的猫咪。

干练的猫咪可以将图片排整齐，
他总知道什么野味正当令；
他始终密切留意浴室的装置，
任何东西出问题他都知道原因。
他用一把刷子和梳子理他的毛发——
他系着最好的饰带难道不帅气！

家中上下绝对离不开他！

乖乖！干练的猫咪。

1937 年 11 月 15 日，致阿利逊·坦迪

吉姆贾姆熊

吉姆贾姆熊在耍他们的把戏，
吉姆贾姆熊老是故技重施；
他们打坏一座时钟又抛撒砖石
有一块直接穿过了一面窗玻璃。
忽然一阵噪音在我们应该安静时，
我们躺在床上，灯已都灭掉，
这时护士宣告：
"就是那些吉姆贾姆熊，
那些吉姆贾姆熊！
何曾有一个护士如此烦恼！"

吉姆贾姆熊像芥末一样冲，
他们把水直接泼到羊肉汤里；
他们脸上盖满了奶油冻，
他们在桌布上留下脏印记。
他们把玩具全都扔下楼梯，
他们在门厅里到处乱蹭沾泥的脚；
于是护士宣告：
"吉姆贾姆熊，
吉姆贾姆熊！
对那些熊我绝对受不了！"

约 1937 年 12 月，写给美国亲戚的小孩

412

坡利可儿狗的行军歌

有各样的狗出自天下各国，

　　爱尔兰，威尔士和丹麦犬；

俄罗斯，荷兰，达尔马提亚犬 ①、

　　连中国和西班牙的都不少见；

贵宾，博美，阿尔萨斯犬 ②

　　还有铁链上行走的獒犬。

对于那些欢笑与欢跃的人

　　让我的意思绝对明白又简单：

小汤姆·坡利可儿是我的姓名——

　　这事你最好不要再做一遍。

有些狗傲慢又古怪离奇，

　　有些狗困倦又天生愚蠢；

有些狗圆滑又虚伪不实，

　　有些狗拘谨又故作深沉。

有些狗狂暴又满脸怒气——

　　诸如此类我要说：谁来都欢迎。

对于那些喧嚷和喧闹的人

　　让我的意思绝对明白又简单：

小汤姆·坡利可儿是我的姓名——

　　这事你最好不要再做一遍。

有些狗懒散又一身脏毛，

---

① Dalmatian，达尔马提亚（Dalmatia）为克罗地亚南部一历史地区。

② Alsatian，阿尔萨斯（Alsace）为法国东部一地区。

有些狗畸形又虚弱不堪；
有些狗狂吠又性情暴躁，
　　有些狗病恹恹又白惨惨。
但是我说，如果你无礼又乱搞，
　　你就踩一下我的尾巴尖！
因为我的意思不会摇摆不定
　　我愿意让它十分明白又简单
小汤姆·坡利可儿是我的姓名——
　　这事你最好不要再做一遍。

因为我们的座右铭仍是当心恶犬——
　　那是坡利可儿一族的呼告，
我们并不会停下来解释我们所言，
　　而是吠出它们音量尽可能高。
因为显示你如何蔑视他们的手段
　　就是对着狗、魔鬼和人狂嗥。
你要成为邪魔中的至尊
　　无论邪魔会怎样邪恶——
然而小汤姆·坡利可儿是我的姓名，
　　所以干吗非要招惹我不可？

《女王的红十字书》①，1939 年 11 月

① The Queen's Book of the Red Cross，第二次世界大战中为国际红十字与红新月运动（International Red Cross and Red Crescent Movement）筹款而出版，由英国女王伊丽莎白二世（Queen Elizabeth II, 1900—2002）资助，收入 50 位英国作家与艺术家的作品。

比利·麦考：了不起的鹦鹉

哦，多么真切我还记得老公牛酒馆[①]，

 星期六晚上我们经常泡在那里——

那地方，要说有什么事，就是人满为患，

 因为老板，克拉克先生，他非常客气；

 他也不想惹出任何不好的事端。

又鉴于它跟车站那样地近在咫尺，

又鉴于白水跑进了啤酒里

  （啤酒有两种，一种很浓一种很淡）

这是一家极好的馆子。哦我的天！

我永远忘不了它。从地下室到顶屋

一家极好的馆子。啊，但却是那只鹦鹉——

那只鹦鹉，那只鹦鹉，名叫比利·麦考，

 为这间酒吧带来了各色人等。

 啊！他是这间酒吧的生命。

一个星期六晚上，我们都感觉快活之极，

还有莉莉·拉·罗斯——当时还是酒吧女招待——

她会说："比利！

   比利·麦考！

来给我们在吧台上跳支舞！"

 于是比利就会在吧台上跳舞。

[①] The Old Bull and Bush，18 世纪伦敦酒馆。参见英国歌手福德（Florrie Forde，1875—1940）的歌厅歌曲"来呀来呀来老公牛酒馆这边朝我飞眼"（Come, come, come and make eyes at me/Down at the Old Bull and Bush）。

莉莉，她是一个脖子上有头脑的女孩；

她绝不会惹事，说不出那么多话来。

如果发生了一场吵架，或一场争执，

她会不假思索用靴子尖将它平息

　　　或者没准儿用她的拳头捣穿你的眼。

可是当我们正口渴，又刚好有点悲哀，

或者当我们正快乐，又刚好有点口干，

她总会用她手上那支拔塞钻敲打着吧台

说道："比利！

　　　　　比利·麦考！

给我们来一曲，用你的牧笛！"

于是比利就会吹起他的牧笛。

于是我们便会感到温暖，泪在每只眼中流，

情感会让我们都点更多的啤酒——

因为这只鸟的吹奏法，他的罗宾·阿代尔斯[1]，

和他的尽在落锚地[2]，和他的华平老阶梯[3]，

会让泪水涌出驴子的眼，一定会。

说那只鸟奏得不好根本是白费。

而就在我们情不自禁泪流满面之际，

这时莉莉会说："现在，让我们找点乐子！

比利！

　　　　比利·麦考！

---

① Robin Adairs，应为罗宾·阿代尔（Robin Adair），爱尔兰女勋爵凯佩尔（Lady Caroline Keppel，1814—1898）所作歌曲。

② All in the Downs，英国诗人、戏剧家盖伊（John Gay，1685—1732）所作歌曲。

③ Wapping Old Stairs，英国作曲家沃顿（William Walton，1902—1983）所作歌曲。

给我们来一曲，用你的莫利吉他！"

于是比利就会弹起他的莫利吉他。

哦，多么真切我还记得老公牛酒馆，

人们从远处和近处来到那里。

一家极好的馆子。从地下室到顶屋

一家极好的馆子。啊，但却是那只鹦鹉，

那只鹦鹉，那只鹦鹉，名叫比利·麦考，

为这间酒吧带来了各色人等。

啊！他是这间酒吧的生命。

《女王的红十字书》，1939 年 11 月

格里扎贝拉：巫术猫咪

……她时时出没于低下的去处
靠近托特纳姆宫廷 [①] 的脏路；
她在无人地带四处奔走
从初升旭日到近旁之友 [②]。
而邮差一边挠头，一边感叹：
"你真的想过她应该早已完蛋——
世上又有谁会想到那竟是
格里扎贝拉，巫术猫咪！"

约 1939—1940 年

---

① Tottenham Court，伦敦中部一主路。
② The Rising Sun，The Friend at Hand，均为伦敦城中酒吧名。

一只有才的负鼠

一只有才的负鼠曾寄居一块馅饼，
置身于肉汁和甜土豆的包围，
他总是蹦跶出去眼上架着单片镜
头戴一顶牧师帽，身系围裙和绑腿。
因为一只负鼠着装如此有格调
　　　必定惹来探询的目光；
人人都说："多么迷人的微笑！
　　　他岂不是很会保养！"

话说一只在馅饼里寄居的负鼠
　　　将自己照料得十分完美。
那块馅饼出错的地方只有一处
　　　那唯一的错处就是气味。
不是完完全全彻彻底底的错——
没有淡得太弱也没有浓得太多，
　　　没有什么你会想要削除丢弃——
　　　它只是缺少了某样东西。

没人可以说，在这样一块馅饼里面，
　　　那只负鼠是浑身汤羹。
他还不算是那么样的滴水不沾；
　　　跟一个笼子或鸡窝比就好得很，
　　　也胜过患上哮吼或是麻疹，
不过再说一次，让我告诉你

那股气味就是很有问题。

于是负鼠跑去杂货店问询，

他对杂货店主说："哦！先生！

　　你能否给我一个气味放到我的馅饼里？"

　　杂货店主说："当然可以。

一点康迪液 ①，一点基廷粉剂 ②，

几个西班牙洋葱，和一块高达 ③ 的芝士

再加上一块卫宝 ④ 肥皂，"杂货店主宣称，

　　"会将合适的气味放进你的馅饼里。"

但是负鼠却回答："不！先生！"

　　然后他将他另外那只眼睛闭起。

接着负鼠点起一支极大的方头雪茄烟

随后他跑去（名叫布特 ⑤ 的）药店

　　他要一个气味给他的馅饼。

药剂师说："让我试试行还是不行。

我建议一些鱼肝油和麦芽，

和一些无花果糖浆和伊诺盐 ⑥ 配搭

加上一撮碘仿作为香料，

---

① Condy's Fluid，一种高锰酸钾消毒液。

② Keating's Powder，一种杀虫剂。

③ Gouda，荷兰西部城市，以产奶酪闻名。

④ Life Buoy，应为 Lifebuoy，肥皂品牌。

⑤ 指英国药剂师布特（John Boot，1815—1860）开创的布特斯连锁药店
（Boots the Chemists）。

⑥ Eno's Salt，一种助消化药。

只要一个很小的价格即可全包。

那气味，"药剂师说，"会非常好闻。"

　　于是负鼠发出一声叹息

　　然后他将他另外那只眼睛闭起。

药剂师说起话来没结没完，但

负鼠到这时已经闭上了双眼。

然而当那只负鼠睡得正香甜

　　薰衣草仙女却已完全醒来。

她飞到馅饼那儿瞥了一眼

　　便摇了摇她的魔法口袋

　　　　直入那只负鼠的馅饼之中。

　　　　然后疾飞而去掠上天空。

随后负鼠醒来，这首歌便是他的新作：

"我必定是对的，我不可能出错；

不是淡得太弱也不是浓得太多。

　　　　一只负鼠的馅饼要尽善尽美

　　　　就必须用薰衣草花来调味。

绝对没有错，无论是睡还是醒：

一块薰衣草馅饼，我们现在必须假定，

就是最好，对于一只有才的负鼠的鼻子

还有他的耳尖，他的尾巴和他的脚趾。"

1940 年 8 月，致阿利逊·坦迪，答谢其赠送薰衣草花包

写给杰弗里·费伯先生的诗行，
在他一次去巴哈马 ①，及新西班牙 ② 相关部分旅行归来之际

尤利西斯，当其时，有故事可讲述

讲述战斗，船舶失事，下探地狱；

讲述外国人，名字稀奇古怪，

讲述盛宴与嬉戏与葬礼的竞赛，

讲述塞壬 ③ 的合唱与巫女的艺术：

他耐心的伴侣对于这些十分谙熟。

他讲述过波吕斐摩斯 ④ 与撞岩 ⑤：

她不停地将那些袜子织补又拆散。

听到喀耳刻 ⑥ 或卡吕普索 ⑦（哪是哪？）

她叹息，只不过是让又一针落下，

并且现出意料之中的笑靥与泪滴，

喃喃道，"十年里可以发生很多事"。

法布里修 ⑧，我们对其所言深信不疑，

曾将同样多的经历浓缩到数星期……

---

① Bahamas，大西洋沿岸群岛国家，西印度群岛的一部分。

② New Spain，原西班牙帝国在 16—19 世纪的殖民总督辖区，包括今美国西南部、墨西哥、部分中美洲与西印度群岛等。

③ Sirens，希腊神话中女人身鸟爪，以歌声魅惑航海者触礁的海妖。

④ Polypheme，参见《诗篇》"直立的斯威尼"脚注。

⑤ Clashing rocks，希腊神话中博斯普鲁斯海峡（Bosphorus）入口处的一对岩石，每当船只经过两者就会撞在一起。

⑥ Circe，参见《未结集诗篇》"喀耳刻的宫殿"脚注。

⑦ Calypso，希腊神话中奥杰吉厄岛（Ogygia）上的仙女。

⑧ FABRICIUS，前 3 世纪—前 2 世纪罗马执政官、监察官，以节俭著名。

让尤利西斯与他的诗人开诚布公，
三者之中谁能拉开最长的弓。

1943 年 8 月

摩根 ① 再次尝试

正是我们的艾略特先生鼓动我来写稿；

　　他对我说，"摩根，你就快要走下坡路

现在你抓老鼠太胖，打架又太老

　　不如写你的生活；干脆把它作成诗句。"

反正就算告诉他我做不到也没用场，

　　所以我把它都记下，或多或少押点韵。

结果我做得很好，虽然我不该这么讲；

　　人人都说我受到了一片隽誉盛评。

"嗯，摩根，"他说，"你的起步非同凡响，

　　你拥有我称之为一种颇为自然的诗风；

现在你只需动爪尝试——让它从你心中释放——

　　创作一篇生日贺辞向黑尔小姐 ② 致敬。"

"啥！"我说，"斯旺小姐 ③ 的朋友黑尔小姐？"

　　你若是指那个黑尔小姐，我简直无法推辞。"

"对！"他说，"正是那位女士；现在你就开写：

　　不止于此，我还会付你一条腌鱼一行诗。"

"哇！"我说，"成交。我要作一篇绝妙好辞。"

---

① Morgan，参见《老负鼠之才智猫经》"猫咪摩根自我介绍"脚注。

② Miss 'Ile（Emily Hale，1891—1869），美国演说与戏剧教师，艾略特的知己女友。

③ Miss Swan（Ethel Swan），费伯与费伯书局的接待员。

因为她的性情很友善，她的微笑很可亲。
就这样我马上开始进行我的押韵构思
    创作这篇生日贺辞向黑尔小姐致敬。

她是老摩根最希望见到的那一位，
    无论是冬还是夏，穿雪靴走还是拖鞋跑，
在早餐还是午餐，在晚餐还是茶会：
    "现在，"我说，"你把腌鱼拿过来就好。"

不早于 1944 年 3 月

蒙彼利埃路 [1]

德拉梅尔 [2] 精微
中国茶和瓷器
实质上的入门者
斜靠着窗格

汉诺威时代 [3] 树木的深景
他的正确装饰（小心！）日后
老巫师；若他愿意
可以改造为狒猴的出没地

安菲斯贝纳 [4]，或埃及獴；
消解真实，化梦为真：
本国的，异国的，善良的，冷漠的——
一瞬！而我们所有的证据
是沿遥远，无形的溪流
漂游着，漂游着有形的天鹅。

注释

行 1.　　省略标点符号令形容词向后与向前指涉均成为可能。W. 燕
　　　　卜逊 [5]：《暧昧的七种类型》[6]。在提及的著作中找不到这种

---

① Montpelier Row，位于伦敦特威克汉姆区（Twickenham）。
② Walter de la Mare，英国诗人、小说家（蒙彼利埃路上有其居所）。参见《应时的诗行》"致沃特·德拉梅尔"脚注。
③ Hanoverian，汉诺威（Hanova）为 1714—1901 年间的英国统治家族。
④ Amphisbaena，希腊神话中的两头蛇。
⑤ William Empson（1906—1984），英国诗人、文学批评家。
⑥ *Seven Types of Ambiguity*，文学批评集。

类型的暧昧被提及。

行 5.　　**汉诺威时代。**并未假设所有的树都是在威廉四世 ① 死前种植的，更无丝毫暗示在十八世纪从这个窗口可以看到相同的深景。树木，以一种类似转喻的方式，代表整个场景的效果，既有室内也有室外。

行 9.　　关于安菲斯贝纳的习性，见 A. E·豪斯曼 ② 有关这个主题的一首诗 ③，发表于一份伦敦大学期刊上 ④。

关于埃及獴的习性，及它在窗上的行为，见《驼背人》（《谢洛克·福尔摩斯回忆录》中 ⑤）。

　　　一首十四行诗可能的内容实在太受约束，囿于十四行的局限，因此后续可能会有一系列十四行诗。

行 13.　　溪流很弱，但你还能拿泰晤士河怎么办？它没有押韵，因为，如果我没弄错的话，A 太长而 E 又太短。唯一可比较的元音是帕尔玛尔 f 中的 A，押不上韵，无论如何也不会被引入这首十四行诗。最接近的韵是德国小镇爱姆斯 g 的名字，如果发音正确，也不是同一个元音。而爱姆斯与帕尔玛尔相比大概会更加远离这个主题。

　　　1947 年 2 月

---

① William IV（1765—1837），大不列颠及爱尔兰王国的国王（1830—1837 年）。

② Alfred Edward Housman（1859—1936），英国诗人、学者。

③ "安菲斯贝纳，或人类知识的局限"（The Amphisbæna: or The Limits of Human Knowledge）。

④《伦敦大学学院联合杂志》（University College London Union Magazine），1906 年 6 月。

⑤ The Crooked Man（in The Memoirs of Sherlock Holmes），柯南·道尔著。

⑥ Pall Mall，参见《老负鼠之才智猫经》"巴斯托法·琼斯：镇上的猫"脚注。

⑦ Ems，德国莱茵兰普法尔茨（Rhineland—Palatinate）州一城镇。

让庸医、江湖郎中、蠢才去辩论

让庸医、江湖郎中、蠢才去辩论
让庸医、江湖郎中、蠢才去辩论
教会与国家的困境。
让知识分子上
最近的文化代表大会[1]演讲。
这是真正的冥思者，
满足于活着——也许让人活着——
圣哲，有意坐而凝望
空虚一心在一座空虚广场。

《伦敦节庆日》[2]，照片配文，1953 年

---

[1] Cultural Congress，即文化自由代表大会（Congress for Cultural Freedom），
1950 年成立，1979 年解散。
[2] *Gala Day London*，立陶宛摄影家比德马纳斯（Israëlis Bidermanas，1911—
1980）的摄影画册，配有 22 位作家与诗人的文本。

惊奇万分天文学家最近发现

惊奇万分天文学家最近发现
新有一个巨大发光体高悬中天。
直达女王驾前奏表即刻送呈:
陛下可有意为此星御赐一名?
"称杰弗里爵士"。陛下之善言
为天国所赞同,缪斯九位亦然。

1954 年,庆贺杰弗里·费伯获封骑士的题辞之一

致敬与颂扬杰弗里·费伯爵士的诗行

由他的数位

忠诚侍卫、仆从与封臣奉献

以纪念他**安全返回**的时刻

和他的好夫人一起

自**地球背面**与更多非洲**热带区域**归来。

对此**安全返回**，获救于一切

陆地，海洋与天空施加的**危难**

我们衷心热望向上天的护佑回致**谢忱**。

* * * * * * *

一个如此多样的人，他似乎

是二十个克莱顿[①]的缩略图[②]；

曾在战场与体育场中操练其能，

机巧可驯一头牛，或迷惑一座廷 *；

一个文人，受我们全体敬慕

为会长，又尊为乡村领主，

并且，在一个盘旋之月的间隔，

充当学者，诗人，财务官与资助者，

超凡出众于行政管理技艺，

或环视苍穹，或耕耘堆肥之地。

[①] James Crichton（1560—1582），苏格兰冒险家、语言学家、诗人、学者、击剑手，通晓数种语言。

[②] "一个如此多样的人，他似乎 / 并非一人，而是全人类的缩影"，德莱顿《押沙龙与亚希多弗》（*Absalom and Achitophel*）。

惊奇的世界呼叫，略感一丝惶恐：

"如此高贵之人竟无骑士之尊荣？"

于是向着温莎 ① 膨胀传闻潮涌而至，

再看！终于杰弗里爵士成了他的名字。

* * * * * * *

* "廷"的指涉既归圣詹姆斯 ② 也归老贝利街 ③ 。

1954 年，庆贺杰弗里·费伯获封骑士的题辞之二

---

① Windsor，1917 年后的英国统治家族。

② St. James，伦敦中部一地区，内有圣詹姆斯宫廷（Court of St James's）。

③ Old Bailey，伦敦中部街道，内有英格兰与威尔士中央刑事法庭（Central Criminal Court of England and Wales）。

愿此杯长久，盛满佳酿

愿此杯长久，盛满佳酿
颂唱费伯一脉的荣光
可怪的是人人都不同凡响

安妮，她慷慨的本性联结起
天才的创造力与平和的批判意识

理查德，他巧妙的外交艺术
维系女王的威严于境外各处

托马斯，他洞察的眼探询
隐秘的学问中最黑暗的秘辛

1955 年 9 月

美食猫咪当然是昆伯莱劳

美食猫咪当然是昆伯莱劳，
他为赚取餐饭做的却非常少，
实际上，他总是跑来跑去，
光顾他愿意发现的地方，
人们慷慨大方，善良好心肠，
以美食供养这个厨中蠢徒！

他精心挑选自己用餐之处，
并相应着装，倘若时间允许，
品尝内维尔路 [①] 的所有呈献，
从无一丝顾虑任何人的金钱！
他主张极品唯尊者才配享受，
他要鲑鱼，鸭肉或法国名酒。

直到有朝一日他终会发现，
所有的门都紧闭，窗都遮帘。
随后单片镜和手杖他只得丢弃
由此幡然醒悟打猎并非难事，
原来老鼠好味，椋鸟美妙，
内维尔路是一条丰盛的街道！

1964 年 7 月

———————————

① Neville Road，位于伦敦东部。

Noctes Binanianæ[①]

某些即兴与讽刺

诗句与祝辞，于近日

被交流于某些

本时代最杰出智士之间

伦敦

以极度的精心编集

现予付印而并无

阉割，从最准确复本

MCMXXXIX

---

① 拉丁语："比纳之夜"。1939 年夏私人付印的小册子，收入艾略特、约翰·海吾德（参见《老负鼠之才智猫经》"序言"脚注）、费伯与费伯书局创办人杰弗里·费伯、弗兰克·莫莱（Frank Morley，1899—1980，费伯与费伯书局的编辑，美国数学家、作家）的诗作，书名源于海吾德在伦敦肯辛顿比纳花园街（Bina Gardens）22 号的住宅，四人定期在那里聚会晚餐。（以下仅呈现艾略特的诗篇。）

如何挑选一只负鼠

致杰弗里·费伯先生

当开花的荨麻盛放一簇簇
　　　而春天正在空气之中弥漫，
多么快乐竟会遇见老负鼠 [①]
　　　他的毛发里有干草的碎片。

当公牛长角（还将它们乱摇）
　　　而夏日呈现在牧草地带，
遇见老负鼠让人心情多好
　　　当他从附近一棵树悠荡而来。

在家中，他头戴一顶主教冠冕
　　　身披一袭长袍，或斗篷加头巾。
虽然他并无一名战士的名衔
　　　却有一声可怕之极的嚎鸣。

某些日子他较迟钝或较明智，
　　　他十分厌憎铅笔和墨水；
然而他却猛敲一台古老的打字机
　　　从没有停下来思索一回。

他喜好经常光临火车站
　　　在那里研究墙上的地图；

---

① O'Possum，即 Old Possum，艾略特的绰号。

一个人打扑克他颇为熟练，
　　　诗歌却根本读都不读。

从四月份到十二月中旬
　　　他往往会出现在公园里，
因为这缘故最好要牢记在心
　　　他所特有的识别标志：

他的习惯完全是遇树而栖，
　　　方能保护自己远离众母牛；
在春天他还热衷于缝纫样式
　　　的展示，在时尚允许的范畴。

行走时，他的身体十分垂直
　　　虽说在膝盖处颇有些瘫软；
他的日常饮食极为挑剔，
　　　因为他几乎只吃奶酪团。

他有一只鼻子在夏天粉扑扑，
　　　到冬天是一种美丽的蓝；
他身上长毛，一点也不卷曲——
　　　若非实情，我又岂会妄言。

他有两耳，几乎完全对称，
　　　身后起风时就用得着；
还有一张嘴，简直讨厌煞人

并不总是很容易找到。

听见一记突然传唤的声响
　　惊惶中他便退回到巢穴里——
就好似浑身斑点的土狼
　　被红褐色黑熊追逐之际。

在夏天，百花盛开的时候，
　　他的嗓音强横而又粗暴
切不可将它混同于麻鸦的呼吼
　　或是红嘴山鸦的啼鸣。

在冬天，当田地都遭荒废，
　　他摆出阴沉的假笑一副，
让他不至于被误认为
　　极北之地的长颈鹿。

他有牙，是假的却十分美丽，
　　一顶拖着根优雅辫子的假发；
渴望将他至为谦恭的敬意
　　传递给贵府家眷与阁下。

老负鼠反击

在埃吉威^①与摩尔登^②之间的一个地点
  在华平^③和克佑^④之间的一个位置，
住着一名非常勤劳的教区委员
  有至少六个人的事务要去料理。
他的名字并非司班德^⑤或奥登^⑥这般，
  他的乐趣简单而稀少得出奇：
偶尔滥饮一回勃艮第^⑦烈酒，
  偶尔一次瑟湖^⑧（或乌斯河^⑨）上的巡游
  和一道动物园中牛羚的景致。

在威塞克斯^⑩和墨西亚^⑪之间的这边那边，
  在奥克尼^⑫和肯特^⑬之间的这里那里，
游荡着一名全然荒谬绝伦的财务官，
  在抵达某处之前他就已抽身远离。
我甚至怀疑连他的配偶也都

---

① Edgware，伦敦北部城镇，伦敦地铁北线的北端。

② Morden，伦敦南部城镇，伦敦地铁北线的南端。

③ Wapping，参见《老负鼠之才智猫经》"咆哮虎的最后抗争"脚注。

④ Kew，参见《荒原》"III. 火诫"脚注。

⑤ Stephen Spender（1909—1995），英国诗人、小说家、散文家。

⑥ W. H. Auden（1907—1973），英国 - 美国诗人。

⑦ Burgundian，勃艮第（Burgundy）为法国勃艮第出产的葡萄酒。

⑧ Serps，指伦敦海德公园（Hyde Park）中的瑟彭泰尔湖（Serpentine）。

⑨ Ouse，英国有数条以此为名的河流。

⑩ Wessex，古代西撒克森人王国，今英格兰南部一地区。

⑪ Mercia，古代盎格鲁 - 撒克森王国，位于英格兰中部。

⑫ Orkney，大西洋沿苏格兰东北海岸一群岛。

⑬ Kent，参见《诗篇》"一只烹煮蛋"脚注。

不知道他的时间是怎样流逝：
偶尔与一位萍水相逢的未婚女子饮杯茶
在斯特兰拉①，奇韦利②或基德明斯塔③，
偶尔一次狂饮在迪伊河④的岸滨，
偶尔一次放纵在石南（或欧石南）丛中

  在那里他将他的长鼻指向无辜的松鸡——
或特伦特河上伯顿⑤一场欢宴之时。

但在最糟烂的事中间尤其糟烂的事，
  在尤其糟烂的事中间又多一分糟烂，
我必须提到那些西比尔式的⑥歪诗
  出自这位不啻于超现实主义的财务官。
并不满足于将金银财帛装入囊中
以及把租客的钱包尽数掏空
 （他在诗行技艺上的纯熟精通
  恰如，我承认，我属意的那般
  无论是拉丁语还是讲约克郡方言）
他越过磨坊抛掷他的帽子，
并炮制一种轻佻无稽的十四行诗
  给一个人，每思及自己的生命是如何逝去
  总将蒙特拉谢⑦视为他的固有元素，
而并不是经常有所悔悟。

---

① Stranraer，苏格兰西南部港口。

② Kidwelly，威尔士西南部城镇。

③ Kidderminster，英格兰中西部自治村镇。

④ Dee，英伦三岛均有以此为名的河流。

⑤ Burton-on-Trent，英格兰中部斯塔福德郡（Staffordshire）一城镇。

⑥ Sybilline，参见《荒原》"题记"脚注。

⑦ Montrachet，法国蒙特拉谢地区出产的白葡萄酒。

鲸鱼和大象：一则寓言
献给博学多才的莫莱博士 [1]

> 大象 [2] 活到四十九年
> 抓捕不可用钩与线，
> 尤其是一旦进入
> 汉堡动物园的区域。
> 鲸鱼 [3]，年近三十八，
> 脑袋里灰质愈加匮乏。
> 大象，在活兽中间，
> 绝对是保守派的极点；
> （保守派野兽，大多
> 已像《晨邮报》 [4] 般湮没。
> 当其他的造物漫游与变迁，
> 他徘徊在他的丛林家园，
> 忍受素食者的肠胃气胀。
> 进攻迟缓，防守顽强，
> 鲸鱼，有更善变的心灵，
> 受潮汐与风驱策而行：
> 这头哺乳动物所愿只是
> 像鱼一样活在鱼群里：

---

[1] Frank Morley，参见《老负鼠之才智猫经》"序言"脚注与 Noctes Binanianæ 首页脚注。
[2] 或指艾略特，写此诗时（1937 年）为 49 岁。
[3] 或指莫莱。
[4] *Morning Post*，1772 年创办的伦敦日报，1937 年与《每日电讯报》（*Daily Telegraph*）合并。

逃离了洪水的怪物一头，
水般稀薄的血在身上流，
并且，将蹄子牺牲给鳍片，
将洪水前的罪留到永远。
不过啊！或许鲸鱼可能悔悟？
而离弃它们流动的元素？
准备迎接更高的生命，
最后以腿与脚立起身形？
用肥牛犊我们会迎接他们
进入新的耶路撒冷。

一只罗马骨顶鸡① 的颂歌

"枫特山② 幻想曲：或贝杰曼③ 之愚妄"

与"约翰·福斯特的姨母④"之著者作。

我头痛，一场昏昏欲睡的麻木伤损

我的感官，仿佛我饮了白马⑤，

不然就是搅乱了我太过敏感的脑仁

用曼宁格⑥，或同等的胡话。

并不是出于对你幸福命运的嫉恨

而是因为你在愚蠢中太过愚蠢，

你，一脸轻浮的林中小丑，

要在某一个旋律优美的地点

在弗洛格瑙⑦，或数不清的别墅间，

歌唱鲸鱼的大腹便便，自在悠游。

依众人所见，我知道，你爱退隐之境⑧。

双足犹疑不决，躁动不定的你，

颇可信赖的观察者们时常看见

---

① Coot，杰弗里·费伯的绰号。

② Fonthill，位于英格兰中南部威尔特郡（Wiltshire）。

③ John Betjeman（1906—1984），英国诗人、作家。

④ 艾略特的笔名，约翰·福斯特（John Forster，1812—1876）为英国传记作家，文学批评家。

⑤ White Horse，一种苏格兰威士忌。

⑥ Karl Menninger（1893—1990），美国心理学家。

⑦ Frognal，伦敦西北部一地区。

⑧ 马修·阿诺德（参见《普鲁弗洛克及其他观察》"南希表妹"脚注）"学者吉卜赛人"（The Scholar-Gipsy），《诗篇》（Poems）。

穿过奥里尔街①附近的年轻高地，

心烦意乱，或陷于深度梦游的眩晕，

或是闲来抱起一把曼陀林轻弹，

头发凌乱，放开了被束缚的歌喉，

调转你的脚步去迎候

（以某种向心的动作，出于直觉）

万灵②走廊里节日醉汉的行列。

你并不是为死而生，不朽的骨顶鸡！

并无日渐衰微的族群会将你践踏。

并无昙花一现的监理会将靴底

赠予牛津的在留财务官，鸟与滑稽家。

我们曾在黎明见你置身汉普斯特德荒地③，

永远气喘吁吁，穿着棉裤，

永远在啃着橡胶果子，

永远在唱着，尽管呼吸短促，

那支始终如一的歌，从加洛韦④到汉郡⑤，

英格兰的跨大西洋厄运之歌：

同一首歌曲曾经时不时

魅惑公共休息室里吵嚷的喧闹者

又令土耳其浴室里的侍应迷失。

---

① Oriel Street，牛津一街道。

② All Souls，牛津大学万灵学院（All Souls College）。

③ Hampstead Heath，位于伦敦西北郊。

④ Galloway，苏格兰西南部一地区。

⑤ Hants，即汉普郡（Hampshire），英格兰南部一郡。

然而，威廉 [1]，我们所得不过是我们所予；

而天性唯独在我们的生命中栖居 [2]：

他的生命究竟是什么，竟可以混同

鲸鱼和大象，两个截然不同的物种？

又视而不见所有的明显线索，

得出结论，极度毁谤而邪恶堕落？

并且一口气滥用挥霍

鲸鱼的不雅与大象的优美？

如此天性只可以是骨顶鸡一类。

瞭望故乡，天使！不像法兰西那般遥远；

既不要望向丛林，卡拉·纳格 [3] 在那边

隐秘的舞蹈不为人类的眼眸所视，

你也不要试图惊袭

那可怕的鲸鱼，他平躺

蜷缩在这丑陋世界的底层之上。

---

[1] William，或指英国诗人威廉·华兹华斯（William Wordsworth，1770—1850）。

[2] 英国诗人，批评家，哲学家科勒律治（Samuel Taylor Coleridge，1772—1834）"沮丧：一支颂歌"（Dejection: An Ode），《科莱奥顿手稿》（*Coleorton Manuscripts*）。

[3] Kala Nag，英国小说家，诗人吉卜林（Rudyard Kipling，1865—1936）《丛林之书》（*The Jungle Book*）中的大象。

三首十四行诗

致杰弗里·卡斯特·费伯先生，回应一首
题为"无人知道我对你什么感觉"的谣曲。

杰弗里！ 他曾像朱庇特行走凡间，

　　　　他曾在额头与双肩披挂上

　　　　胜利者的桂冠与先知的大氅，

统治脚下的世界，头顶的苍天；

曾激战海洋和丛林的魔怪，

　　　　凯旋而还，如一个人形的神祇

　　　　支撑他的是杜松和葡萄汁，

为巴斯 ① 和霍夫 ② 的同业所崇拜，

如今惯像一个哈莱姆 ③ 黑人般轻哼，

　　　　一个黑脸的路得 ④ 身处异邦的谷田 ⑤

　　　　在棒芯之上；而退化的诗行里

由粗劣沉沦至变本加厉的劣质

　　　　像路西法 ⑥ 他坠落：从朝露晨间

---

① Bath，英格兰西南部城市。

② Hove，英格兰南部沿海城市。

③ Harlem，纽约市曼哈顿岛一地区。

④ Ruth，《圣经·路得记》中人物，大卫王的高祖母。

⑤ 英国诗人济慈（John Keats，1795—1821）"夜莺颂"（Ode to a Nightingale），《拉米亚，伊莎贝拉，圣艾格尼丝前夜，及其他诗篇》（*Lamia, Isabella, The Eve of St Agnes, and Other Poems*）。

⑥ Lucifer，基督教神学中被从天堂打落的魔鬼。

到中午：整个午后仍在坠落不停。

卡斯特[①]！他响亮的军人誓言曾宣示

　　你是布朗洛一族[②]最阳刚的成员，

　　上尉或上校——但不仅仅是男子汉，

更是饱受欺凌的淑女的英勇卫士，

一位无瑕的骑士，从不受指摘或责难

　　在齐普赛德[③]，洛思伯里[④]或巴比肯[⑤]，

　　你怎能这样做？现在回答：怎能

如此丧失你的一切尊严与耻感

竟随着那种节奏蹦跳，人称"摇摆"，

　　又随着淫荡的萨克斯管翩翩起舞，

　　又随着野蛮人的鼓点晃动你的双臀？

岂可有这等事物？哦死亡你的螫刺何在[⑥]，

　　当酩酊大醉的缪斯乱弹着班卓琴[⑦]，

---

① Cust，费伯的先祖之一为英国政治家理查德·卡斯特（Richard Cust，1622—1700）。

② Brownlow clan，费伯也是英国政治家威廉·布朗洛（William Brownlow，约1595—1666）的后裔。

③ Cheapside，伦敦城一街道。

④ Lothbury，伦敦城一街道。

⑤ Barbican，伦敦中部一地区。

⑥《圣经·哥林多前书》15：55。

⑦ Banjo，一种细颈弦乐器。

又给黑人吹奏没声没调的小曲 [①]？

费伯! 在你的伟业中并非渺小之极，
　　你时常扭动那只晒太阳的鲸鱼
　　（确是你一己之力）强大的尾部
也曾用言词驯化过象兽的巨体，

也曾（算是装点你盛宴的次要战利品）
　　将野生的信天翁 [②]，苍白的企鹅 [③] 杀戮，
　　还有身披甲胄的白色利德尔雄鹿 [④]，
并将比纳花园狡猾猫咪的毛都剃净；

伟大的猎手！我们剖析他的往日荣耀，
　　你此刻已达至怎样的糜烂境况，
　　被棉花俱乐部 [⑤] 的巴松管鸣放吹送，

对百老汇语调迷恋得神魂颠倒，
　　一边嚼着里格利 [⑥] 的胃蛋白酶口香糖，
　　张嘴就吐进那口响亮的痰盂筒。

---

① "给心灵吹奏没声没调的小曲"，济慈 "希腊古瓮颂"（Ode on a Grecian Urn），
《拉米亚，伊莎贝拉，圣艾格尼丝前夜，及其他诗篇》。

② Albatross，指德国信天翁书局。

③ Penguin，指英国企鹅书局。

④ Liddell hart，利德尔·哈特（Liddell Hart，1895—1970），英国军事史学家。

⑤ Cotton Club，纽约 1920—1940 年代的著名夜总会。

⑥ William Wrigley（1861—1932），美国口香糖制造商。

Vers pour la Foulque[①]

精装散页

让我们出去走走，若你愿意。
我们将把脚步移转
向比纳花园那边：
且寻找二十二这个数字。

难道你没见过，多么怪诞，
那片晦暗花坛的景象？
那是一个荒谬无稽的地方！
没有什么更与美景无缘。

连邮差本人都牙关紧咬
摆出的表情更是粗野
经过这片混浊地界——
一片不那么诱人的城郊。

那是个庸俗喧闹的国度，
从此处的威利特[②] 门廊
傲慢的女佣向你凝望
一心等待着你的小夜曲。

---

① 法语："写给骨顶鸡的诗篇"（本诗全文为法语）。
② William Willett（1856—1915），英国建筑师，英国夏令时发起者之一，曾于
1884—1886 年建比纳花园。

会动弹的活物所剩无几——
一个荒废凄凉的地块：
人们看见受伤的猫儿徘徊，
有时还碰上一只老野鸡。

但在一扇大窗背后却
正有一盆睡莲花在盛开，
听！零星的低语传来
与狂笑。是它！那不洁

的存在！就是那只狼蛛
目为复数，剧毒满身，
向我们，用淫秽的眼神，
发出被斜视取消的隐语。

让我们出去走走，若你愿意。
且让我们直接拐弯
到这些卑微的比纳花园：
且寻找二十二这个数字。

且让我们费一下神
释放自己——造点声息；
任我们的屁股排气
一边等待那个玛德琳①。

————————————————
① Madeline，或指比纳花园 22 号一女佣。

Abschiedzur Bina[①]

在美丽的比纳花园
　　月桂盛开之地
杜鹃鸣唱于春天
　　嗓音短促而放肆。

在美丽的比纳花园
　　在无拘无束的青春
同伴们曾经相见
　　兴高采烈享受欢腾。

到得门牌二十二号
　　曾来过各式各样
举足轻重的人物：
　　呜呼！全都已成过往。

各色人等五花八门——
　　他们都乐于登门一见
那只狡猾的老蜘蛛
　　用茶，配烈酒和糕点。

饕餮客不时前来
　　为了吃也为喝个够——

---

① 德语："辞别比纳"。本诗背景为海吾德于1938年搬出比纳花园（本诗全文为德语）。

450

肝肠和黄油面包

　　加茴香酒和火腿肉。

各界名流汇聚一堂

　　有政客和法官

有外交官和律师

　　还有诗人和演员。

骄傲的爵士迈克约翰①

　　时常在此消解疲累；

英伦三岛的麦克唐纳②

　　也不曾被禁止入内。

光临的还有老考弗③

　　他品尝了荷包蛋，

年轻的荷兰人贝杰曼④

　　他喜欢笑话和趣谈。

忧伤如一只守寡的鸟

　　因愁与痛而脸色苍白，

理查·詹宁斯⑤偶尔到场

　　总逗得我们笑逐颜开。

---

① Roderick Meiklejohn（1876—1962），1928—1939 年任英国第一公务专员。

② Hugh Macdonald（1885–1958），英国学者、编辑。

③ Edward McKnight Kauffer（1890—1954），美国画家。

④ Betjeman，参见"一只罗马骨顶鸡的颂歌"脚注。

⑤ Richard Jennings（1881—1952），英国作家、编辑。

既有轻度的消遣娱乐

　　　亦有妙趣横生的诗篇

更有无尽的笑声与歌吟

　　　直到明亮的晨光初现，

你从不会心生厌倦

　　　在此永远是欢喜无忧

享受鼻烟和纸烟，

　　　咖啡加上勃艮第酒。

一切都愉悦自在

　　　美妙而又轻松舒适；

充满极大的友善之情

　　　这是不是太过惬意。

　　　＊　＊　＊　＊　＊　＊

地位显赫的贵宾，

　　　他们乐意前来造访：

淑女们穿着丝袜

　　　散发出迷人的芳香；

至为优雅的淑女，

　　　她们都愿到此作客：

最苗条与最美丽之人

来自梅费尔的内核 [1]。

公爵夫人来到此处

    得体而平易近人；

时不时有其他人前来

    倒是全都籍籍无名。

信女珍妮 [2] 也曾到来

    仪容举止十分合宜；

到来的还有多琳达 [3]

    以及珍妮·肯纳利希 [4]。

可爱的考德林伯格 [5]，

    喀麦伦的美妻 [6]——

因为遇上阴雨天

    她们都穿橡胶靴子。

* * * * * *

---

[1] Mayfairkern，梅费尔（Mayfair）为伦敦西部的上流住宅区。

[2] Jenny Fabre-Luce（1896—1991），法国外交官马杰礼（Roland de Margerie，1899—1990）的妻子，虔诚的基督徒。

[3] Dorinda Maxse（1910—1988），英国军人迈克斯（John Maxse，1901—1978）的妻子。

[4] Janni Kennerlich（生卒年不详），费伯与费伯书局的编辑肯纳利（Morley Kennerly，生卒年不详）的妻子。

[5] Kodringburger，英国军人考德林顿（John Codrington，1898—1991）的妻子。

[6] Die schöne Kamerun，英国教育局官员喀麦伦（Alan Cameron，1923—1952）的妻子，即爱尔兰裔英国小说家博文（Elizabeth Bowen，1899—1973）。

在二十二号的门牌前
　　在美丽的比纳花园，
再没有贵族蜂拥而来，
　　再没有什么可以期盼；

在美丽的比纳花园，
　　再没有杜鹃放声歌唱；
你在那儿只见地精
　　它们到处爬下又爬上。

在美丽的比纳花园
　　夏天已时过境迁。
我慢慢地独自徘徊
　　我的心碎成两半。

其他诗篇

有关猫族方面

尊敬的女士，
　　谢谢您的来信。我悲痛地发现
有关猫族方面您的想法竟如此混乱。

您大概会拥有资格批评我，若是您已
认识到并无一猫是全好或全坏这一真理。

至少，就鼠洞①和约翰奥格罗茨②之间的所有猫咪来讲，
您不可以说，其中一些是绵羊，而另一些猫是山羊。

因为甚至连生出来刚断奶的最好的虎斑
行为也可能，偶尔地，像个恶魔一般。

甚至于我最难惹的角色，总因为害而自喜，
也并不全然缺乏（承认吧，拜托）魅惑之力。

而我的所有猫咪都一致摈弃"宠物"的名头，
这个称号仅仅适用于鹦鹉，京巴和狨猴。

我确信经过考虑您终会欣赏
我的论辩的效力。
　　　　　　　　敬上，
　　　　　　　　T. S. E.

---

① Mousehole，英格兰南端的渔港。
② John o'Groats，苏格兰北端的村庄。

高个儿女孩和我怎样一起玩耍

我爱一个高个儿女孩。当我们面面相对而立
她什么也没穿，我什么也没穿；
她踩着高跟鞋，我光着脚，
我们可以就这样乳头触碰乳头
刺痛与灼烧。因为她是一个高个儿女孩。

我爱一个高个儿女孩。当她坐在我膝上
她什么也没穿，我什么也没穿；
我可以就这样把她的乳头含在唇间
用我的舌头抚摩它。因为她是一个高个儿女孩。

我爱一个高个儿女孩。当我们躺在床上
她仰面而卧，我平摊在她身上，
我们的中间部分彼此正忙活，
我的脚趾跟她的脚趾玩，我的舌头跟她的舌头，
所有部分都开心。因为她是一个高个儿女孩。

当我的高个儿女孩跨骑在我腿面上，
她什么也没穿，我什么也没穿；
我们的中间部分正在办理它们的事务，
我可以抚摩她的背和她修长的白腿
我们两个都开心。因为她是一个高个儿女孩。

我爱一个高个儿女孩。
我有一个高个儿女孩。
我很高兴她不是一个小个儿女孩。

睡在一起

睡在一起包括一点点的醒，
醒是为了那份守护所爱的欢喜，
听是为了那深而均匀的呼吸
　　告诉我她正睡着。

我的胳膊环拢她的裸体，
我的手捧住她的乳房；她的乳头
抵入我手掌的最中心
　　手因温柔而颤栗。

我的手指轻移而下，到她的肚脐
触摸她脐下纤细的短绒，
最终停留在她股间的毛发之上。

睡在一起的奇迹便是：信心
我的手何必要将她弄醒？即使在她睡梦中
无意识而有知觉，她也认得那只挽住她的手，
　　认得爱抚她的手指

高个儿女孩的乳房是怎样的

当我的所爱长身赤裸而立
骄傲而喜悦，不在她自己的美丽之内
而在她美丽之力的领悟之内
来催醒我的欲望（当我直立在她面前
随我荒淫的膨胀而颤抖）
她的双乳样子成熟而丰满
　　在它们完美的夏天。

可当我的所爱仰卧之时，
她远远分开的双乳样子纤小而紧实
而高耸，未成熟却仿佛仍在成熟
它们想必就是这个样子
　　在她十五岁的时候。

当我的所爱侧卧之时
她的双乳紧靠在一起，一个躺在另一个上面，
所以当我揉捏我的手夹在它们中间
它被擒获与拘禁
　　一名快乐的囚徒。

当我的所爱站立在我们床边
向我倾身，而我躺在那抬头看她，
她的双乳像成熟的梨子悬荡
在我的嘴上
　　它凑上去迎接它们。

献辞 II

没有乖戾的严冬朔风会吹冷
没有愠怒的热带骄阳会晒枯
两个彼此袒露的心灵的爱情
两个彼此敬畏的灵魂的崇拜
两个彼此依附的身体的欲望。

向你我献上这份献辞，
三个对我们来说是相融为一的词：
爱情　崇拜　欲望。

爱不求愉悦自己 [①]

　　"爱不求愉悦自己，
　　却生怕它带不来欢享
　　唯恐另一方失去安适
　　造一座地狱而鄙弃天堂。"

　　溪中一块卵石如此歌唱
　　被牲畜的蹄足踩踏。
　　但一个小小泥块
　　鸣啭出这些韵律相答：

　　"不求愉悦的爱
　　对于他者也毫不在乎
　　却以自得安适为乐
　　造一座天堂而断绝地狱。"

---

① "'爱不求愉悦自己，/ 对它自己也毫不在乎，/ 却为另一方献出它的安适，/ 造一座天堂而断绝地狱。'// 一个小小泥块如此歌唱 / 被牲畜的蹄足踩踏，/ 然而溪中的一块卵石 / 却鸣啭出这些韵律相答：// '爱只求悦己而已，/ 为它的欢乐束缚另一方，/ 喜于另一方失去安适，/ 造一座地狱而鄙弃天堂。'"布莱克"泥块与卵石"（The Clod & the Pebble），《经验之歌》（*Songs of Experience*）。本篇为诗人晚年写给妻子瓦莱丽·艾略特的诗。

译后记

"一部译作就像一台戏剧"——这是我的初稿(2023年9月16日)的第一句,接下来是一篇约2000字的小文,我已经不打算保留,因为我现在更加确信了译后记的不必要——译者的存在理由是此前的译文,并且仅此而已(或许对不必要的表达是唯一的必要)。就让这页成为这本书有过,且仍有一篇译后记的存照,但在偶然读到这里的读者离开之前,我认为不妨一提:

"起初,上帝创造天地"——《圣经·创世记》。
"在我们人生旅程的中途"——但丁《神曲·地狱篇》。
"四月是最残忍的月份"——艾略特《荒原》"I. 死者的葬礼"。

以上是我眼中世界文学的三个最重要的首句,无论按怎样的标准与范围选取。其中第三句是我开始翻译《荒原》,继而翻译《艾略特诗全集》的契机。

初稿的最后一段是补充信息,因此保留:

再简单介绍一下这本《T. S. 艾略特诗全集》的构成:它的前半部分为艾略特本人生前编辑的《1909—1962年诗集》(*Collected Poems* 1909—1962,1963年),收入诗人在此前各种单行本诗集与刊物中发表(而诗人希望保留)的全部诗作的最终版;后半部分的前部是诗人为其孙辈儿童创作的诗集《老负鼠之才智猫经》(*Old*

Possum's Book of Practical Cats，1939 年），其余部分由诗人生前未结集的众多诗篇组成，包括艾略特 1909 年题名为"三月兔的发明"的笔记本中的诗篇，及私人付印的小册子 Noctes Binanianæ（《比纳之夜》，1939 年）中由艾略特提供的诗作等。诗人已发表或已定稿作品的大量草稿、诗人的译诗作品，以及与友人来往书信中穿插的韵文诗节则未予收录。

陈东飚

2024 年 5 月 28 日

图书在版编目（CIP）数据

T.S.艾略特诗全集 /（英）T.S.艾略特著;陈东飚译. --上海:华东师范大学出版社，2024

ISBN 978-7-5760-4888-9

Ⅰ.①T… Ⅱ.①T…②陈… Ⅲ.①诗集－英国－现代Ⅳ.①I561.25

中国国家版本馆CIP数据核字(2024)第070370号

T.S.艾略特诗全集

著　　者　[英] T.S.艾略特
译　　者　陈东飚
责任编辑　乔　健　梁慧敏
审读编辑　李玮慧
特约编辑　上海七叶树文化发展有限公司
责任校对　时东明
装帧设计　卢晓红

出版发行　华东师范大学出版社
社　　址　上海市中山北路3663号　邮编　200062
网　　址　www.ecnupress.com.cn
电　　话　021-60821666　行政传真　021-62572105
客服电话　021-62865537
门　　市　（邮购）电话　021-62869887
地　　址　上海市中山北路3663号华东师范大学校内先锋路口
网　　店　http://hdsdcbs.tmall.com

印　刷　者　上海中华印刷有限公司
开　　本　32开
印　　张　15.00
字　　数　404千字
版　　次　2024年8月第1版
印　　次　2024年8月第1次
书　　号　ISBN 978-7-5760-4888-9
定　　价　89.00元

出　版　人　王　焰

（如发现本版图书有印订质量问题，请寄回本社客服中心调换或电话021-62865537联系）